ALEX KAVA | Menschenleer

*Das Buch*

FBI Special Agent Maggie O'Dell erhält eine mysteriöse Landkarte, die sie zu einer abgelegenen Farm in Iowa führt, auf der sie und ihre FBI-Kollegen mehrere vergrabene Leichen finden. Offenbar das Werk eines Serienmörders, der immer noch sein Unwesen treibt. Doch wer hat Maggie an den Ort geführt? Um den Täter aufzuhalten, wird ihr der Spürhundexperte Ryder Creed an die Seite gestellt. Der attraktive Kollege führt sie mit seinem Hund nicht nur auf die Spur des Mörders, sondern bringt auch Maggies Gefühle ziemlich durcheinander. Zu spät erkennt Maggie, auf wen es der Killer tatsächlich abgesehen hat. Es beginnt eine gnadenlose Verfolgungsjagd, und Maggie und Ryder müssen um das nackte Überleben kämpfen ...

*Die Autorin*

Alex Kava wuchs in Nebraska auf. Sie machte ihren Universitätsabschluss in Kunst und Englisch. Fünfzehn Jahre lang arbeitete sie in der Werbe- und Grafikdesignbranche. Ihr Debütroman *Das Böse* war auf Anhieb ein großer Erfolg, seither ist sie mit ihrer Maggie-O'Dell-Serie regelmäßig auf den internationalen Bestsellerlisten vertreten. *Menschenleer* ist der elfte Band der Serie.

ALEX KAVA

# Menschenleer

Thriller

Aus dem Amerikanischen von
Sabine Schilasky

Diana Verlag

Die Originalausgabe erschien 2014 unter dem Titel
*Stranded* bei Doubleday, a division of Random House, Inc., New York

FSC
www.fsc.org
MIX
Papier aus verantwortungsvollen Quellen
FSC® C014496

Verlagsgruppe Random House FSC® N001967
Das für dieses Buch verwendete
FSC®-zertifizierte Papier *Holmen Book Cream*
liefert Holmen Paper, Hallstavik, Schweden.

Deutsche Erstausgabe 07/2014

Redaktion | Kristof Kurz
Umschlaggestaltung | t.mutzenbach design, München,
unter Verwendung eines Motivs von © shutterstock
Satz | Leingärtner, Nabburg
Druck und Bindung | GGP Media GmbH, Pößneck
Printed in Germany

ISBN 978-3-453-35761-7

www.diana-verlag.de

*Für meine Mutter, Patricia Kava*

*»Er schien ein wirklich netter Mann zu sein – wenn er gerade nicht mordete.«*

Helen Morrison, M. D.,
über Ed Gein in ihrem Buch
*Mein Leben unter Serienmördern.*

# 1

*Außerhalb von Manhattan, Kansas,*
*abseits der Interstate 70 – Montag, 18. März*

Er lebte noch.

Das war alles, was zählte. Und dass er weiterlaufen musste.

Noah konnte seinen eigenen Schweiß riechen, beißend säuerlich – und Urin. Er fasste es immer noch nicht, dass er sich in die Hose gemacht hatte.

*Hör auf zu denken. Lauf einfach. Lauf!*

Und er roch Kotze. Er hatte sich übergeben, und die Kotze war ihm vorn auf sein Hemd gespritzt. Jetzt hatte er das Hemd nicht mehr, aber den Geschmack im Mund, und ihm war immer noch schlecht, aber er durfte auf keinen Fall langsamer werden. Wie konnte er auch, solange ihm Ethans Schreie durch den Kopf hallten?

*Hör auf zu schreien. Bitte, hör auf!*

»Ich sage nichts. Ich schwöre, ich sage nichts.«

Noahs Lippen bewegten sich, und ohne dass es ihm bewusst war, betete er die Worte im Takt seiner Schritte vor sich her.

»Ich sage nichts. Ich schwöre, ich sage nichts.«

*Erbärmlich. Gott, wie erbärmlich!*

Wie konnte er einfach wegrennen und seinen Freund zurücklassen? Er war ein solcher Feigling. Aber diese Einsicht verlangsamte ihn nicht. Sie brachte ihn nicht einmal dazu, sich umzusehen, denn im Moment war seine Angst viel zu groß, als dass es ihn kümmerte, wie feige er war.

Plötzlich knallte er mit der Stirn gegen einen Ast, und ihm wurde kurz schwarz vor Augen.

Noah torkelte, hielt sich aber aufrecht. Alles verschwamm, während ein pulsierender Schmerz einsetzte.

*Nicht hinfallen, verdammt! Weiterlaufen. Lauf schon, lauf!*

Seine Füße gehorchten ihm, obwohl sich in seinem Kopf alles drehte und ihn aus dem Gleichgewicht zu bringen drohte. Es war dunkel, so dunkel, dass außer grauen und schwarzen Schatten nichts zu erkennen war. Der Mond warf flackernde Lichtstrahlen durch die Bäume, was Noahs Schwindelgefühl nur noch verstärkte. Nun hielt er beim Laufen die Arme vor sich, um mögliche Hindernisse zu ertasten und beiseiteschlagen zu können. Auf diese Weise wollte er verhindern, noch einmal mit einem tief hängenden Ast zu kollidieren.

Weiterhin peitschten und kratzten ihn dürre Zweige. Noah fühlte, dass ihm kleine Rinnsale übers Gesicht und die Ellenbogen rannen. Blut. Es vermischte sich mit seinem Schweiß und brannte ihm in den Augen. Er schmeckte es auf seinen Lippen. Und wieder wurde ihm speiübel, weil ihm klar war, dass es sich nicht ausschließlich um sein Blut handelte.

*O Gott, o Gott. Ethan. Es tut mir leid. Es tut mir so leid.*

*Nicht anhalten. Nicht umsehen. Du kannst Ethan nicht helfen. Es ist zu spät. Renn!*

Trotzdem liefen Bildfragmente der Geschehnisse in einer Endlosschleife in seinem Kopf. Sie hätten niemals das Autofenster öffnen dürfen. Zu viel Bier. Zu sorglos.

*Zu verflucht dämlich!*

Am ersten Wochenende der Semesterpause hatten sie Party gemacht, bevor sie über die Frühjahrsferien nach

Hause fahren wollten. Sie waren noch nicht lange unterwegs gewesen, als Ethan pinkeln musste. Jetzt war Ethan tot. Und falls er noch nicht tot war, würde er sich bald wünschen, es zu sein.

Noahs Lunge brannte. Seine Beine taten weh. Er hatte keinen Schimmer, in welche Richtung er rannte. Nichts war wichtig, außer so schnell zu laufen, wie er konnte. Aber der Wald war dicht, und zwischen den Bäumen wuchs kniehohes Gestrüpp. Die Baumkronen über ihm schluckten fast sämtliches Licht, ausgenommen die wenigen Mondlichtstrahlen, die hier und da auf den felsigen Boden zwischen dem Dickicht fielen. Die scharfkantig unebene Oberfläche stellte eine gefährliche Stolperfalle dar.

Und tatsächlich stolperte er.

*Nicht hinfallen. Du darfst nicht hinfallen. Gott, lass mich nicht hinfallen!*

Er fuchtelte mit den Armen wie eine außer Kontrolle geratene Windmühle, um sich abzufangen, schlug jedoch hart auf dem Boden auf – zuerst mit den Knien, dann mit den Ellenbogen. Er schürfte sich die Haut auf, und Schmerz schoss ihm durch die Glieder, während er sich im Geiste anschrie aufzustehen. Aber diesmal wollten ihm seine Beine nicht gehorchen. Und im nächsten Augenblick hörte er ein Knacken, leise und kurz, gefolgt von einem Rascheln.

Nein, das konnte nicht sein. Das musste er sich eingebildet haben.

Schritte. Jemand näherte sich ihm von hinten. Laub knisterte, noch mehr Zweige knackten und zerbrachen.

*Nein. Ausgeschlossen.*

Er hatte Noah gesagt, dass er ihn laufen lassen würde,

wenn er nichts verriet. Und Noah hatte es versprochen, genau wie der Irre.

Schritte. Näher. Zu nahe, als dass er sich einreden konnte, es wäre nur Einbildung.

*Wieso lässt er mich nicht laufen? Er hat es versprochen!*

War er allen Ernstes so bescheuert, einem Wahnsinnigen zu glauben?

Aber er hatte so normal gewirkt, als er an ihr Seitenfenster klopfte.

Irgendwie rappelte Noah sich auf. Er schwankte, ignorierte die Schmerzen, zwang seine Beine, sich zu bewegen. Anfangs humpelte er, dann fiel er in einen Laufschritt, mobilisierte alle Kräfte. Stoßartiges Keuchen entfuhr seiner Kehle. Seine Lunge war wie entflammt.

*Schneller!*

Tränen strömten ihm übers Gesicht. Im nächsten Moment zerriss ein schrilles Heulen die Nacht. Es hallte zwischen den Bäumen. War das ein verwundetes Tier oder eines, das sich zum Angriff bereit machte? Egal. Nichts könnte ihm Schlimmeres antun als das Ungeheuer, das ihn jagte.

*Wir hätten nie das Seitenfenster öffnen dürfen. Verdammt, Ethan!*

»Wer will als Erster drankommen?«, hatte der Irre mit einem Lächeln gefragt, das fast sanft und zugleich wahnsinnig wirkte. Völlig ruhig und mit einem Blick wie ein Wolf.

*Und dann hatte er Ethan aufgeschlitzt. O Gott, so viel Blut!*

»Ich schwöre, ich sage nichts.«

»Lauf. Na geh schon. Lauf weg.« Der Mann hatte völlig normal, fast beruhigend geklungen.

»Geh schon«, hatte er wiederholt, weil Noah ihn wie ein vom Scheinwerferlicht gelähmtes Reh angestarrt hatte.

Plötzlich wurde ihm klar, dass der schrille Schrei aus seiner eigenen Kehle drang. Allerdings fühlte er es eher, als dass er es hörte. Das Heulen stieg von irgendwo tief in ihm auf, vibrierte an seinen Rippen entlang und fuhr aus seinem Mund wie aus einem Druckventil.

Er musste still sein, sonst würde der Wahnsinnige ihn hören und aufspüren können.

*Lauf schneller.*

Schlamm drang quietschend zwischen seine Zehen, als wollte er seine nackten Füße einsaugen. Hemd, Jeans, Schuhe und Socken – was für ein billiger Preis sie für seine Freiheit gewesen waren. Seine Fußsohlen waren längst zerschnitten, blutig und aufgeschrammt von scharfkantigen Steinen. Er blinzelte seine heißen Tränen beiseite.

*Denk nicht an den Schmerz. Der ist nichts, gemessen an dem, was Ethan passiert ist.*

Er musste sich aufs Laufen konzentrieren, nicht auf die Schmerzen. Nicht auf die vielen Risse in seiner Haut und die Blutergüsse.

*Wie weit reichte denn dieser Wald?*

Irgendwann musste doch eine Lichtung kommen. Er war von der Interstate weggelaufen, weg von dem Rastplatz, aber trotzdem sollte hier doch etwas anderes als nur Wald sein. Ein Farmhaus vielleicht oder eine andere Straße?

Hinter ihm waren keine Schritte mehr zu hören, keine knackenden Zweige, keine raschelnden Blätter. Noahs Brustkorb hob und senkte sich, und sein Herz hämmerte wild. Er wurde ein klein wenig langsamer und hielt den Atem an, um zu lauschen.

Nichts.

Nur eine leichte Brise. Selbst die Vögel waren still. Hatte der Irre kehrtgemacht? Aufgegeben? Beschlossen, sein Wort zu halten?

Vielleicht reichte ihm ein Opfer für heute Nacht.

Noah wagte es, nach hinten zu sehen. In dem Moment verfing sich sein Fuß in einem abgebrochenen Aststück, und er stürzte vornüber. Seine Ellenbogen bohrten sich in steinigen Matsch. Beim Aufprall knallten seine Zähne aufeinander. Weiße Sternchen tanzten vor seinen Augen, als ihm die Haut von den Handflächen geschürft wurde.

Er versuchte aufzustehen, fiel wieder auf die Knie. Der Fuß, mit dem er im Ast verhakt war, brannte wie verrückt. Noah blickte nach unten und verzog das Gesicht. Sein Knöchel war verdreht, sodass er in einem unnatürlichen Winkel abstand. Doch es war nicht der Schmerz, der ihn panisch machte, sondern die Tatsache, dass er seinen Fuß nicht bewegen konnte.

Wieder hielt er inne, war so still, wie er nur konnte, und wartete lauschend ab.

*Nichts.*

Kein Verkehrslärm, keine Vögel, kein Blätterrascheln. Sogar der Wind schien verstummt zu sein.

Er war allein.

Erleichterung überkam ihn. Der Irre war ihm doch nicht gefolgt. Die letzte Adrenalinwelle ebbte ab, und er sank auf den Boden. Mit ausgestreckten Beinen setzte er sich hin, zu schwach, als dass er auch bloß den anschwellenden Knöchel hätte berühren können. Sein Atem ging immer noch stoßweise, aber sein Herzschlag hatte sich zu einem steten Trommeln verlangsamt.

Er wischte sich mit einer Hand übers Gesicht, bevor ihm klar wurde, dass er nur Blut mit noch mehr Blut verschmierte. Als er seine Handinnenfläche ansah, stellte er fest, dass die Haut vom Fleisch gerissen war.

*Denk nicht daran. Das ist ein kleiner Preis für deine Freiheit. Sieh es dir gar nicht erst an.*

Er blickte sich um. Vielleicht konnte er einen Ast finden, der lang genug war, dass er ihn als Krücke benutzen konnte. Damit könnte er den ramponierten Fuß entlasten. Ja, er würde es schaffen, wenn er sich nur konzentrierte. Vergiss den Schmerz. Konzentrier dich.

*Lieber Schmerzen als der Tod, oder?*

Ein Zweig knackte.

Noah sah erschrocken in die Richtung, aus der das Geräusch gekommen war.

Ohne Vorwarnung trat der Mann hinter einem Baum hervor ins Mondlicht. Er wirkte ruhig und gelassen, als hätte er schon den ganzen Abend dort gestanden. Er war nicht außer Atem, es gab keinen einzigen Hinweis darauf, dass er sich durch den dickichtüberwucherten, dunklen Wald gekämpft hatte, so wie Noah gerade eben.

Der Irre hob nicht mal sein Messer. Stattdessen hielt er es seitlich neben seinem Oberschenkel. Ethans Blut klebte noch daran.

Er grinste und sagte: »Du bist dran, Noah.«

# Dienstag, 19. März

# 2

*Außerhalb von Sioux City, Iowa,*
*gleich neben der Interstate 29*

Bisher hatte der Schlamm in dem ausgehobenen Krater einen Schädel freigegeben. FBI-Agentin Maggie O'Dell allerdings vermutete, dass dort noch mehr lagen. Dieser erste Schädel war vom Morgenregen sauber gewaschen worden und schimmerte weißlich auf der schwarzen, lehmhaltigen Erde. Daneben lagen drei längere sowie eine wirre Sammlung kleinerer Knochen, die ebenfalls ausgegraben worden waren. Maggie verfügte über hinreichend anatomische Kenntnisse, um die langen Knochen als Oberschenkelknochen zu erkennen, auch wenn sie diese Vermutung Sheriff Uniss gegenüber mit den Worten einleitete: »Ich bin keine Anthropologin …«

Der Sheriff guckte sie blinzelnd an, als hätte sie ihm eben einen Eimer Wasser ins Gesicht geschüttet. Er trat einen Schritt zurück. Offenbar wollte er lieber auf Abstand gehen – entweder von Maggie oder von dem, was sie ihm gerade gesagt hatte.

»Falls Sie recht haben …«, begann er und verstummte gleich wieder, während sein Adamsapfel auf und ab hüpfte. Er schien einige Mühe zu haben, die Nachricht zu verdauen. Schließlich fuhr er fort: »Dann heißt das also, dass wir hier zwei Leichen haben, nicht eine?«

»Wie gesagt, es ist nur eine Vermutung.«

»Aber Ihr Partner hat gesagt, dass Sie mal Medizin studiert haben oder so.«

»Was mich nicht zur Knochenexpertin macht, Sheriff.

Wir werden es bald erfahren, wenn die tatsächlichen Experten hier sind.«

Maggie wollte dem County Sheriff lieber nicht erzählen, dass auf dieser alten Farm sogar noch mehr als zwei Leichen vergraben sein könnten.

Sheriff Uniss war sowieso schon verschreckt, und jetzt stellte Maggie fest, dass sein Blinzeln ein nervöses Zucken in seinem linken Augenwinkel ausgelöst hatte. Eigentlich schien sein ganzer Körper zur Unruhe zu neigen: Er scharrte mit den Füßen, überkreuzte mal die Arme, ließ sie dann wieder hängen, um sie gleich darauf erneut zu verschränken. Schließlich hakte er seine Daumen in den Gürtel, was sich als vergeblicher Versuch entpuppte, die Arme endlich ruhig zu halten.

Seine Nervosität wie seine Erscheinung erinnerten Maggie an die Vogelscheuche aus *Der Zauberer von Oz*. Graues, strohiges Haar lugte unter seiner Baseballkappe hervor. Seine Kleidung sprach allerdings für ein gewisses Maß an Pflichtbewusstsein. Die Bügelfalte in seiner Jeans war messerscharf, und in der gefütterten Brusttasche des rotgrau karierten Flanellhemds steckten ein kleiner Notizblock sowie zwei Kugelschreiber. Trotz des Schlamms glänzten seine grau-schwarzen Cowboystiefel.

Vorhin hatte Sheriff Uniss Maggie und ihrem Partner R. J. Tully erzählt, er hätte schon »einige übel zugerichtete Leichen« bei Autounfällen gesehen. Das hatte er in einer Art gesagt, als wollte er klarstellen, dass er mit Mordopfern bestens allein fertigwürde. Womit er nur Maggies Eindruck verstärkte, dass dieser Mann – ganz gleich, wie gut organisiert und bemüht er sein mochte – mit einer Mordermittlung gnadenlos überfordert war. Erst recht, wenn sie hier noch mehr Leichen fanden. Es war viel zu früh für konkrete Aussagen, aber Maggies Gefühl sagte ihr, dass dies das Leichenversteck sein könnte, nach dem Tully und sie schon seit einem Monat suchten.

Maggie sah zu den beiden jungen Hilfssheriffs hinüber, die sich am Rande des Kraters auf ihre matschverkrusteten Schaufeln stützten. Im Gegensatz zu ihrem Chef trugen sie braune Uniformen, bei denen sie die Hemdsärmel aufgekrempelt hatten. Ihre Hüte hatten sie im Wagen gelassen. Die beiden beäugten die Erde um die Knochen herum, als könnten jeden Moment noch mehr Leichenteile daraus hervorsprudeln.

Etwa fünfzehn Meter hinter den Hilfssheriffs wartete ein Trupp von Bauarbeitern neben dem Schaufelbagger und dem Baggerlader, mit dem sie auf diesen Fund gestoßen waren. Gestern am späten Nachmittag hatten die Arbeiter zufällig etwas ausgehoben, was sie zunächst für einen alten Friedhof gehalten hatten. Zuvor hatten sie schon mehrere Gebäude der alten Farm abgerissen und eingeebnet und wollten gerade eine Grube für das Fundament eines neuen Wildpark-Informationszentrums ausheben.

Als die Knochen auftauchten, hatten sie die Arbeit eingestellt. Vor allem aber hatte der Gestank sie veranlasst, lieber das Weite zu suchen. Soweit Maggie wusste, hatte der Vorarbeiter den Sheriff verständigt. Der wiederum hatte in der Hoffnung auf eine simple Erklärung die vormalige Besitzerin angerufen, nur um festzustellen, dass sie seit fast zehn Jahren tot war. Ihr Nachlassverwalter hatte das Grundstück gerade erst an den Staat verkauft, nachdem es beinahe zehn Jahre lang leer gestanden hatte. Dem Sheriff zufolge war er dreihundert Meilen entfernt gewesen, als er den Anruf erhielt, und jetzt auf dem Weg hierher, obwohl auch er keine Erklärung für die Knochenfunde hatte. Vor allem aber war er es gewesen, der dem Sheriff vorgeschlagen hatte, die Bundesbehörden einzuschalten. Schließlich gehörte dieser Mist ja auch dem Staat.

Und Maggie und Agent Tully? Sie waren nur durch einen glücklichen Zufall hier.

Sie waren frühmorgens wegen einer völlig anderen Ermittlung nach Omaha aufgebrochen. Auf dem Flug von D.C. hatte es reichlich Turbulenzen gegeben, und Maggies Magen benahm sich nach wie vor komisch, wenn sie bloß an das Gewitter dachte, das ihr Flugzeug durchgerüttelt hatte. Sie hasste Fliegen, und nach der Achterbahnfahrt taten ihr die Fingerknöchel vom Festklammern am Sitz weh; und ihr war schlecht. An der Tankstelle, bei der sie auf dem Weg hierher angehalten hatten, gab es frische, selbst gebackene Donuts, doch Maggie hatte lediglich eine Pepsi light gekauft. Tully hatte sie erstaunt angesehen, war ihm doch bekannt, wie gern Maggie Donuts aß. Doch nach seinem zweiten glasierten Kringel war seine Sorge um sie wie weggeblasen.

Seit Wochen waren sie zusammen, entweder in engen Büros in Quantico oder unterwegs. Irgendwie gelang es ihnen, die Gewohnheiten und Macken des anderen geduldig zu ertragen. Maggie wusste, dass Tully die Highway-Motels und Mietwagen, die immer nach fremdem Parfum und Fast Food rochen, genauso leid war wie sie.

Ihre Suche hatte mit dem Fund einer weiblichen Leiche vor ungefähr einem Monat begonnen. Die Tote war in einer Seitengasse neben einem Lagerhaus in Washington abgelegt worden. Das Lagerhaus war zum Ziel einer Brandstiftung geworden, doch das Opfer, Gloria Dobson – eine Ehefrau und dreifache Mutter, die gerade einen Brustkrebs überwunden hatte –, stand in keinerlei Verbindung zu dem Feuer. Vielmehr war Dobson erst wenige Tage zuvor aus Columbia, Missouri, zu einer Verkäufertagung in Baltimore aufgebrochen. Dort war sie nie angekommen.

Die Virginia State Patrol fand ihren Wagen auf einem Rastplatz an der Interstate. Im Wald hinter dem Rastplatz entdeckten Maggie und Tully Dobsons Mitfahrer, einen jungen Kollegen namens Zach Lester. Maggie hatte in ihren zehn Jahren als Field Agent schon manch grausige Tatorte gesehen, aber diese Brutalität überraschte sowohl sie als auch Tully. Lesters Leiche hatte an einem Baumstamm gelegen. Er war enthauptet und ausgeweidet worden, sein Gedärm lag über niedrige Äste und Zweige drapiert.

Auffällig war nicht bloß die Tötungsart, sondern auch die Tatsache, dass der Mörder sich mit Dobson und Lester zwei anscheinend starke, gesunde und kluge Geschäftsreisende auf einmal überwältigt hatte. Daraus hatten Maggie und Tully gefolgert, dass dieser Täter so etwas schon vorher gemacht hatte. Ihr Vorgesetzter, Assistant Director Raymond Kunze, stimmte ihnen zu und verwies sie an das Highway-Serienmörder-Programm des FBI.

Im Rahmen dieses Programms war einige Jahre zuvor eine landesweite Datenbank eingerichtet worden, in der Details zu sämtlichen Mordopfern entlang US-amerikanischer Highways und Interstates gesammelt wurden. Was keine leichte Aufgabe war. Gegenwärtig führte die

Datenbank über fünfhundert Opfer ungeklärter Verbrechen. Wurde nun irgendwo eine Leiche gefunden, konnten die örtlichen Ermittler anhand der Daten prüfen, ob es eine Verbindung zu Morden in anderen Bundesstaaten gab.

Maggie teilte die Überzeugung der neu eingerichteten FBI-Stelle, dass viele der Morde das Werk von Serienkillern waren, die sich das Interstate-System zunutze machten. Tully nannte die Fernstraßen scherzhaft ein Serientäter-Paradies. Die von Reisenden wie Fernfahrern angesteuerten Rastplätze waren nicht bloß Ruhezonen für erschöpfte Fahrer, sondern eigneten sich auch hervorragend für erfahrene Killer. Die meisten dieser Plätze mochten gut beleuchtet sein, doch dahinter erstreckten sich größtenteils weite Wälder oder einsame Felder und boten daher ideale Fluchtwege. Der Täter konnte binnen Stunden unbemerkt in einen anderen Zuständigkeitsbereich entkommen.

Ein erstes Erfolgserlebnis verbuchte die neue FBI-Initiative mit der Festnahme von Bruce Mendenhall im Jahr 2007. Er wurde des Mordes an einer Frau überführt, die er an einer Raststätte mitgenommen hatte. Aufgrund der gesammelten Daten konnte man ihn mit fünf weiteren Morden in vier anderen Bundesstaaten in Verbindung bringen.

Die brutalen Morde an Gloria Dobson und Zach Lester legten nahe, dass sie über einen neuen Highway-Mörder gestolpert waren. Trotzdem waren diese Verbrechen nur *ein* Grund, weshalb Maggie und Tully im Mittleren Westen gelandet waren. Der andere war, dass der Mörder Maggie eine Karte hinterlassen hatte. Unmittelbar nach der Aufklärung der Brandstiftungen in Washington hatte Maggie sie in den verkohlten Überresten ihrer Küche gefunden. Ihr wunderschönes Tudor-Haus, ihr Heiligtum, war ebenfalls in Brand gesteckt worden, und um ein Haar wären ihr Bruder Patrick und ihre beiden Hunde den Flammen zum Opfer gefallen.

Der Highway-Mörder jedoch hatte nichts mit den Bränden zu tun gehabt. Er hatte sie nur für seine Zwecke genutzt. Neben einem der brennenden Lagerhäuser hatte er Gloria Dobsons Leiche deponiert, ähnlich wie er die Feuersbrunst ausnutzte, die beinahe Maggies Heim zerstört hätte. Letztere machte es ihm möglich, in Maggies Privatsphäre einzudringen. Er war geradewegs in die Brandruine marschiert, nachdem alle anderen fort waren, und hatte die Karte auf die Granitplatte des Küchentresens gelegt, wo er sie mit einem Stein aus dem Schutthaufen in Maggies Garten beschwerte. Es war seine Einladung zu einer Schnitzeljagd.

Die grobe, handgezeichnete Skizze enthielt Wellenlinien, die mit »MissRiver« beschriftet waren und parallel zu anderen Linien verliefen, bei denen es sich um Interstates handeln musste. Es waren sogar die Ausfahrten eingezeichnet, sonst allerdings nichts, ausgenommen die Himmelsrichtungen.

Ein junger Agent der FBI-Kriminaltechnik, ein Computergenie namens Antonio Alonzo, hatte nach dem Ausschlussverfahren herausgefunden, dass mit »MissRiver« nur der Missouri, nicht der Mississippi gemeint sein konnte. Außerdem war er sicher, dass das eingezeichnete Interstate-Stück ein bestimmter Streckenabschnitt der I-29 war. So engte sich der Suchbereich für Maggie und Tully auf siebenhundert Meilen Autobahn und zweiunddreißig Rastplätze ein. Leider war das immer noch ein niederschmetternd großes Areal.

Auf der Skizze des Mörders war überdies ein Rastplatz mitsamt geometrischen Formen für Gebäude, Picknick-Unterstände und Parklücken für Autos und Lkws eingezeichnet. Ein nierenförmiger Fußweg führte um die Anlage und verband sie mit der Zu- und Ausfahrt. Die kleinen Kringel darum herum sollten laut Agent Alonzo Bäume darstellen. Sie trennten den Rastplatz von einem Fluss und setzten sich auf der anderen Flussseite fort, bis sie in eine Reihe von »X« mündeten – vielleicht Symbole für weitere Auffälligkeiten im Gelände.

So jedenfalls lautete Agent Alonzos Theorie. Maggie hingegen nahm an, dass die »X« Stellen markierten, an denen der Mörder seine Opfer deponiert hatte.

Mithilfe von Luftaufnahmen auf Fernfahrer-Websites und Google Earth hatte Agent Alonzo die Auswahl an infrage kommenden Rastplätzen auf drei in Iowa, einen in Kansas und zwei in South Dakota eingegrenzt. Am Tag zuvor waren menschliche Knochen auf einer Farm entdeckt worden. Das Grundstück lag hinter einem Interstate-Rastplatz, und ebendieser Rastplatz befand sich auf Maggies und Tullys Liste.

Maggie wollte zunächst wissen, wie weit die Farm von dem Rastplatz entfernt war. Falls dieser Fund nichts mit ihrem Fall zu tun hatte, war er nur eine unnötige Ablenkung. Der Schädel und die Oberschenkelknochen konnten ein seltsamer und unglücklicher Zufall sein, je nachdem, wie alt sie waren. Dieses Gebiet war früher von Indianern besiedelt gewesen, die Farm selbst fast hundert Jahre alt. Es war nicht auszuschließen, dass sie einst auf einem alten Indianerfriedhof errichtet worden war.

Dennoch musste sie es sich ansehen. Sie entschuldigte

sich beim Sheriff und seinen Leuten, warf Tully einen Blick zu und ging. Die lange Auffahrt wurde von dem schwarzweißen SUV des Sheriffs blockiert. Auf dem Fahrersitz hockte ein gelangweilter Hilfssheriff. Maggie konnte den Funkverkehr aus dem Wageninnern hören. Sie nickte dem Mann zu und bemerkte, dass er sich erwartungsvoll aufsetzte, doch Maggie blieb nicht stehen. Sie ging weiter und an einer Fliederhecke vorbei. Die Blüten waren erst teilweise geöffnet, aber Maggie konnte sie bereits riechen.

Gänse trompeteten über ihr. Die Farm war auf drei Seiten von einem dichten Hain aus Ahorn, Ulmen und Pappeln umgeben, der nicht nur die Sicht auf die Autobahn versperrte, sondern auch den Verkehrslärm schluckte. Wären Tully und sie nicht über die Interstate hergekommen, hätte Maggie niemals vermutet, dass die Autobahn so nahe war.

Sie entdeckte einen überwucherten Pfad hinter der Scheune, der direkt in den kleinen Wald führte. Die Bäume hatten eben erst zarte Laubknospen bekommen, die wie kleine hellgrüne Lichtpunkte an den kahlen, schwarzen Zweigen hingen. Auf der Erde bildeten Klumpen aus Tannennadeln und dem Laub des letzten Herbstes ein feuchtes Polster. Maggie ging vorsichtig, damit sie nicht ausrutschte oder stolperte.

Der Pfad wurde rasch schmaler und stieg an. Zweige peitschten Maggie ins Gesicht, obwohl sie sich bemühte, sie aus dem Weg zu schieben. Dornige Ranken zerrten an ihrer Hose. Das Sonnenlicht fiel in breiten Streifen durch die kahlen Baumkronen. Vögel verliehen dem Ganzen hie und da Farbtupfen und füllten die Stille mit ihrem Gezwitscher: leuchtend gelbe Finken, Rotschulterstärlinge, ein

Roter Kardinal. Dass sie alle sangen und ihre Paarungsrufe nicht unterbrachen, fand Maggie beruhigend. Das letzte Mal, dass sie sich auf ähnliche Weise mit Tully durch einen dichten Wald gekämpft hatte, waren sie kreisenden Krähen gefolgt, die sie zu Zach Lesters Leiche führten.

Maggie erreichte eine Lichtung auf der Anhöhe. Unter ihr mäanderte ein flacher Bach durchs Dickicht. Auf der anderen Seite war ein weiteres Waldgebiet. Von hier oben konnte Maggie in der Entfernung die Interstate mit ihrem ununterbrochenen Verkehrsfluss sehen. Und nun hörte sie auch das stete Brummen. Ihr Interesse allerdings galt dem Rastplatz unten im Wald.

Sie griff in ihre Jackentasche und holte die gefaltete Karte hervor, die sie immer mit sich herumtrug. Oder vielmehr: eine Kopie der Karte. Das Original lag natürlich in einer Beweismittelhülle bei der Kriminaltechnik in Quantico.

Zwar hatte Maggie sich die Anordnung der geometrischen Formen sowie der parallelen und sich kreuzenden Linien gemerkt, doch sicherheitshalber hielt sie nun das Blatt seitlich vor sich. Dann verglich sie die Karte mit der Landschaft, blickte immer wieder hin und her und wollte nicht recht glauben, was sie sah. Ein Frösteln überkam sie, als sie begriff. Die Straßen um den Rastplatz herum formten denselben Nierenumriss wie die auf dem Blatt; auch die mit gezeichneten Vierecken dargestellten Gebäude, Picknickecken und Parkplätze waren identisch. Auf jeden Fall war die Skizze sehr exakt.

Kein Zweifel. Die Schnitzeljagd war vorbei. Genau hierher hatte der Mörder sie führen wollen.

»Maggie?«

R. J. Tullys Flüstern erschreckte sie, sodass sie zusammenzuckte. Er atmete schwer, aber nicht etwa, weil er schlecht in Form war, sondern vor Aufregung. Maggie wartete, bis er das letzte Stück zu ihr hinaufgestiegen war.

»Das ist es«, sagte sie.

Tully sah nur flüchtig auf die Karte und den Bereich unter ihnen, ehe er sich mit der Hand übers Gesicht wischte. Maggie entging nicht, wie angespannt seine Züge waren. »Die Jagd mag vorbei sein, aber der Albtraum fängt erst an«, sagte er. »Wir haben einen schwarzen Müllsack gefunden.«

Ihre Blicke trafen sich. »Ich glaube, da ist eine Leiche drin«, ergänzte er.

## 3

Maggie konnte nur den Teil des Müllsacks sehen, der aus dem bröckeligen Erdhaufen ragte. Trotz des Schmutzes und Gestanks wirkte das schimmernde schwarze Plastik wie neu. Auf ihrer Wanderung zurück hatte Tully erklärt, wie er dem Fäulnisgeruch gefolgt war, der ihn zu dem Schluss brachte, dass in dem Sack eine Leiche sein musste, auch wenn ein Großteil noch unter Erde vergraben war.

Das Erste, was Maggie auffiel, war, dass diese Grabstätte – so sie denn eine war – nicht in der Nähe des Kraters lag, in dem der Schädel und die anderen Knochen aufgetaucht waren. Der Erdhügel befand sich am Waldrand, an die fünfzig Meter vom Farmhaus entfernt.

»Den Bereich hier haben wir gestern Morgen aufgerissen«, sagte der Vorarbeiter der Bauleute. »Wir dachten, das ist bloß Müll. Hat ja wie Müll gestunken, und da dachten wir uns nichts weiter dabei. Viele Leute auf dem Land verbuddeln ihren Müll, statt ihn zu verbrennen. Die legen ihre eigenen Müllhalden an, wenn man so will. Wir haben uns nicht weiter drum gekümmert.«

»Fanden Sie es nicht merkwürdig, dass Sie keinen weiteren Müll gefunden haben?«, fragte Tully.

Der Vorarbeiter, der sich nur als Buzz vorgestellt hatte, zuckte mit den Schultern. Sein tief in die Stirn gezogener Helm und die verspiegelte Sonnenbrille machten es schwer, zu erkennen, ob er betroffen oder schlicht verärgert war, weil sich seine Bauarbeiten verzögerten.

Der Sheriff und seine Leute standen mit den Bauarbeitern zusammen um den Erdhaufen, der gut zwei Meter hoch und an die fünf Meter breit war. Die Baugeräte hatten Spuren und Rillen im Boden hinterlassen, einschließlich eines knapp einen Meter tiefen Grabens mit den Abdrücken einer Baggerschaufel. Dennoch bestand Tully darauf, dass es ein Tatort war, und versuchte sogar, die Männer zurückzudrängen.

Er bat sie, mindestens drei Meter Abstand zu wahren, was Maggie für ziemlich sinnlos hielt. Sämtliche Beweise waren sowieso längst überrollt, umgegraben oder weggespült worden. Ein paar mehr Fußabdrücke würden kaum noch einen Unterschied machen. Außerdem schien keiner der Männer erpicht zu sein, dem Müllsack näher zu kommen. Sie sahen eher genervt als neugierig aus.

Tully holte ein Paar Latexhandschuhe aus seiner Tasche, zog sein Sakko aus und reichte es Maggie.

»Was hast du vor?«, fragte sie.

»Ich will nur mal nachsehen.«

»Sollen wir nicht warten?«, fragte Sheriff Uniss.

Tully drehte sich zu ihm um. »Auf wen? Das FBI?«

Aus dem Augenwinkel sah Maggie, wie der Sheriff puterrot wurde.

»Vielleicht ist es nur ein Müllsack«, sagte Tully, während er sich die Ärmel aufkrempelte. »Wollen Sie die Spurensicherung rufen und einen Plastiksack öffnen lassen, in dem nichts als vergammelte Essensreste sind?«

Keiner antwortete. Der jüngere Hilfssheriff trat nervös von einem Fuß auf den anderen, und Maggie sah ihm an, wie unwohl ihm war. Diesen Blick kannte sie. Der erste Mordfall. Die erste Leiche. Es war nicht leicht, den Schock und die Übelkeit zu verbergen. Er rieb sich das Kinn und schaute sich unsicher um.

Maggie wunderte sich über Tully. Es war untypisch für ihn, so forsch vorzugehen. Normalerweise war er der Vorsichtigere von ihnen, der auf die Fachleute wartete und sich streng an die Regeln hielt. Maggie war eher diejenige, die sich kopfüber ins Geschehen stürzte.

Aber sie war genauso ungeduldig wie er. Dass ein Rastplatz an dieses Farmgrundstück grenzte, konnte purer Zufall sein. Nur entsprach der Rastplatz hier fast bis auf den letzten Kringel ihrer Karte. Noch dazu war diese Farm seit zehn Jahren unbewohnt. Inzwischen suchten sie seit über drei Wochen nach dem Leichenversteck des Highway-Mörders. Ja, Maggie konnte Tullys Ungeduld nachvollziehen. Zudem gehörte das Grundstück technisch gesehen dem Staat, somit fiel es in ihren Zuständigkeitsbereich.

Sie sagte kein Wort, als Tully sich nach ihr umsah. Er

wollte wohl, dass sie ihn zurückhielt. Doch sie war ebenso neugierig darauf, was in dem Plastiksack war, wie er. Sie nickte ihm zu.

Tully trat vorsichtig auf den Erdhügel zu, versuchte einzuschätzen, wie er sich dem Sack am besten näherte. Die einzigen beiden Möglichkeiten waren, durch den schlammigen Graben zu waten und so von unten an den Müllsack zu gelangen, oder von der Seite auf den Erdhügel zu steigen. Tully entschied sich für Letzteres.

Die Erdbrocken hielten sein Gewicht, auch wenn es aussah, als würde ein falscher Schritt genügen, um eine Schlammlawine auszulösen. Er hatte es bis auf Armeslänge an den Müllsack geschafft, da rutschte er mit einem Fuß ab und drohte das Gleichgewicht zu verlieren. Er zog das Bein zurück, und sein rechter Schuh sank ein. Maggie hörte ihn stöhnen, aber Tully blieb stehen. Nun war er so nahe, dass er sich bücken und den prall gefüllten Sack berühren konnte.

Er schob seine aufgekrempelten Ärmel höher. Dann streckte er eine Hand aus und streifte behutsam einen Erdklumpen beiseite. Er wartete. Womöglich rechnete er damit, dass das Plastik aufplatzte. Maggie blickte sich kurz unter den Bauarbeitern und Hilfssheriffs um. Sie alle hielten anscheinend den Atem an und standen stocksteif da.

Tully strich mehr Schmutz und Erde weg. Ein größerer Brocken löste sich und kullerte den Hügel hinunter, worauf noch mehr von dem schwarzen Sack freilag. In diesem Moment klappte ein Plastikfetzen auf. Der Sack war schon eingerissen gewesen, jedoch vom Schlamm zusammengehalten worden.

Tully hob das Plastik vorsichtig hoch. Plötzlich zuckte

er zurück, denn ein Fuß rutschte aus dem Müllsack. An den Zehen baumelte eine orangefarbene Socke.

Maggie hörte mehrere der Männer nach Luft ringen, als sich die bleiche Haut in Sekunden dunkelrot färbte. Das hatte Maggie bisher selbst erst ein Mal miterlebt. Es war ein seltsames und unheimliches Phänomen, das manchmal auftrat, wenn vorher eingeschlossene verwesende Körper auf einmal Luft und Sonne ausgesetzt wurden. Man konnte fast glauben, die Leiche würde wieder lebendig und wollte die Socke und den Plastiksack abstreifen.

»Ich denke, jetzt können wir die Kriminaltechniker rufen«, sagte Tully.

Gleich darauf würgte jemand. Ohne hinzusehen, wusste Maggie, dass es der junge Hilfssheriff war. Endlich hatte er seine erste Leiche.

## 4

*Außerhalb von Manhattan,*
*Kansas, an der Interstate 70*

Noah hatte keine Ahnung, wie lange er unter der Fichte gelegen hatte. Noch weniger ahnte er, wie nahe er der Rückseite eines kleinen Hauses war. Von irgendwoher hörte er das Brummen von Elektromaschinen und Verkehr. All das drang wie durch einen Wattebausch gedämpft an seine Ohren. Sein Atem ging schwer und röchelnd, und ihm tat die Brust weh, als hätte er niemals aufgehört zu rennen.

Sein Herz galoppierte, weigerte sich, die Schläge auf ein normales Tempo zu verlangsamen – was immer normal auch sein mochte.

»Eleanor, hier liegt ein junger Mann.«

Noah hörte die Stimme, verharrte jedoch zusammengekrümmt. Er wollte nicht sehen, wer so dicht bei ihm war oder über ihn redete.

*Bitte sieh mich nicht. Bitte, geh einfach vorbei.*

»Er blutet, glaube ich.«

*Erwischt.*

Ihm fehlte die Kraft, wegzukrabbeln und sich zu verstecken. Er konnte nicht einmal kriechen, sich überhaupt nicht bewegen. Seine Muskeln hatten aufgegeben. Beim letzten Mal, als er sich aufsetzen wollte, hatte es viel zu sehr geschmerzt. Deshalb hatte er sich zu einer Kugel zusammengerollt, sich so klein wie möglich gemacht. Am liebsten wäre er schlicht verschwunden. Es war dunkel gewesen, hell geworden und wieder dunkel. Ihm war kalt gewesen, dann warm und wieder kalt. Währenddessen hatte sein Verstand abgeschaltet, weil er abschalten musste.

»Nein, bleib zurück, Eleanor.«

Der Mann war ziemlich nahe, auch wenn er einen Sicherheitsabstand einhielt.

»Er hat nichts an.«

*Er hat meine Sachen. Er hat alles genommen.*

»Du lieber Gott, ist das viel Blut. Der ist schwer verletzt.«

Noah fehlte die Kraft, dem Mann zu sagen, dass es nicht sein Blut war. Es war Ethans. Oder das, was von Ethan noch übrig war.

*Denk nicht daran. Du darfst nicht daran denken. Hör auf, daran zu denken! Atme!*

»Ruf die Polizei, Eleanor.«

*Nein, lasst mich einfach hier.*

Noah versuchte, die Stimme des Mannes aus seinem Kopf auszusperren. Irgendwo über ihm schrie ein Falke. Ein Windhauch blies durch die Zweige. Andere Vögel zwitscherten und trällerten. Er erkannte sie nicht. Laub raschelte. Er wollte seinen Kopf mit Geräuschen füllen, egal welchen, solange sie nur Ethans Schreie übertönten.

## 5

»Wo ist die nächste FBI-Außenstelle?«, fragte Tully.

Maggie war zu ihm auf den Erdhügel gestiegen. Beide steckten knöcheltief im Schlamm. Aus dieser Nähe war der Gestank überwältigend, obwohl sie ein Stück höher geklettert waren, sodass sie zwar noch den Müllsack vor sich hatten, aber gegen den Wind standen. Der Sheriff, seine Leute und die Bauarbeiter blieben auf Abstand auf der anderen Seite des Grabens. Sie waren sogar unaufgefordert ein Stück zurückgewichen, womit sie nun außer Hörweite von Tully und Maggie waren.

»Ich schätze, Minneapolis ist vier bis fünf Stunden entfernt«, antwortete Maggie nach kurzem Überlegen. »Soweit ich weiß, haben wir keine Außenstelle in Iowa oder South Dakota.«

»Dann dürfte Omaha die nächste sein. Kennst du jemanden in Omaha?«

Maggie schüttelte den Kopf. »Nicht vom FBI-Büro. Aber die haben eine erstklassige Kriminaltechnik.«

Sie standen so dicht nebeneinander, dass Maggies Schulter Tullys Arm streifte. Aus dieser Höhe hatten sie einen sehr guten Überblick über das Gelände. Maggie schaute sich um, versuchte einen Eindruck davon zu bekommen, wie groß das Anwesen war. Hier alles umzugraben dürfte ein gigantischer Aufwand werden, selbst ohne den Wald und das Flussbett dahinter. Offenbar dachte Tully dasselbe.

»Was meinst du, wie viele Leichen hier noch liegen?«, fragte er schließlich.

»Wir könnten uns auch irren, und das ist gar nicht das Leichenversteck des Killers.«

»Ich bitte Alonzo, uns ein Team mit Leichenspürhunden zu schicken«, sagte Tully, als hätte er Maggie überhaupt nicht gehört.

»Ich glaube nicht, dass die Socke dem Opfer gehört hat.«

»Was soll das heißen?«

»Sie sieht neu aus, zu sauber.« Ihr war aufgefallen, dass die Socke noch eine Legefalte an der Sohle aufgewiesen hatte, als wäre sie gerade aus der Packung gekommen. Die hatte nie und nimmer in einem Schuh gesteckt.

»Wurde nicht erst kürzlich eine Leiche gefunden, die orangefarbene Strümpfe trug?«, fragte Maggie.

»Bei einem FBI-Fall?«

»Nein, das war keiner von unseren.« Maggie versuchte, sich zu erinnern. Im Geiste sah sie eine andere Leiche, orangefarbene Strümpfe, ein bewaldetes Gebiet ... Und dann wusste sie es wieder. »Im Fernsehen! Da war ein Fernsehreporter, der die Virginia State Patrol zu einer Leiche in einem Wald geführt hat. Erinnerst du dich an den Bericht?«

Tully schob seine Brille höher und rieb sich die Schläfe. »Ich vermeide es, mir Reality-Shows über Polizisten anzugucken.«

»Das kam in den Nachrichten, nicht in so einer Show. Muss so drei oder vier Wochen her sein. Der Reporter hat gesagt, dass er einen Tipp bekommen hätte. Ich weiß nicht mehr, ob es einen Augenzeugen gab.«

»Denkst du, die beiden Funde hängen zusammen?«

Maggie glaubte nicht an Zufälle. Und jetzt fragte sie sich, ob der Mistkerl losgezogen war und orangefarbene Socken gekauft hatte. Oder waren die Socken von jeher seine Signatur? Aber sie erinnerte sich nicht, dass Gloria Dobson solche Socken getragen hatte, als ihre Leiche gefunden wurde.

»Sag Agent Alonzo, dass er die Datenbank nach solchen Socken durchsuchen soll«, sagte sie. »Und er möchte bitte so viel über die Tote in Virginia herausfinden, wie er kann.«

Tully notierte sich alles auf einem Papierfetzen.

»Die Haut sieht aus, als hätte sie noch nicht mal angefangen, sich zu zersetzen«, sagte Tully. »Was glaubst du, wie lange die Leiche hier schon liegt?«

»Die normale Verwesung setzt im Freien nach einer Woche ein, nach zwei Wochen im Wasser. Unter der Erde können es bis zu acht Wochen sein.«

»Es ist furchtbar, dass solche Sachen bei dir wie aus der Pistole geschossen kommen.«

Maggie grinste. Sie war nicht stolz darauf, dass sie sich solche grausigen Details mühelos einprägte und jederzeit abrufen konnte.

In diesem Augenblick wehte der abgerissene Plastiklappen in einer Windböe auf. Der kurze Moment genügte, dass Maggie Bewegung in dem Plastiksack sah. Ihr brach kalter Schweiß aus, und sie verzog das Gesicht, was Tully leider nicht entging.

»Maden«, sagte Maggie mit zusammengebissenen Zähnen, fast flüsternd. Sie konnte Maden nicht ausstehen. »Die beschleunigen den Zersetzungsprozess.«

Hatte der Mörder den Müllsack absichtlich eingerissen, wohl wissend, dass die Maden eine Identifizierung des Opfers erschwerten?

»Wir müssen ein mobiles Labor vor Ort haben, ehe es dunkel wird«, sagte Tully.

Maggie sah zu den Männern unten. Es war nur natürlich, dass sie sofort zu Hause erzählen würden, was sie heute gesehen hatten. »Und ein paar Leute, die das Ganze bewachen«, ergänzte sie.

»Bin schon dabei.« Tully zog sein Handy aus der Hosentasche und stieg den Hügel hinunter.

Maggie blieb, wo sie war. Inzwischen machte ihr der Gestank nichts mehr aus, und sie musste nicht mehr dauernd auf den wehenden Plastikfetzen starren. Stattdessen sah sie sich weiter auf dem Gelände um. Der Sheriff hatte gesagt, dass die frühere Besitzerin vor zehn Jahren gestorben war. Hatte die Farm seitdem leer gestanden? Und, falls ja, wie hatte der Mörder das wissen können? War er nur durch einen glücklichen Zufall darauf gestoßen, oder hatte er eine Verbindung zu dieser Farm?

Die Sonne brannte mittlerweile ziemlich grell auf sie herab. Alle Wolken vom frühen Vormittag hatten sich verzogen. Es war nach wie vor kühl, aber wenigstens brauchten sie sich keine Sorgen zu machen, dass es wieder regnen könnte. Plötzlich nahm Maggie etwas aus dem Augenwinkel wahr, wie eine Sonnenspiegelung auf Glas. Das Farmhaus war um die fünfzig Meter entfernt, trotzdem veranlasste sie diese Spiegelung, genauer hinzusehen.

Ihr Herz stockte.

Sie schirmte ihre Augen mit einer Hand gegen die Sonne ab. Wahrscheinlich irrte sie sich, doch sie stieg von dem Hügel, wobei sie weiter das Haus im Blick behielt.

»Sheriff«, sagte sie, als sie um den Graben herum auf ihn zuging. »Wer hat die Schlüssel zu dem Haus?«

»Nur der Nachlassverwalter. Und der ist auf dem Weg hierher.«

»Können Sie ihn anrufen und fragen, wie lange er noch braucht?«

»Jetzt gleich, meinen Sie?«

Maggie sprach betont ruhig. »Ja, jetzt. Und die Männer müssen zurück zu den Außengebäuden, aber langsam. Sie dürfen auf keinen Fall laufen.«

»Jetzt gleich, meinen Sie?«

»Ja.«

Sie ließ ihn stehen, bevor er noch einmal nachfragen konnte. Immerhin setzte er seine Leute schon in Bewegung und tippte auf seinem Handy herum. Derweil ging Maggie zurück zu Tully und wartete, bis er seinen Anruf beendet hatte.

Dann sagte sie leise: »Da ist jemand im Haus.«

# 6

»Wovon redest du?«, fragte Tully und wollte sich zum Farmhaus umdrehen, doch Maggie hielt seinen Ellenbogen fest.

»Ich habe gesehen, wie sich der Vorhang bewegt hat.«

»Das kann alles Mögliche gewesen sein. Ein Windstoß, Zugluft.«

»Jemand hat aus dem Fenster gesehen und den Vorhang dann wieder zugezogen.«

»Wir sind beide ziemlich fertig. Wann haben wir zuletzt richtig geschlafen?«

Er glaubte ihr nicht. Bevor sie ihm widersprechen konnte, sah sie seine Hand instinktiv zum Schulterhalfter wandern. Doch er griff nicht nach seiner Waffe. Stattdessen nahm er sein Sakko von dem Zaunpfahl, über den Maggie es gehängt hatte, ehe sie zu ihm auf den Erdhügel stieg. Tully zog sich das Jackett über. Er zeigte keine Spur von Anspannung.

Vielleicht war sie erschöpft, aber Maggie wusste, dass sie etwas oder jemanden in dem Haus gesehen hatte. In einem Haus, das seit zehn Jahren leer stand. Tully entfernte sich wieder. Ob mit oder ohne ihn, Maggie würde es überprüfen. Doch zunächst einmal folgte sie ihm und überlegte, wie sie ihn überzeugen konnte. Es war allemal klüger, Verstärkung zu haben. Sie hatten beide schon erlebt, dass ein Mörder an den Schauplatz zurückkehrt, um dabei zu sein, wenn die Polizei seine Opfer findet. Und sie hatten auch schon erlebt, dass ein Mörder am Tatort eine Falle für die Polizei zurückgelassen hatte.

Auf einmal ergab alles einen Sinn. Warum hatte der Mörder ihr die Karte gegeben? Warum schickte er sie auf eine Schnitzeljagd, die sie geradewegs zu einem Leichenfund führte, wenn er es nicht genüsslich mit ansehen konnte?

Tully blieb neben dem Löffelbagger stehen, und schlagartig begriff Maggie, dass er bewusst die schwere Maschine zwischen ihnen beiden und dem Haus haben wollte. Dann sagte er leise: »Verdammt, wir hätten daran denken sollen, zuerst das Haus zu überprüfen.«

Also glaubte er ihr doch.

»Der Sheriff sagt, dass der Verwalter hierher unterwegs ist. Er hat einen Schlüssel.«

»Aber wenn das Haus mit Fallen präpariert ist …«

Tully und sie dachten also das Gleiche.

»Dann wären sie wohl an den Türen, nicht an den Fenstern.«

»Bist du sicher, dass er nicht gemerkt hat, dass du ihn gesehen hast?«

»Im Moment kann ich gar nichts mit Sicherheit sagen«, gestand Maggie.

»Er guckt sich an, was hier hinten los ist, aber er kann nicht alle Seiten des Hauses gleichzeitig beobachten.«

»Teilen wir uns auf?«

Tully nickte.

»Was erzählen wir Uniss und seinen Hilfssheriffs?«

»Dass sie bleiben sollen, wo sie sind.«

»Brauchst du sie nicht als Verstärkung?«

Tully sah hinüber zu den Männern, die an der Scheune standen, und auch Maggie schaute hin. Der Vorarbeiter namens Buzz war im Wald gewesen und kam nun mit einer Zigarette in der Hand zurück. Seine Männer unterhielten sich und zeigten dabei immer wieder zu dem Müllsack hinüber. Der Sheriff war noch an seinem Handy, seine Hilfssheriffs an ihren.

»Es wäre besser, wenn sie sich zurückhalten, bis einer von uns sie ruft.«

Maggie dachte daran, wie dem jungen Hilfssheriff das Mittagessen aus dem Gesicht gefallen war, und unweigerlich fragte sie sich, ob er jemals im Dienst seine Waffe benutzt hatte.

»Ich sage ihnen Bescheid«, bot Tully an. »Wie wäre es, wenn du dir schon mal die Fliederbüsche ansiehst und dann die Ostseite übernimmst? Ich gehe hinter der Scheune herum und komme von Westen.«

Maggie blickte wieder zum Haus. Die Vertikalschiebefenster befanden sich einen Meter sechzig über dem Boden. Maggie entsann sich, vorn am Haus eine Veranda und auf der Westseite eine zweite Eingangstür gesehen zu haben. Die von Fliederbüschen flankierte Ostseite hatte sie bisher nicht in Augenschein genommen. Sollten die Fenster dort genauso hoch sein, wäre es schwierig, nach oben und hinein zu gelangen. Und je länger sie brauchte, umso größer wurde das Risiko, sich zur Zielscheibe zu machen.

»Was denkst du?«, fragte sie Tully.

Er zog wieder sein Sakko aus und hängte es über das seitliche Gestänge des Baggers.

»Schmeiß ein Fenster ein, dann geh in Deckung und warte. Falls jemand drinnen ist, wird er nachsehen. Das gibt mir genug Zeit, die Tür auf meiner Seite einzutreten. Soweit ich mich erinnere, dürfte die kein Problem sein.«

»Ich weiß nicht, ob das so eine gute Idee ist. Was ist,

wenn er mit einer Halbautomatik in der Ecke sitzt und auf dich wartet? Vielleicht warten wir doch auf den Verwalter mit dem Schlüssel.«

»Dann könnte er trotzdem noch mit einer Halbautomatik in der Ecke warten. Oder wir stecken den Schlüssel ins Schloss, und das ganze Haus fliegt in die Luft.«

»Waren wir schon immer so paranoid?«

Tully grinste. »Nein, aber du übst einen schlechten Einfluss auf mich aus.«

Maggie streifte ihre Jacke ab und hängte sie über Tullys.

»Sei bitte vorsichtig«, sagte sie zu ihm. »Gwen bringt mich um, wenn dir irgendwas passiert.«

Dann machte sie sich auf den Weg zu den Fliederbüschen und hoffte insgeheim, sie würden bloß eine streunende Katze im Haus finden.

## 7

*Mercy Regional Health Center,*
*Manhattan, Kansas*

Noah wachte umgeben von weißen Wänden und surrenden Maschinen auf. Er erschrak so heftig, dass er eine Nadel ausriss, die in seinem Handrücken steckte, worauf über ihm ein schrilles Piepen ertönte. Panisch schwang er sich vom Bett, doch sowie seine Füße den Boden berührten, schoss ein stechender Schmerz durch seinen Körper.

Gleichzeitig bemerkte er die dicken Verbände an seinen Beinen. Sie sahen wie gigantische Stümpfe aus, und für einen Moment bekam Noah entsetzliche Angst.

*O mein Gott, sie haben mir die Füße amputiert!*

Eine Krankenschwester kam ins Zimmer gelaufen, was Noah erst recht in Panik versetzte.

*Kämpfen oder fliehen.*

Er wurde ausschließlich von seinem Überlebensinstinkt gesteuert.

»Nicht. Sie tun sich weh!«

Die Schwester war klein, wendig und verblüffend stark, so wie sie ihn bei den Schultern packte. In Sekunden lag er wieder auf den Kissen. Bevor er widersprechen und nochmals aufspringen konnte, überrollte ihn eine Welle der Übelkeit.

»Mir ist schlecht«, stöhnte er.

Ohne mit der Wimper zu zucken, half sie ihm, sich halb aufzusetzen, und hielt eine Plastikschale über seinen Schoß.

Sein Magen war leer, sodass er sich nicht übergeben konnte. Das trockene Würgen kratzte in seinem wunden Hals, und sein Kiefer tat weh. Als er fertig war, lehnte die Schwester ihn zurück und deckte ihn zu. Das dünne Krankenhaushemd klebte an seiner verschwitzten Haut, und er begann, so heftig zu zittern, dass er dachte, er würde einen Krampfanfall bekommen.

Dann spürte er einen Nadelstich, doch es war zu spät, sich zu wehren. Warme Flüssigkeit durchflutete seine Adern. Fast sofort entspannte sein Körper sich. Noah sank tiefer in die Kissen, während alles vor seinen Augen verschwamm. Obwohl sich sein Herzschlag verlangsamte, schmerzte seine Brust noch.

Ängstlich wanderte sein Blick in dem Zimmer hin und her, jedem Geräusch, jeder Bewegung folgend. Verwaschene grüne und rote Lämpchen blinkten an Maschinen, die er nicht kannte. Ein Gesicht erschien in der Tür. Ein anderes war über ihm und sah ihn an – die Krankenschwester. Nein, es waren drei identische Krankenschwestern.

*Meine Lider sind so schwer. Nicht die Augen schließen!*

Er wollte Ethans Gesicht nicht wieder sehen.

Es fühlte sich an, als wären nur Minuten vergangen, bis Noah die Augen wieder öffnete. Diesmal war das Gesicht seiner Mutter über ihn gebeugt, und er musste angestrengt blinzeln, um sie klar sehen zu können.

»Oh, Carl, guck mal, er wacht auf.«

Noah ließ seinen Kopf zur Seite kippen. Dort am Fenster stand sein Vater. Ein anderer Mann war bei ihm. Noah schrak hoch, riss die Augen weit auf. Jetzt erst wurde ihm klar, dass er den anderen Mann nicht kannte.

»Sicher gibt es für das alles eine Erklärung«, hörte er seinen Vater zu dem Fremden sagen. Die beiden wirkten nicht so froh und begeistert wie seine Mutter, weil er aufgewacht war.

»Das hoffe ich.«

Sein Vater drehte sich zu Noah um, blieb jedoch am Fenster stehen, während der andere Mann näher kam. Noahs Mutter ging beiseite, und ihr Lächeln verschwand.

»Noah, ich bin Lieutenant Detective Lopez von der Riley County Police.«

Noah konnte einen leichten Akzent hören und blickte kurz zu seinem Vater hinüber. Der Mann war kleiner als Noahs Dad. Sein Gesicht war schmal, die Haut leicht wettergegerbt, und Muskeln wölbten sich unter seinem Hemd.

»Weißt du, wo du bist, mein Junge?«

Wieder blickte Noah zu seinem Vater. Wollte er nicht protestieren, dass dieser Mann ihn »mein Junge« nannte? Aber sein Vater rührte sich nicht, sagte nichts, starrte ihn einfach nur an und wartete, dass Noah antwortete.

»Krankenhaus«, brachte Noah heraus.

»Erinnerst du dich, wie du hergekommen bist?«

Noah sah zu seiner Mutter. Ihr Lächeln wirkte gequält und nervös, und ein Mundwinkel zuckte.

Er schüttelte den Kopf.

»Erinnerst du dich, was gestern Abend passiert ist?«

Als Noah nichts sagte, half Detective Lopez nach. »Auf dem Rastplatz?«

Er wollte sich nicht erinnern.

*Ich sage nichts. Ich sage nichts. Ich schwöre, dass ich nichts sage.*

Noah schüttelte erneut den Kopf, aber sein Herz begann zu rasen.

»Erinnerst du dich, dass du gestern Abend mit dem Auto unterwegs warst? Dass du an dem Rastplatz angehalten hast?«

Er schüttelte abermals den Kopf, leider zu schnell. Es war eindeutig, dass der Detective ihm nicht glaubte.

»Als man dich hierherbrachte, warst du voller Blut.«

Noah guckte rasch zu seinem Vater, der ihn sehr ernst betrachtete. Nun war das Lächeln seiner Mutter endgültig fort. Sie bedeckte ihren Mund mit einer Hand und zog die Brauen zusammen. Das war nicht bloß Sorge, sondern noch etwas anderes.

»Da war eine Menge Blut«, fuhr Detective Lopez fort, »zu viel für deine Verletzungen.«

Jetzt konnte Noah es deutlich hören. Misstrauen. Merkte der Detective, wie sein Herz raste?

So viel Blut. Ethans Blut.

»Ethan«, hauchte er leise.

»Dein Freund Ethan, richtig«, sagte Detective Lopez ein bisschen freundlicher, um Noah zu ermuntern, mehr zu sagen.

*Du darfst nichts sagen. Sag nichts.*

Aber Noah konnte nicht schweigen. »Er ist noch da draußen.«

Den Mienen seiner Eltern und des Detectives nach zu urteilen dachten sie wohl, dass er Ethan meinte, dabei sprach er von dem Irren. Er war noch da draußen und würde es erfahren, wenn Noah redete. Er würde es erfahren, zurückkommen und mit Noah machen, was er mit Ethan gemacht hatte.

## 8

Maggie stand in dem dichten Fliedergebüsch und beobachtete das Haus. Hinter ihr, jenseits der Sträucher und Bäume, befand sich ein frisch gepflügter Acker. Der Geruch von Erde und Flieder umgab sie. Wenigstens konnte sich so niemand aus der anderen Richtung anschleichen. Wegen der Nachmittagsschatten war es beinahe unmöglich, durch die Fenster ins Haus zu sehen.

Maggie sah, wie Tully stehen blieb, um mit dem Sheriff zu reden. Er brachte es sogar fertig, dass der Mann sich kein einziges Mal zum Farmhaus umdrehte, während sie sprachen. Selbst als Tully hinter der Scheune verschwand, benahm sich die Gruppe, als wäre nichts.

Maggie schaute auf ihre Uhr und wartete ab, um Tully Zeit zu geben, in Stellung zu gehen. Fünf Minuten fühlten sich wie zwanzig an, und die ganze Zeit behielt sie die Fenster im Auge. Dort bewegte sich nichts. Nicht einmal die Andeutung eines sich verschiebenden Vorhangs. Andererseits wirkte der Stoff auch dünn genug, dass man von innen durch ihn hindurchsehen konnte. Maggie hingegen konnte nichts als einen Schleier von Grau und Schwarz ausmachen.

Wieder blickte sie auf ihre Uhr.

*Es ist so weit.*

Maggie suchte den Boden um sich herum ab und entdeckte einen faustgroßen Stein. Sie hob ihn mit der linken Hand auf, da sie in ihrer rechten bereits ihre Smith & Wesson hielt. Auf diesem Revolver war sie seinerzeit ausgebildet worden, weshalb sie dankend abgelehnt hatte, als das FBI auf Glocks umstellte. Ihre Smith & Wesson hatte nur sechs Schuss, aber mehr hatte Maggie noch nie gebraucht, und vor allem hatte diese Waffe nie Ladehemmung. Nun umklammerte sie fest den Griff, richtete den Lauf nach unten und legte einen Finger an den Abzug. Mit drei Schritten war sie nahe genug, holte aus und warf den Stein – auch wenn es ihr widerstrebte, einfach so eine Scheibe einzuwerfen.

Gleich nach dem Wurf duckte sie sich, lief los und kauerte sich mit dem Rücken zur Hauswand. Sie war nicht direkt unterhalb des kaputten Fensters, aber doch so nahe, dass Scherben unter ihren schlammverkrusteten Schuhen knirschten. Maggie atmete ruhig ein und aus. Die Vögel waren verstummt, und sogar der Wind machte eine Pause.

Maggies Puls hämmerte, sodass sie sich konzentrieren musste, um zu lauschen.

Ein Schlurfen. Schritte? Da war ein Klicken. Eine Waffe, die entsichert wurde? Oder ein Türriegel, der einrastete? War jemand ins Zimmer gekommen? Oder herausgegangen? Es brachte sie förmlich um, dass sie nicht aufstehen und hineinsehen konnte.

Komm schon, Tully, wo bleibst du denn?

Schließlich drang ein Krachen aus dem Haus. Es krachte ein zweites Mal, begleitet vom Geräusch splitternden Holzes, dann ertönte ein Knallen.

»FBI. Treten Sie vor, damit ich Sie sehen kann!«

Maggie sprang auf und sah durch das zerborstene Fenster. Dahinter war ein Schlafzimmer. Auf der Paisley-Tagesdecke lagen Scherben. Das Fenster war zu hoch, als dass sie hindurchklettern konnte, also lief sie an der Hauswand entlang zur Vorderseite. Wieder hörte sie Tully von drinnen rufen.

Sie hielt sich geduckt, sodass man sie nicht durch die Fenster sehen konnte, und war bald bei der Tür, die Tully eingetreten hatte.

Sie verharrte kurz daneben und lauschte.

»Tully?«

Nichts.

*Verdammt.*

Maggie stand mit dem Rücken zur Hauswand, umklammerte ihre Waffe fester, duckte sich wieder und lief ins Haus.

Sonnenlicht durchflutete den vordersten Raum. Die von weißen Laken bedeckten Möbel erinnerten unheimlich an einen Tatort, an dem die Leichen mit weißen Tüchern bedeckt waren.

»Ich bin im Badezimmer am Ende des Flurs«, rief Tully.

»Bist du okay?«

»Ja, alles bestens. Überprüf die vorderen Zimmer. Da war ich noch nicht.«

Maggie suchte die Zimmer gründlich ab, zog auch mehrere der großen Laken zur Seite. Staub wirbelte auf, doch zu ihrer großen Erleichterung versteckte sich niemand darunter. Nachdem sie in sämtliche Winkel und Wandschränke gesehen hatte, ging sie zurück durch den Flur.

Dort stand Tully in der offenen Badezimmertür. Er hatte seine Waffe heruntergenommen, den Finger jedoch noch am Abzug. Nun trat er einen Schritt beiseite, und Maggies Blick fiel auf eine etwa vierzigjährige Frau mit schmutzig blondem, langem Haar und von verschmiertem Mascara umgebenen Waschbärenaugen. Sie trug einen rosa Slip und ein kurzes T-Shirt, das eng an ihrem ausgemergelten Körper anlag. Es zeichneten sich sogar die Rippen durch den Stoff ab.

»Was bildet ihr euch eigentlich ein?«, fragte sie und wischte sich einige fettige Haarsträhnen aus dem Gesicht.

Die Geste brachte ihr blasses Gesicht besser zum Vorschein, das von Pickeln und entzündeten Stellen übersät war. Mehrere der Stellen bluteten, als hätte sie sich die gerade erst aufgekratzt.

»Sie hatte es eilig, was im Klo runterzuspülen«, sagte Tully zu Maggie, ohne den Blick von der Frau abzuwenden.

»Das war ihr offenbar wichtiger, als nachzusehen, wer ins Haus stürmt.«

»Kann man nicht mal ohne Zuschauer aufs Klo gehen?«

Dann lachte die Frau, und an dem raspelnden Ton erkannte man, dass sie eine starke Raucherin war. Maggie erhaschte einen Blick auf wenige schwarze Zähne zwischen verrotteten Stümpfen. Prompt sah Maggie sich ihre Arme und Beine genauer an. Auf den Unterarmen waren ebenfalls entzündete Stellen, aber Einstiche konnte Maggie nicht entdecken. Sie überlegte, was sie über Methamphetamin-Abhängige wusste. Waren die gefährlich? Psychotisch? Auf jeden Fall injizierten sie sich ihren Stoff nicht zwangsläufig. Crystal Meth oder »Crank« wurde geraucht, in Pulverform auch geschnieft oder gegessen.

Maggie blickte zum Schlafzimmer gegenüber, dessen Fenster sie eingeworfen hatte. Schmutzige weiße Turnschuhe standen auf dem Boden, und eine Jeans sowie mehrere andere Kleidungsstücke lagen auf einem Haufen. Daneben war eine große, braune Lederumhängetasche, umgeben von Müll: größtenteils Schokoriegelpapier und Coladosen.

Auf der Kommode waren diverse Kerzen, die unterschiedlich weit heruntergebrannt waren. Und in der Staubschicht konnte Maggie Spuren von weißem Puder erkennen. Mittendrin lag ein achtlos hingeworfenes Bündel Dollarnoten. Es waren sogar Hundertdollarnoten, fiel Maggie auf, als sie Benjamin Franklin auf einem nicht ganz so zerknüllten Schein sah.

»Wie wär's, wenn Sie uns verraten, wer Sie sind und was Sie hier machen?«, fragte Tully.

»Ich wohne hier.«

»Klar wohnen Sie hier«, sagte Tully. »Die Einrichtung gefällt mir. Weiße Staublaken passen einfach zu allem, nicht?«

»Fragen Sie doch die Besitzer. Die werden Ihnen erzählen, dass ich jederzeit hier wohnen darf.«

Maggie fiel auf, dass die Frau keine Angst hatte und völlig unbeeindruckt von Tullys und Maggies Waffen wirkte.

»Ach, wirklich?«, fragte ein Mann, der mit Sheriff Uniss durch den Flur kam.

Der Mann trug eine Wildlederjacke, eine Jeans und eine Baseballkappe. Er war genauso groß wie der Sheriff, allerdings besser in Form, schlank und etwa Mitte dreißig. Die dunklen Augen hinter seiner schwarz gerahmten Brille wirkten durchdringend, auch wenn er ein freundliches Gesicht hatte.

»Agent Tully, Agentin O'Dell«, sagte der Sheriff, »das hier ist Howard Elliott. Er ist der Verwalter, mit anderen Worten: der gegenwärtige Besitzer dieser Farm. Kennen Sie diese Frau, Mr. Elliott?«

»Nein.«

»Miss«, sagte Uniss sehr höflich, »hier wohnt schon seit fast zehn Jahren keiner mehr. Aber wenn Sie die Vorbesitzerin gekannt haben, können Sie uns sicher auch ihren Namen sagen.«

Die Frau schnaubte verächtlich. »Wie zum Henker soll ich mich an den Namen erinnern, wenn die seit zehn Jahren tot ist?«

Die Männer starrten sie stumm an, während Maggie langsam Mitleid mit ihr bekam.

»Dann fangen wir vielleicht mit Ihrem Namen an.«

Jetzt schien sie zu überlegen, kniff die Augen leicht

zusammen und runzelte die Stirn, was sie älter aussehen ließ, als Maggie sie zunächst geschätzt hatte.

»Helen.«

»Sie heißen Helen?«, fragte Tully.

»Nein, Arschloch. Ich heiße Lily. Die Frau, die hier gewohnt hat, hieß Helen. Ich habe früher mal hier gelebt, so mit dreizehn. Sie war meine Pflegemutter. Und sie war richtig nett.«

Alle blickten Mr. Elliott an.

»Helen und ihr Mann hatten viele Kinder und Jugendliche bei sich aufgenommen«, bestätigte er. »Unter anderem auch mich.«

»Dann ist sie ein Jahr, nachdem ich weg bin, gestorben? Das hab ich nicht gewusst«, sagte Lily.

Alle schwiegen, und Lily sah von einem zum anderen.

»Sie ist erst seit zehn Jahren tot«, sagte Tully schließlich.

»Ja, genau. Ich bin vierundzwanzig, Arschloch. Ich weiß, dass ihr mich alle für viel reifer und sexy haltet.«

Wieder einmal schwiegen alle.

»Hey, bleibt mir vom Hals!«, schrie sie, obwohl sich keiner gerührt hatte.

Sie wurde so unruhig, dass Maggie fürchtete, sie könnte auf Tully losgehen.

»Gefällt mir nicht, wie ihr Schweine mich angafft.« Sie meinte es ernst und wurde eindeutig wütend.

»Angafft?«, wiederholte Sheriff Uniss ungläubig flüsternd.

Maggie tippte Tully auf die Schulter und bedeutete ihm, ein Stück zurückzutreten.

»Wie wär's, wenn Sie mit mir kommen, Lily?«, fragte sie die Frau. »Sie sollten sich etwas überziehen. Ihnen ist doch bestimmt kalt.«

»Kalt?« Sie lachte krächzend. Ihre Stimme klang wie die von jemandem, der seinen Körper seit Jahrzehnten und nicht erst seit Jahren missbraucht, ging es Maggie durch den Kopf.

»Hier drin ist es höllisch heiß«, sagte Lily, wobei sie sich einige Haarsträhnen, die an ihrer verschwitzten Stirn klebten, nach hinten strich.

Maggie wurde klar, dass Lily wahrscheinlich noch high war. Die Meth-Wirkung hielt bis zu vierundzwanzig Stunden an. Schwer Abhängige kamen manchmal über Tage, sogar Wochen nicht runter. Und den Hautwunden und verrotteten Zähnen nach zu urteilen – zumal bei einer Vierundzwanzigjährigen –, war Lily ganz gewiss nicht erst seit Kurzem abhängig.

Lily war immer noch unruhig, schien allerdings froh zu sein, aus dem Badezimmer zu kommen, weg von den prüfenden Blicken Tullys und der anderen beiden. Sie drängte sich an ihm vorbei, und Maggie zeigte auf das Schlafzimmer gegenüber. Dann sah sie kurz zu Tully hinüber und folgte Lily. Ihr entging jedoch nicht, dass Howard Elliott verhalten schmunzelte, als fände er das alles hier ziemlich amüsant.

# 9

*Nordwestliches Florida*

Ryder Creed hörte Schritte: ein leises Tipp-Tapp auf dem Dielenboden seines Lofts. Jemand schlich sich an ihn heran oder wollte ihn nicht wecken. So oder so interessierte es ihn nicht. Seine Lider zuckten, wollten sich aber nicht heben. Creed hatte keine Lust aufzustehen. Es war ideales Schlafwetter. Durch ein offenes Fenster wehte eine kühle Brise herein, begleitet von feuchter Luft und dem Geruch eines Holzfeuers. Es war viel zu gemütlich, als dass Creed sich rühren wollte, trotzdem ließ er eine Hand unter die Matratze gleiten und umfasste seine 38er Ruger Special +P.

Eine Hundezunge schlabberte ihm übers Gesicht. Den Hund hatte er gar nicht gehört. Er behielt die Hand unter der Matratze und machte mit der anderen einen halbherzigen Versuch, den Hund zu vertreiben. Die Schlabberzunge hatte etwas Beruhigendes. Jedenfalls bis das Tier zu winseln begann.

Creed öffnete die Augen und blinzelte angestrengt ins Sonnenlicht. Es fühlte sich an, als wären seine Lider auf der Innenseite mit Sandpapier bespannt. Er zog seinen Revolver heraus, noch ehe er den wedelnden Hundeschwanz bemerkte. Dann sah er die große Schwarze auf der anderen Seite seines Lofts stehen.

»Wie bist du hier reingekommen?« Er ertappte sich dabei, wie er sich orientierungslos umschaute, als wäre er nicht ganz sicher, wo »hier« war.

»Du hast mir einen Schlüssel gegeben.«

»Mein Fehler«, sagte Creed, setzte sich auf und schob die Waffe wieder unter die Matratze.

»Irgendwann erschießt du noch mal jemanden.«

»Das ist der Sinn der Sache.«

Auf einmal war ihm schwindlig, als wäre sein Kopf völlig überproportioniert. Sein Mund war ausgetrocknet, sein Hals kratzte, sodass ihm das Schlucken schwerfiel. Er sah sich nach einem Glas Wasser um, konnte aber nur leere Bierflaschen entdecken. Die Frau, Hannah, fing bereits an, sie einzusammeln. Es lagen auch mehrere Pappteller mit Pizzarändern und anderen, unidentifizierbaren Essensresten herum.

Er hatte sich die Loftwohnung extra über den Hundezwingern bauen lassen, damit er hörte, wenn es einem der Hunde schlecht ging. Außerdem waren sie so immer in der Nähe, wenn er ihre Gesellschaft brauchte – beispielsweise die von Rufus, der ihn mit seinem Geschlabber geweckt hatte. Das war der einzige Trost, den Creed sich erlaubte.

Das offene Loft verfügte über eine gut ausgestattete Küche, ein hohes Deckengewölbe und Kirschholzböden. Letztere konnte man unter dem ganzen Müll, der sich angesammelt hatte, allerdings nur erahnen. Überall lagen Kleidung, Schuhe, elektrische Geräte und Aktenordner herum. Auf sämtlichen Oberflächen waren Karten unterschiedlicher Größe ausgebreitet, von Kaffeebechern und schmutzigen Tellern beschwert. Eigentlich ging es Creed gegen den Strich, dass es hier so aussah. Und noch mehr störte ihn, dass Hannah die Wohnung so sah, vor allem aber, dass sie *ihn* so sah.

Nicht dass es ihr etwas ausmachte. Dreck und Unordnung allein konnten sie nicht abschrecken. Zumindest hoffte er das, denn neben den Hunden war sie alles, was er hatte.

Sie war still, vielleicht zufrieden, dass sie ihn hinreichend beschämt hatte. Als sie die Bierflaschen in den metallenen Mülleimer warf, achtete sie absichtlich darauf, dass jede einzelne laut gegen die Eimerwände schepperte. Und jedes Scheppern war wie eine Explosion in Creeds Kopf. Hannah lächelte triumphierend, weil er gequält das Gesicht verzog. Ja, dieser Punkt ging an sie.

Nach den Flaschen hob sie verschiedene Kleidungsstücke vom Boden auf und warf sie auf einen Haufen. Da bemerkte sie etwas. Sie warf Creed einen strengen Blick zu, bückte sich, nahm das Teil mit spitzen Fingern auf und hielt es in die Höhe. Es war Damenunterwäsche. Ein rosa Tanga.

»Weißt du überhaupt noch, wem der gehört?«, fragte sie.

»Nicht dir?«

»Das hättest du wohl gerne!«

Creed grinste.

Er kannte Hannah erst seit sieben Jahren, und dennoch kam es ihm wie eine Ewigkeit vor. Niemandem vertraute er so wie ihr. Sie war wie eine große Schwester für ihn, nur fieser. Vor fünf Jahren waren sie Geschäftspartner geworden. Creed trainierte und versorgte die Hunde, Hannah nahm die Aufträge entgegen, kümmerte sich um die Finanzen und machte die Arbeitspläne für die anderen Hundetrainer und Tierpfleger.

»Bisher hat sich noch keine beschwert«, sagte er. Gemeint war der Tanga, den Hannah beiseitewarf.

»Stimmt«, gestand sie. »Die, die ich sehe, kommen hier immer lächelnd raus. Ich schätze mal, deswegen lassen sie auch ihre Tangas hier liegen.«

Creed fand, dass sie weniger verärgert als belustigt wirkte, doch dann wurde sie wieder ernst.

»Deine Trinkerei schadet dem Geschäft«, sagte sie und sah ihn direkt an.

»Mach dir keine Sorgen. Ich habe alles im Griff.«

»Klar, genau das dachte ich auch, als ich hier reinkam.« Sie machte eine Geste wie die Assistentin aus dem *Glücksrad,* wenn sie einem Kandidaten zeigte, was er alles gewonnen hatte.

Creed wusste, dass er diesen Streit nicht gewinnen konnte. Sie hatte ja recht. Er trank zu viel. Trotzdem wollte er sich verteidigen.

»Ich trinke nur am Wochenende.«

»Heute ist Dienstag.«

»Bist du sicher?« Er rieb sich die Augen. Das konnte nicht sein. Wie hatte er einen kompletten Tag verschlafen können?

Hannah schüttelte den Kopf.

»Ich habe eben einen Job für dich angenommen. In Iowa sind ein paar Leichen aufgetaucht. Da könnten noch mehr vergraben sein.«

»Kannst du nicht Felix hinschicken?«

»Der ist im Urlaub.«

»Ich dachte, er geht erst am achtzehnten?«

»Gestern war der achtzehnte. Geht es dir wirklich gut?« Ihr Sarkasmus war verschwunden, und jetzt klang sie besorgt. Das war nicht gut. Sarkasmus war Ryder lieber.

Als er nicht antwortete, fuhr sie fort: »Das ist selbst für

dich eine heftige Phase, Rye. Ich fange allmählich an, mir Sorgen zu machen.«

Im Grunde wollte er ihr sagen, dass sie recht hatte. Er wollte ihr erzählen, dass er nicht noch eine Suche schaffte. Nicht nach so kurzer Zeit. Die letzte hatte ihn schon einiges an Lebensenergie gekostet, hatte Hoffnungen geweckt, bloß um sie bitter zu enttäuschen. Er war fast daran zerbrochen. Wie sollte er mit dem Gestank einer weiteren verwesenden Leiche fertigwerden, den Adrenalinrausch, die Erwartungen aushalten, um dann aufs Neue einen Rückschlag hinnehmen zu müssen? Jedes Mal, bei jeder Leiche fragte er sich: »Ist sie es diesmal?« Würde er endlich seine kleine Schwester finden?

Die letzte Leiche war die eines Kindes gewesen, ungefähr im gleichen Alter wie Brodie, als sie verschwunden war. Aber selbst bei den Leichen von erwachsenen Frauen schloss Creed nie aus, dass sie Brodie sein könnten. Nur weil sie seit elf Jahren vermisst wurde, musste sie ja nicht seit elf Jahren tot sein. Entsprechend war jedes Kind, jeder Teenager, jede junge Frau, jeder unidentifizierte weibliche Leichnam mit Hoffnung und Elend verknüpft. Und jedes Mal, wenn die Leiche als jemand anders identifiziert wurde, überkam Creed eine niederschmetternde Mischung aus Erleichterung und Trauer: Erleichterung, weil sie vielleicht noch am Leben war, und Trauer, weil ihr Leben die Hölle auf Erden sein könnte.

Er sah in Hannahs braune Augen, die ebenso streng wie liebevoll sein konnten. »Lass mich kurz duschen, und danach erzählst du mir von dem Auftrag.«

Kaum stand er auf, drehte sich alles um ihn. Er musste

sich abstützen, was Hannah natürlich nicht entging. Wie auch?

»Keine Sorge, okay?«, sagte er. Da sie nicht überzeugt zu sein schien, ergänzte er: »Ich sage dir Bescheid, wenn du dir Sorgen machen musst, versprochen.«

## 10

Maggie wäre lieber draußen bei dem Erdhaufen gewesen als dazu verdonnert, vom Haus aus durchs Fenster zuzugucken.

Die Kriminaltechniker waren gerade mit ihrem mobilen Labor eingetroffen. Tully fing sie an der Einfahrt ab und dirigierte sie zum Fundort mit dem Müllsack. Maggie wusste, dass er sich von ihnen zuerst erklären lassen würde, wie sie die Leiche aus dem Erdhaufen ziehen wollten, ehe er ihnen erlaubte, an die Arbeit zu gehen.

Seit er aus dem Haus war, hatte Tully telefoniert, den Verwalter Howard Elliott befragt und dem Sheriff und seinen Leuten Anweisungen gegeben. Früher schien Tully immer froh gewesen zu sein, wenn er die Zuständigkeit an die örtlichen Behörden übergeben konnte. Er hielt sich normalerweise strikt an die Regeln und fügte sich mühelos in seine Rolle als außenstehender Berater ein. Umso begeisterter war Maggie, dass er hier so energisch die Regie übernahm – und ein bisschen überrascht. Andererseits konnte es gut sein, dass er sich schlicht unwohl in dem Haus mit der halb nackten Lily fühlte.

Maggie hatte das Gefühl, den Kürzeren gezogen zu haben. Seit zehn Jahren kämpfte sie darum, nicht anders als ihre männlichen Kollegen behandelt zu werden. Und größtenteils hatte sie Erfolg damit gehabt. Doch ein Blick in Tullys Augen hatte sie daran erinnert, dass Lilys Befragung Frauensache war. Keine Diskussion. Für Maggie ergab das wenig Sinn, denn abgesehen davon, dass Lily und sie zufällig beide weiblichen Geschlechts waren, hatte sie mit dieser Frau absolut nichts gemeinsam.

Sie sah wieder zu Lily, die nach wie vor nichts übergezogen hatte. Sie behauptete, dass ihr heiß war und sie sich abkühlen musste.

»Hier wimmelt's von Ungeziefer«, hatte sie Maggie erzählt, als sie an dem Schorf auf ihren Armen kratzte. »Die sind überall in meinen Klamotten.«

Maggie hatte keine Spur von Ungeziefer gesehen und fragte sich, ob Lily drogenbedingt halluzinierte. Tatsächlich war das Haus verblüffend sauber, wenn man bedachte, dass es seit zehn Jahren leer stand. Jemand musste hier regelmäßig geputzt haben, und das war sicherlich nicht Lily gewesen.

In einer kurzen Pause zwischen der Jagd nach unsichtbarem Ungeziefer und dem Kratzen an ihren Armen hatte Lily einen angebissenen Schokoriegel inmitten der leeren Verpackungen gefunden. Nun knabberte sie um die Erdnüsse und das Nougat herum. Sie biss vorsichtig und nur mit einer Seite ihres Mundes ab. Ihre Zähne waren in einem noch schlimmeren Zustand, als Maggie anfangs vermutet hatte. Obwohl sie Schmerzen haben musste, klang es, als würde die Frau zwischen den Bissen mit den Zähnen knirschen.

Als Maggie wieder aus dem Fenster sah, überlegte sie, ob Lily ihren gesamten Vorrat im Klo runtergespült hatte, und, falls ja, was sie tun würde, wenn ihr das bewusst wurde.

»Sie war richtig nett zu mir«, sagte Lily unvermittelt.

Maggie brauchte zwei Sekunden, bis sie begriff, dass die Farmbesitzerin gemeint war.

»Wie lange haben Sie hier gelebt?«

»Weiß ich nicht mehr.« Für einen Moment unterbrach sie ihre zappeligen Bewegungen.

Lily blickte sich suchend um, als könnte ihr etwas in dem Zimmer die Antwort verraten. Ihre Beine zuckten nicht mehr, und sie hatte aufgehört, sich zu kratzen. Sie knirschte nicht einmal mehr mit den Zähnen. Maggie kam der Gedanke, dass Lily sich wie ein verängstigtes Tier verhielt.

»Warum sind Sie weggegangen?«, fragte Maggie, aber als sie Lily ansah, erkannte sie, dass auch diese Frage nicht leicht zu beantworten war.

Schließlich zuckte Lily mit den knochigen Schultern und sagte: »Jeder muss irgendwann gehen.«

»Kommen Sie oft wieder hierher?« Sie bemühte sich, einen beiläufigen Tonfall zu wahren, guckte sogar wieder aus dem Fenster, als wäre ihr nicht weiter wichtig, was Lily antwortete.

»Solange der Schlüssel noch da liegt, wo sie ihn immer versteckt hatte, ist das ja wohl okay, oder?«

Leider blieb Lily defensiv, egal wie sehr Maggie sich bemühte.

»Hier müssen seltsame Dinge passiert sein«, sagte Maggie, wartete, bis Lily sie ansah, und nickte zum Fenster, um ihr begreiflich zu machen, dass sie den Fund im Hof meinte.

Wieder zuckte Lily mit den Schultern. Das wirkte jedoch nicht abwehrend, sondern einfach gelangweilt.

»Ist Ihnen bei Ihren vorherigen Besuchen hier mal irgendwas Komisches aufgefallen?«, fragte Maggie.

»Komisch?«

»Haben Sie jemand anderen auf dem Hof gesehen?«

»Nur die Bauarbeiter.«

»Und nachts? Autos oder Lichter vielleicht?«

»Ah ja, einmal habe ich nachts Lichter gesehen.«

Maggie blieb ruhig. Das hatte sie bereits vermutet. War Lily hier gewesen, als der Mörder die Leiche im Müllsack abgelegt hatte? Oder als er eine der anderen hier deponierte? Hatte sie ihn gesehen? Könnte sie zugeguckt haben, wie er eine Leiche aus seinem Kofferraum holte? Wie er das Grab schaufelte?

Aber Lily schwieg.

»Haben Sie Autoscheinwerfer gesehen?«

»Nein, die Lichter waren weiter oben.«

Sie gingen schon länger davon aus, dass der Mörder ein Fernfahrer sein könnte.

»So wie bei einem Sattelschlepper?«, fragte sie, als Lily nicht weitersprach. Offensichtlich brauchte sie ein bisschen Nachhilfe, um sich zu erinnern.

»Nein, höher.«

»Strahler? Flutlichter?«

Wieder hielt die Frau inne und überlegte. Allmählich verlor Maggie die Geduld. Wenn Lily hier gewesen war und etwas oder jemanden gesehen hatte ...

»Vom Himmel«, sagte Lily. »Hell wie Sterne. Ganz viele Lichter.«

Dann klatschte sie sich aufs Bein.

»Verfluchte Wanzen«, murmelte sie und kratzte sich eine Stelle blutig. »Die Scheißdinger sind jetzt unter meiner Haut.«

Falls Lily den Mörder gesehen hatte, würde sie sich wahrscheinlich nicht an ihn erinnern, dachte Maggie.

## 11

Sie flüsterten untereinander. Detective Lopez stand mit einem uniformierten Polizisten an der Tür; Noahs Eltern waren am Fenster. Noah konnte nicht hören, worüber sie redeten, weil Ethans Schreie wieder in seinem Kopf hallten. Sie waren nicht besonders laut, sogar eher gedämpft, als kämen sie von irgendwo außerhalb des Krankenhauszimmers. Aber sie wollten nicht aufhören. Es war ein konstantes panisches Kreischen, unangenehm und zermürbend wie Fingernägel auf einer Schultafel.

Irgendwann setzte er sich auf und schlug sich die Hände über die Ohren. Er wiegte sich stöhnend vor und zurück, flehte Ethan an, ruhig zu sein. Was er da tat, bekam er erst richtig mit, als er das entsetzte Gesicht seiner Mutter sah. Doch statt ihn zu umarmen und zu trösten, klammerte sie sich Hilfe suchend an den Arm seines Vaters.

Gleichzeitig wurde Noah klar, dass es nicht seine merkwürdigen Gesten waren, die seiner Mutter Angst machten. Es war vielmehr die Tatsache, dass er die Worte in seinem Kopf laut ausgesprochen hatte, wieder und wieder.

*Ethan, sei ruhig! Sei still, sei still! Hör auf zu schreien!*

Noah verstummte sofort.

Er starrte seine Eltern an und wusste, dass er aussah, als wäre er bei etwas Unaussprechlichem ertappt worden. Wenn sie wüssten!

»Du hast gesagt, dass er noch dort draußen ist.« Nun stand Detective Lopez neben Noahs Bett. »Wo ist dein Freund Ethan, Noah?« Dann, ohne auf Noahs Antwort zu warten, sagte er: »Was hast du mit ihm gemacht?«

»Mit ihm gemacht?«

Noah konnte nicht glauben, dass der Detective ihn das fragte. Er blickte wieder zu seinen Eltern.

»Na los, erzähl ihm, was passiert ist, Noah«, forderte sein Vater ihn streng auf.

Dachten sie, er wäre an allem schuld? Warum?

»Das viele Blut«, sagte Detective Lopez. »Wir wissen, dass das nicht alles von dir war.«

Aber er *hatte* ja etwas mit Ethan gemacht. Er hatte ihn bei dem Irren zurückgelassen. Und es war schlimmer als das. Viel schlimmer ...

»Wir haben Ethans Wagen gefunden.« Detective Lopez wartete anscheinend, dass Noah ihn wieder ansah. »Er stand noch auf dem Rastplatz. Er war nicht abgeschlossen, und die Schlüssel lagen unterm Sitz.«

Er musterte Noah aufmerksam.

»Wir haben den Rest deiner Kleidung gefunden, ordentlich zusammengelegt auf dem Beifahrersitz, deine Schuhe obenauf.«

Noah starrte ihn bloß an. Wie sollte er erklären, dass seine Sachen Teil des Handels waren?

»Die Jungs sind beste Freunde«, hörte er seine Mutter sagen. »Seit der dritten Klasse.«

»Wer will als Erster drankommen?«, hörte Noah die Stimme des Irren und sah an seinen Eltern vorbei, an Detective Lopez vorbei und vorbei an dem Polizisten an der Tür. Der Mörder war nirgends zu sehen. Nur in Noahs Kopf war er immer noch.

»Dein Handy war auch dort«, sagte Detective Lopez, ohne auf Noahs Mutter zu achten. Und die Stimme in Noahs Kopf konnte er ja gar nicht hören.

»Niemand hat die Polizei gerufen«, fuhr Detective Lopez fort. »Keine SMS an Freunde oder Verwandte, die du um Hilfe gebeten oder denen du geschrieben hättest, dass ihr eine Panne habt.«

Wieder starrte Noah den Mann an. Wieso hatte er keine Hilfe gerufen? Wieso hatte er sein Handy nicht mitgenommen?

Dann fiel es ihm wieder ein. Der Mann hatte sich Noahs Handy geliehen. Er hatte ihnen erzählt, dass bei seinem der Akku leer war und sein Wagen nicht ansprang. Ob sie ihm helfen könnten?

Diese Augen. Dieses Lächeln. Sie hätten nie das Fenster runterlassen dürfen.

*Ethans Schuld. Ich hab dir doch gesagt, du sollst das Fenster nicht aufmachen.*

»Noah.« Das war sein Vater.

Hatte er schon wieder laut gesprochen?

Sein Vater wurde ungeduldig.

»Erzähl Officer Lopez, was passiert ist«, befahl er.

Noah blickte zum Detective, um zu sehen, ob ihm aufgefallen war, dass sein Vater ihn gerade eben wie ein kleines Kind behandelt hatte. Wie lächerlich, dass Noah das ausgerechnet jetzt auffiel, doch in solchen Dingen war sein Vater gut. Er konnte jemanden mit Worten runtermachen, ehe derjenige begriff, wie ihm geschah.

*Wie der Vater, so der Sohn.*

Aber dann herrschte sein Vater ihn an. »Jetzt erzähl schon, um Himmels willen!«

Nichts von alledem irritierte Detective Lopez. »Noah, falls Ethan schwer verletzt ist, können wir ihm vielleicht noch helfen. Sag uns einfach, wo er ist.«

Alle verstummten. Die Maschinen summten und piepten. Und erstaunlicherweise hörten selbst Ethans Schreie für einen Moment auf.

»Ich weiß nicht, wo Ethan ist«, gestand Noah endlich und ergänzte mit beschämend leiser und dünner Stimme: »Aber ich weiß, dass er tot ist.«

## 12

Maggie hatte Lily ihre Handynummer auf der Rückseite ihrer Visitenkarte notiert und sie dann allein gelassen.

»Was zum Henker soll das denn?«, hatte Lily gefragt.

»Sie können mich jederzeit anrufen.«

Darauf hatte Lily gelacht, als hätte sie nie etwas Witzigeres gehört. Sie lachte noch, als Maggie aus dem Zimmer ging. Aber immerhin hatte sie die Karte genommen.

Mittlerweile ging die Sonne hinter der Scheune unter. Maggie war mit einer CSU-Technikerin namens Janet auf den Erdhügel gestiegen. Die Freilegung des Müllsacks war ein langwieriges, mühseliges Unterfangen. Da er zur Hälfte noch in der Erde steckte, konnte man ihn nicht einfach herausziehen, ohne dabei zu riskieren, dass wichtige Beweise vernichtet wurden.

Man war übereingekommen, dass sie den Sack von oben ausgraben würden. Das bedeutete, die Erde Eimer für Eimer zu entfernen. Tully hatte Maggie und die junge Technikerin gebeten, auf den Hügel zu steigen, weil sie von allen am leichtesten waren und somit bei ihnen die Gefahr am geringsten war, dass sie einen Erdrutsch in Gang setzten. Deshalb war Maggie wieder hier – diesmal allerdings mit einer kleinen Schaufel bewaffnet – und so nahe an dem Müllsack, dass sie weder dem Gestank ausweichen noch vermeiden konnte, jedes Mal, wenn der Plastikfetzen aufflatterte, das Madengewimmel darin zu sehen.

Sie hatte sich ein Paar Stiefel von den Bauleuten geliehen, in denen ihre Füße förmlich versanken. Buzz, der Vorarbeiter, hatte ihr auch eine Baseballkappe angeboten. Er versicherte ihr, dass sie brandneu war, zeigte ihr sogar, dass das Preisschild noch dranhing. Da sie keine Lust hatte, den ganzen Weg zurück zu ihrem Mietwagen zu trotten und ihre eigenen Sachen auszupacken, nahm sie die Schirmmütze an, bevor sie bemerkte, dass vorn *Booty Hunter* aufgedruckt war. Okay, nun bekannte sie per Mützenbotschaft, dass sie sich keinen Knackarsch entgehen ließ.

Könnte schlimmer sein, dachte Maggie, setzte die Kappe auf und ignorierte Tullys Grinsen.

Maggie und Janet füllten ihre Eimer Schaufel für Schaufel. Beide waren extrem vorsichtig, tauchten ihre Schaufeln sehr langsam in die Erde, um beim geringsten Widerstand oder dem leisesten Geräusch, das nicht nach Erde klang, sofort innehalten zu können. Buzz und drei weitere Mitglieder seines Bautrupps sowie der Sheriff mit seinen Leuten und selbst Howard Elliott bildeten zwei Ketten, von denen eine die gefüllten Eimer nach unten durchreichte, die andere die leeren nach oben.

Maggie und Janet übergaben ihre gefüllten blauen Plastikeimer, die dann von Mann zu Mann weiterwanderten. Dabei blieben die Männer auf der Stelle stehen, weil sie nicht mehr von dem Erdhügel zertrampeln wollten, als unbedingt nötig war.

Am Ende der Ketten nahmen Matt und Ryan, zwei weitere Kriminaltechniker, die Eimer in Empfang und schütteten den Inhalt auf eine zwei mal drei Meter große Plastikplane, die sie auf einem Rasenstück ausgebreitet hatten. Später würden sie alles Krümel für Krümel durchgehen, doch zunächst wollten sie den Müllsack möglichst unversehrt freibekommen, in einen Leichensack stecken und zur Gerichtsmedizin verfrachten.

»Tatorte im Freien sind am schlimmsten«, sagte Janet zu Maggie.

Sie wischte sich mit ihrem Sweatshirtärmel über die Stirn. Ihr langes, dunkles Haar war zu einem Pferdeschwanz gebunden, der hinten aus ihrer Baseballkappe mit CSU-Aufdruck ragte. In ihrem glatten Gesicht waren nur wenige Lachfalten in den Augenwinkeln auszumachen, weshalb Maggie schätzte, dass sie in ihrem Alter sein musste: Mitte bis Ende dreißig.

Trotz ihrer jungen Jahre hatte Janet eindeutig Erfahrung mit der Sicherung von forensischen Beweisen. Sie hatte gleich nach ihrer Ankunft das Kommando über die

Beweissicherung übernommen, sodass Tully sich um andere Dinge kümmern konnte, wie zum Beispiel den Informationsfluss. Maggie sah, dass er wieder einmal telefonierte. Ab und zu machte er sich Notizen auf allem, was er in seinen Taschen finden konnte. Maggie wusste, dass er später einige Mühe haben würde, das Gekritzel auf der Rückseite von Tankquittungen, seiner Bordkarte oder einer Serviette mit Schokoresten von einem Donut zu entziffern.

»Haben Sie schon eine Ahnung, wer das hier ist?«, fragte Janet.

»Nein«, antwortete Maggie.

Die Frau sah sie an und zog eine Braue hoch. Anscheinend wollte sie Maggie wissen lassen, dass sie Heimlichtuerei mehr als überflüssig fand, wenn sie nebeneinander knöcheltief im Matsch standen.

»Wir sind schon seit gut einem Monat hinter einem Mörder her«, erklärte Maggie. Über die Karte, die Tully und sie hierhergeführt hatte, würde sie jedoch kein Wort verlieren. »Und wir vermuten, dass diese Farm sein Leichenversteck sein könnte.«

»Ja, wir haben schon von den Knochenfunden gehört.«

Janet blickte sich um, wobei Maggie bemerkte, dass sie hauptsächlich zu dem Wald sah, der hinten an die Farm grenzte. Sie dachte dasselbe wie Maggie und Tully.

Bevor sie weiterfragen konnte, sagte Maggie: »Wir haben ein Team mit Leichenspürhunden angefordert. Es ist schon unterwegs.«

»Vergessen Sie nicht, sie nach einem Sturmschutzkeller suchen zu lassen.«

Nun war es an Maggie, fragend eine Braue zu heben.

»Die meisten alten Farmen haben irgendwo solche Schutzkeller gegen Tornados. Letztes Jahr fanden wir in einem eine Frau und zwei Kinder. Der Ehemann hatte behauptet, die Frau hätte ihn verlassen und die Kinder mitgenommen.«

Sie schüttelte den Kopf, und Maggie erkannte, dass die Erinnerung für Janet noch sehr frisch war.

»Eines der Kinder war praktisch noch ein Baby, keine zwei Jahre alt.«

Janet hörte auf zu graben. Lange Schatten verschluckten die letzten Sonnenstrahlen. Ihnen blieb nicht mehr viel Zeit, wenn sie den Müllsack vor Einbruch der Dunkelheit herausbekommen wollten. Dennoch unterbrach Maggie ebenfalls das Schaufeln und ließ der anderen Frau Zeit, das zu tun, was immer sie tun musste, um die Erinnerungen zu verdrängen und zur Arbeit zurückzukehren.

»Zum Glück hatten wir genug Beweise und konnten das Schwein festnageln.«

Sie lächelte Maggie matt zu, was wohl ihre Art war, Maggie für ihr Verständnis zu danken.

Sie hatten beinahe die Oberseite des Müllsacks erreicht, als Maggies Schaufelspitze gegen etwas stieß, das zu fest für einen Erdklumpen war. Maggie legte ihre Schaufel beiseite und strich vorsichtig mit ihren latexverhüllten Fingern die Erde beiseite. Dann sah sie etwas Weißes.

Janet hatte es bemerkt und hörte gleichfalls auf zu schaufeln, um zuzusehen, was Maggie dort zutage förderte. Es schien noch eine Plastiktüte zu sein, nur kleiner. Auf der schlammverschmierten Vorderseite war das Logo einer großen Supermarktkette aufgedruckt. Janet half Maggie, die Tüte mit den Händen freizulegen, und beide gingen in die Hocke. In der Tüte war definitiv etwas. Der Beutel wölbte sich ähnlich wie der schwarze Müllsack darunter, stand aufrecht und war an den Griffen locker zusammengeknotet. Außerdem stieg auch aus ihm Verwesungsgeruch auf.

»Wir haben noch was gefunden!«, rief Maggie den Männern zu und blickte sich suchend nach Tully um.

## 13

*Quantico, Virginia*

Dr. Gwen Patterson kam es gar nicht so lange vor, dass sie zuletzt in der FBI-Zentrale in Quantico gewesen war. Ihr Freund und ihre beste Freundin arbeiteten hier, weshalb Gwen quasi wöchentlich Geschichten aus der Zentrale hörte.

Erst als der Sicherheitsmann am Tor ihren Führerschein kontrollierte und dabei immer wieder von der Plastikkarte zu Gwen sah, wurde ihr bewusst, dass sie seit Jahren nicht hier gewesen war. Früher brauchten die Wachleute bloß ihren Namen zu hören, schon winkten sie Gwen durch. Und einige hatten sie sogar sofort erkannt und das Tor geöffnet, noch bevor sie das Autofenster herunterkurbeln konnte.

Heute war sie hier kein bekanntes Gesicht mehr. Und das aus gutem Grund. Gwen hatte absichtlich Abstand zu dieser Einrichtung gewahrt. Das letzte Mal, dass sie als

Beraterin bei einem FBI-Fall engagiert worden war, hatte ihr ein junges, psychotisches Sektenmitglied einen scharfen Bleistift in den Hals zu rammen versucht.

Die nächste Kontrolle erwartete sie am Empfangstresen.

»Ich habe kein Namensschild für Sie«, sagte die Frau hinterm Tresen in einem Tonfall, als wäre das Gwens Schuld. »Zu wem wollen Sie?«

»Assistant Director Raymond Kunze, Abteilung für Verhaltensanalyse.«

»Und in welcher Angelegenheit?«, fragte die Frau, die nach wie vor Gwens Führerschein in der Hand hielt und sie von oben bis unten musterte. Die ist ja schlimmer als der Wachmann am Tor, dachte Gwen und fragte sich, wie die Frau auf die Idee kam, dass sie eine Bedrohung darstellen könnte, wenn sie schon so weit gekommen war.

Gwen ermahnte sich, ruhig zu bleiben. Sie hatte schon härtere Verhöre durchgestanden. Dieses hier war eher nervig, nicht erniedrigend. Also blieb Gwen ruhig und verkniff sich ihr Seufzen wie auch den Impuls, ihr Gewicht auf ein Bein zu verlagern und die Arme zu verschränken. In ihrem Beruf hatte Gwen sich seit Langem angewöhnt, ihre zierliche Figur zu kompensieren, indem sie sehr hohe Absätze trug und edle Kostüme – nie Hosenanzüge – in kräftigen oder knalligen Farben, nicht in Pastelltönen. Und sie hatte gelernt, ihre einfache Herkunft aus dem tiefsten Brooklyn geschickt zu nutzen, um daraus ein Image zu basteln, das jedem Gegenüber signalisierte, sich ja nicht mit ihr anzulegen. Selbstvertrauen und Auftreten machten ihrer Meinung nach allemal wett, was ihr an körperlicher Imposanz fehlte. Dennoch genügte allein die Tatsache, wieder in Quantico zu sein, dass sie sich ihrer Verwundbarkeit bewusst wurde und jene Sekunde lähmender Angst in Gedanken erneut durchlebte.

Die Empfangssekretärin starrte sie immer noch an, während Gwen mit einem Anfall plötzlicher Übelkeit kämpfte.

»Ist schon okay, Stacy, ich bürge für Dr. Patterson.«

Gwen drehte sich um und sah Detective Julia Racine durch die Eingangstüren treten.

»Sie gehört zur Highway-Serienmörder-Task-Force«, sagte Racine zu der Sekretärin, die bereits einen Ordnerstapel hervorzog.

»Wäre nett, wenn man mir solche Sachen vorher sagen würde.« Nun war die Frau offenbar auf Gwen *und* Racine sauer. Verdrossen blätterte sie eine Aktenmappe nach der anderen durch.

Racine stellte sich mit dem Rücken zu Stacy und rollte mit den Augen. Gwen lächelte. Auf keinen Fall wollte sie der jungen Polizistin zeigen, wie unglaublich froh sie war, dass sie sie gerettet hatte. Julia Racine war schon selbstbewusst genug, da musste sie nicht auch noch wissen, dass sie soeben eine Washingtoner Starpsychologin vor einer Panikattacke wegen eines verlegten Namensschildes bewahrt hatte. Leider wurde Gwen durch diesen Vorfall auch schmerzlich bewusst, wie sehr sie sich seit ihrem letzten Besuch verändert hatte. Was war bloß aus ihr geworden?

Mit ihrem fünfzigsten Geburtstag war sie in eine Abwärtsspirale geraten. Statt sich auf das zu konzentrieren, was sie erreicht hatte, dachte sie ausschließlich an die beginnenden körperlichen Verfallserscheinungen: Sie war dauernd müde, schlecht gelaunt und wurde von untypischen Selbstzweifeln geplagt. Immer häufiger haderte sie mit sich, mit ihren Entscheidungen, mit ihrem Job, ihrer Beziehung, ihrem Leben.

*Konzentrier dich auf das Hier und Jetzt, verdammt!*

»Also bist du ebenfalls bei der Task Force?«, fragte Gwen, kaum dass Racine und sie sich in die Besucherliste eingetragen und ihre Namensschilder erhalten hatten.

Sie ließ Racine vorausgehen, obwohl sie durchaus noch wusste, wie man zum Konferenzraum der Verhaltensanalyse-Einheit gelangte.

»Der Mord, der diese Ermittlung ausgelöst hat, ist mein Fall. Du weißt ja sicher von den Brandstiftungen im Februar, den drei Lagerhäusern und der Kirche in Arlington?«

»Natürlich.« Der Brandstifter hatte auch das Haus von Gwens Freundin Maggie O'Dell angezündet, bevor er seinem letzten Opfer alles gestanden hatte. Jenes Opfer aber hatte überlebt, und so konnte der Täter überführt werden.

»Jedenfalls fanden wir eine Leiche neben einem der abgefackelten Lagerhäuser.«

Racine zog eine Flurtür auf und ließ Gwen den Vortritt. Eine solch höfliche Geste hätte Gwen bei ihr gar nicht erwartet. Der weibliche Detective war gemeinhin alles andere als höflich. Racine hatte sich den Ruf erworben, knallhart zu sein, und den untermauerte sie, indem sie ausschließlich Hosen und Lederjacken trug und ihr kurzes Haar mit Gel zu Stacheln knetete. Allerdings verbarg das Strickshirt unter ihrer Bomberjacke die vollen Brüste nicht, und die Hose betonte ihre langen, schmalen Beine.

»Die Leiche«, fuhr Racine fort, »war Gloria Dobson. Wir sind ziemlich sicher, dass sie und ihr Mitfahrer auf einem Rastplatz in Virginia ermordet wurden, gleich an der Interstate.«

»Ja, ich erinnere mich, dass Tully und Maggie darüber geredet haben.«

Gwen erwähnte nicht, wie viel sie über den Fall wusste. Zum einen warf es kein gutes Licht auf Tully und Maggie, zum anderen rief sie sich selbst ungern ins Gedächtnis, wie fertig Tully gewesen war, als er ihr von dem Tatort berichtete, über den er und Maggie zufällig gestolpert waren.

R. J. Tully war ein altgedienter FBI-Agent und einer der beherrschtesten und ausgeglichensten Männer, die Gwen je kennengelernt hatte. Er hatte schon so manchen grausamen Mord gesehen, folglich musste jener Tatort extrem schaurig gewesen sein, dass er sogar Tully erschütterte. Und jetzt war er mit Maggie irgendwo im Mittelwesten auf der Suche nach dem Mörder, der einen kräftigen, gesunden jungen Mann ausgeweidet und Gloria Dobsons zertrümmerte Leiche in einer Washingtoner Seitengasse abgelegt hatte.

Als Teil der Task Force würde Gwen mehr Details erfahren, ob sie wollte oder nicht. Wahrscheinlich dachte Racine dasselbe, denn sie weihte Gwen freimütig in den Stand ihrer Ermittlungen ein, während sie durch das Ausbildungsgebäude und schließlich nach unten zur Verhaltensanalyse-Abteilung gingen. Gwen hatte erst ein Mal mit Detective Julia Racine an einem Fall gearbeitet, und damals war Racine weit weniger mitteilsam gewesen. Eigentlich hatte man überhaupt nicht von »Zusammenarbeit« sprechen können, da Racine mehrfach behauptet hatte, Gwen würde die Ermittlungen behindern und immerfort im Weg sein.

Mit anderen Worten: Die beiden Frauen waren einander zufällig, sozusagen umständehalber bekannt, nicht freiwillig. Und selbstverständlich verband sie auch ihre gemeinsame Freundin Maggie O'Dell. Fraglos war Racine um Maggies willen höflich zu ihr und nicht aus Sympathie.

Drei Männer warteten im Konferenzraum auf Gwen und Racine. Assistant Director Raymond Kunze bedeutete ihnen mit einer Handbewegung, sie sollten auf der gegenüberliegenden Tischseite Platz nehmen. Kunze war ein Kleiderschrank von einem Mann mit breiter Brust und einem muskulösen Hals, der aussah, als würde er von der grellgelben Krawatte stranguliert. In Kombination mit dem pflaumenblauen Sakko hatte seine Erscheinung beinahe etwas Clowneskes.

Alle im Raum schienen sich zu kennen.

»Ich habe Dr. Gwen Patterson gebeten, zu unserer Sondereinheit zu stoßen«, erklärte Kunze. »Als forensische Psychologin und sozusagen als Außenseiterin ...« Er unterbrach sich, sah Gwen an und fügte rasch hinzu: »Nichts für ungut.«

»Schon okay«, sagte sie.

Warum waren alle nur so verflucht höflich? Hielten die sie für alt und zerbrechlich? Gestern war sie bei ihrer jährlichen Vorsorgeuntersuchung gewesen, und ihr fehlte nichts! Aber vielleicht war sie überempfindlich. Andererseits vertraute sie ihrem Gefühl, und sie wünschte sich, sie hätte sich nie hierzu bereit erklärt.

»Ich zähle darauf, dass Dr. Patterson uns einige neue Ansätze liefern kann«, sagte AD Kunze zu den anderen.

Gwen lächelte. Was er sagte, stimmte nicht ganz, denn obwohl Kunze sie gebeten hatte, dieser Task Force beizutreten, war es nicht seine Idee gewesen. Vielmehr hatte ein hochrangiger Senator ihn dazu verdonnert, Gwen mit ins Boot zu nehmen. Der Fall schlug einige Wellen, doch noch ausschlaggebender war, dass Senator Delanor-Ramos persönlich die Initiative zur landesweiten Erfassung von Highway-Serienmördern durch den Kongress geboxt hatte. Heutzutage war jede Entscheidung in Washington eine politische. Gwens Berufung in die Task Force mochte mit »frischen Ansätzen« zu rechtfertigen sein, aber letztlich sollte sie dem Senator Rückendeckung bieten. Falls das Projekt nicht bald Ergebnisse lieferte, wäre sie ein praktischer Sündenbock.

»Dr. Patterson hat schon oft an FBI-Fällen mitgearbeitet«, erklärte Kunze seinem Team. »Sie ist also mit den hiesigen Abläufen vertraut.«

Kunze redete weiter, und Gwen fragte sich, ob ihre Vertrautheit mit den hiesigen Abläufen nicht ebenso hinderlich wie hilfreich sein könnte. Und sie hegte den unschönen Verdacht, dass AD Kunze ihrer Mitarbeit deshalb so begeistert zugestimmt hatte, weil er Tully und Maggie eins auswischen wollte. Seit er die Abteilung übernommen hatte, machte er den beiden das Leben schwer. Entsprechend war Gwen sehr misstrauisch, was Kunzes Motivation betraf, der Teamergänzung so bereitwillig zuzustimmen.

»Detective Julia Racine kennen Sie ja schon«, sagte Kunze. »Washington war so freundlich, sie uns auszuleihen.«

Einen der beiden anderen Männer, Keith Ganza, kannte Gwen bereits. Er leitete die Kriminaltechnik des FBI. Der große, hagere Agent trug einen weißen Kittel, der an den Ärmeln ausgefranst war. Sein langes, graues Haar hatte er zu einem Zopf gebunden, was den Eindruck des eigenbrötlerischen Wissenschaftlers noch verschärfte. Gwen hatte schon häufiger von Maggie gehört, dass er ein gutmütiges Genie war und mehr Spuren an einem Fusel oder einem Lehmkrümel fand als jeder andere Spezialist, mit dem sie jemals zu tun gehabt hatte.

Den Dritten im Bunde, Antonio Alonzo, sah Gwen zum ersten Mal. Der gut aussehende junge Schwarze hatte eine eckige, rahmenlose Brille auf und die Ärmel seines violetten Oberhemdes ordentlich aufgekrempelt. Kunze stellte Agent Alonzo als Computergenie vor. Sie hatten ihn von ViCAP ausgeliehen, dem FBI-Programm zur Erfassung von Gewaltverbrechen. Der junge Mann schien unbeeindruckt von dem Lob, was ihn Gwen umgehend sympathisch machte.

Trotz allem Gerede über die moderne Technologie lenkte Kunze schließlich ihre Aufmerksamkeit auf eine Wand, an der eine altmodische Karte der Vereinigten Staaten hing – einen Meter dreißig hoch und einen Meter fünfzig lang. Sie war auf Plakatkarton befestigt, und bunte Pins markierten diverse Bereiche im ganzen Land, an manchen Stellen steckten gleich mehrere, an anderen nur vereinzelt.

»Jede dieser Markierungsnadeln steht für ein verdächtiges Mordopfer, das in den letzten zehn Jahren entlang unseres Interstate-Systems gefunden wurde. Oder zumindest wurde ein Teil von ihnen gefunden. Sämtliche Opfer werden in einer separaten Datenbank des Highway-Serienmörder-Programms geführt.

Viele dieser Opfer entstammen den klassischen Risikogruppen – Prostituierte, Drogenabhängige, Dealer, Tramper, Jugendliche, die von zu Hause weggelaufen sind. Aber es sind auch an die zweihundert ganz normale Bürger darunter, die einfach nur auf den Autobahnen unterwegs waren, wie Gloria Dobson und Zach Lester.

Die zentrale Erfassung durch die Highway-Serienmörder-Datenbank wurde ins Leben gerufen, um den örtlichen Ermittlungsbehörden zu helfen, die Zusammenhänge zu erkennen. Bisher war ihnen das so gut wie unmöglich gewesen, weil viele dieser Opfer in einem Bundesstaat verschwunden und tot in einem anderen wieder aufgetaucht waren. Das Autobahnnetz stellt in dieser Hinsicht eine einzigartige Herausforderung dar.

Wir müssen uns die Tatorte genauso vernetzt vorstellen wie die Autobahnen. Sie dienen den Tätern als schneller, einfacher Fluchtweg. Sie fahren zurück auf die Interstate und sind dreihundert, vierhundert Meilen weit weg, ehe die Leiche gefunden wird.

Seit die Datenbank eingerichtet wurde, konnten allein zwei Serienmörder gefasst und verurteilt werden. Beides Fernfahrer. Wir glauben, dass noch mehrere Serienmörder draußen auf den Autobahnen ihr Unwesen treiben und auf den Rastplätzen leichte Beute suchen.«

»Wenn Sie von ›mehrere‹ reden, wie viele meinen Sie damit?«, fragte Gwen.

Kunze zögerte nicht mit der Antwort. »Möglicherweise ein Dutzend.«

Gwen blickte in die Runde. Keiner der anderen zuckte bei der Zahl auch bloß mit der Wimper.

»Das ist doch nicht Ihr Ernst«, sagte Gwen. »Es könnte ein Dutzend Killer geben – Serienmörder –, die in diesem Moment unerkannt auf den Interstates unterwegs sind? Und die halten an Rastplätzen, um sich ihre Opfer auszusuchen, wohl wissend, dass sie mit dem Mord davonkommen?«

»Ja, das will ich damit sagen. Wir glauben, die Agents O'Dell und Tully sind einem von ihnen in diesem Moment dicht auf den Fersen. Dem Kerl, der Gloria Dobson und Zach Lester umgebracht hat. Wir denken, dass er noch mehr Morde begangen hat. Diese Sondereinheit wurde eigens gegründet, um den Kerl zu schnappen.«

Kunze rieb sich die Augen und massierte seine Nasenwurzel. Erst jetzt fiel Gwen auf, dass er sichtlich erschöpft war und versuchte, seinen Frust zu verbergen.

Er sah sich am Tisch um, und ein Anflug von Wut schwang in seiner Stimme mit, als er sagte: »Er hat uns herausgefordert, nach ihm zu suchen. Wahrscheinlich haben wir ein Zeitfenster von einer oder zwei Wochen, ehe das Schwein seine Route ändert und sich einen anderen Landesteil aussucht, womöglich sein Tatmuster variiert. Und dann haben wir keine Chance mehr, ihn zu schnappen. Eines jedenfalls ist sicher: Er wird nicht aufhören zu töten.«

## 14

*Iowa*

Maggie hatte schon geahnt, was in der weißen Plastiktüte war.

Tully und sie überließen den Rest der Kriminaltechnik. Sie standen ein Stück vom Erdhügel entfernt und beobachteten, wie Ryan, der Größere der beiden männlichen Spurensicherer, die kleine Tüte von Janet entgegennahm. Beide waren so vorsichtig, als hätten sie es mit besonders empfindlichem Porzellan zu tun.

Nach dem Freilegen der Tüte hatte Maggie sie hochgehoben und behutsam befühlt. Sie hatte eine weitere Plastiktüte in der Tüte ertastet und darin eine große, feste Masse, unter der sich am Tütenboden etwas Matschiges angesammelt hatte. Dem Gewicht von schätzungsweise zehn bis elf Pfund nach zu urteilen, konnte sie sich gut vorstellen, worum es sich bei dem Inhalt handelte.

Da nun sämtlicher Matsch und die Erdkruste von der Tüte entfernt waren, konnte man das Walmart-Logo schon von Weitem deutlich erkennen.

»Der Inhalt dieser Tüte muss nicht zu dem des Müllsacks gehören«, sagte Matt, der andere Kriminaltechniker. Er war dabei, einen Leichensack auszubreiten, weil er davon ausging, dass es sich um menschliche Überreste handelte.

Maggie blickte sich zu den Männern um. Natürlich glaubte keiner von ihnen, dass sich in der Tüte ein spontaner Fehlkauf aus einem rund um die Uhr geöffneten Supermarkt befand, der achtlos weggeworfen worden war. Alle waren neugierig und zugleich auf eine nervöse Art schweigsam. Mit der Abenddämmerung war es merklich abgekühlt, und Dunkelheit senkte sich um sie. Maggie spürte ihre widersprüchlichen Gefühle. Sie wollten es sehen und auch wieder nicht.

Einen Moment lang hatte Maggie überlegt, ob Tully und sie die Männer wegschicken und ihnen den Zutritt verbieten sollten. Sie war sogar überrascht, dass Tully, der sich normalerweise streng an die Vorschriften hielt, dies nicht vorschlug. Aber sie alle hatten den ganzen Nachmittag zusammen im Schlamm gebuddelt, waren sich der Bedeutung dessen, was sie finden konnten, sehr wohl bewusst gewesen und hatten sich dem beißenden Gestank ausgesetzt. Jetzt würde Maggie ihnen ganz sicher nicht sagen, danke für die Hilfe, aber, nein, ihr kriegt nicht zu sehen, was ihr so mühsam ausgegraben habt.

In der Mitte des schwarzen Leichensacks wirkte die kleine, weiße Plastiktüte weniger bedrohlich. Matt und Ryan warteten auf Janet. Die kniete sich neben den Leichensack, nachdem sie sich frische Latexhandschuhe angezogen hatte. Die Plastikgriffe waren zu einem losen Knoten gewunden, folglich war es leicht, ihn einfach zu lösen. Doch stattdessen schnitt Janet den Knoten ab und steckte ihn in eine Beweismitteltüte, die Matt ihr hinhielt.

Prompt stieg ein noch viel beißenderer Gestank auf.

Maggie blickte kurz zu dem jungen Hilfssheriff hinüber, der sich vorhin übergeben hatte. Was ein Nachmittag voller Verwesungsgeruch doch ausmachen konnte! Er beobachtete das Geschehen teilnahmslos und ohne ein einziges Würgen.

Janet spreizte die obere Öffnung gerade genug, dass sie hineinsehen konnte. Sie verzog keine Miene, zeigte gar keine Regung. Ihr Gesichtsausdruck wirkte enttäuscht. Sie ging in die Hocke zurück und ließ ihr Team hineinsehen. Dann wandte sie sich Maggie und Tully zu.

»Ich schätze, das gehört zu dem Opfer in dem schwarzen Müllsack«, sagte Maggie, ohne auch nur einen Schritt näher heranzugehen, geschweige denn hineingesehen zu haben.

Sie hatte ja bereits gefühlt, wie schwer der Inhalt war, und den Geruch von verwesendem menschlichem Fleisch erkannt. Vor einem Monat hatten Tully und sie im Wald hinter einem Rastplatz ein anderes Mordopfer dieses Täters gefunden. Bestimmte Dinge wiederholten die Täter – nicht immer, aber oft. Sie entwickelten ein Muster. Die Leiche von Zach Lester hatte unten an einem Baumstamm gelegen, die Därme über die unteren Zweige drapiert. Er war enthauptet worden.

Sie hörte Tully seufzen und erkannte aus dem Augenwinkel, wie sich seine Züge verhärteten. Dennoch ging auch er nicht zum Leichensack hinüber.

Janet tauchte eine Hand in die Tüte und holte sehr langsam etwas daraus hervor. Es war ein Stück Papier. Fast im Chor atmeten die Bauleute und Hilfssheriffs aus. Janet reichte Matt den Zettel, der eine weitere Beweismitteltüte bereithielt. Doch bevor er das Papier hineinsteckte, guckte er es sich genauer an.

Er zeigte es seinem Kollegen Ryan und sah zu Maggie und Tully. »Sie beide wollen das hier bestimmt sehen.«

Damit das Blatt nicht unnötig irgendwelchen Umwelteinflüssen ausgesetzt wurde, steckte Matt es in die durchsichtige Beweismitteltüte und fuhr mit drei Fingern über den Druckverschluss, um ihn zu schließen. Dann nahm er einen Filzstift aus seiner Jackentasche und zog die Kappe mit den Zähnen ab, weil er nur eine Hand frei hatte. Nachdem er Datum und Nummer auf der Tüte notiert hatte, stöpselte er den Stift wieder zu und hielt Maggie und Tully die Tüte hin.

Maggie verstand sofort, warum Matt ihnen nicht laut gesagt hatte, was das für ein Zettel war. Auch wenn sie dem Sheriffteam und den Bauleuten nicht sagen wollte, sie sollten verschwinden, musste *diese* Information unbedingt unter Verschluss bleiben.

Maggie nahm das in Plastik gehüllte Schriftstück entgegen, während Tully seine Brille höher schob. Es war ein Kassenbeleg, der trotz des rostfarbenen Fleckens in einer Ecke in einem sehr guten Zustand war. Und er war sorgfältig ganz oben auf dem Tüteninhalt platziert worden, damit er leicht gefunden wurde. Das Logo auf dem Beleg entsprach dem auf der weißen Plastiktüte. Das Erste, was Maggie ins Auge fiel, war die fette Druckschrift in der Mitte des Bons: #VERKAUFTE ARTIKEL 1. Darüber war dieser Artikel aufgeführt: STRÜMPFE/SOCKEN $8,98.

Maggie empfand keine Befriedigung, weil sie recht gehabt hatte. Die orangefarbenen Socken hatten offensichtlich nicht dem Opfer gehört. Sie waren später hinzugefügt worden, wahrscheinlich post mortem.

Maggie suchte nach der Anschrift des Supermarktes, entdeckte jedoch lediglich die Nummer des Ladens (#1965), die ihnen verraten würde, wo er war. Auch der Name des Filialleiters und die Telefonnummer standen auf dem Kassenbon. Was Maggie überraschte, war das Datum unten auf dem Beleg. Die Socken waren erst vor zwei Wochen gekauft worden. Das hieß, dass die Leiche noch nicht so lange hier lag, wie sie anfangs angenommen hatten. Und das wiederum bedeutete, dass sie vergraben worden war, nachdem Maggie die Karte gefunden hatte, die sie auf diese Schnitzeljagd schickte.

Sie gab Tully den Kassenbon, damit er ihn sich genauer ansehen konnte, wartete und beobachtete ihn. Binnen

Sekunden kam er zu denselben Schlüssen wie sie, und als er sie wieder ansah, wusste sie, dass sie beide dasselbe dachten.

Hier waren zweifellos noch mehr Leichen.

## 15

Ryder Creed trank Kaffee aus einer der drei Thermoskannen, die Hannah ihm für die Fahrt mitgegeben hatte. Natürlich waren die Kannen auch mit Thermosbechern ausgestattet, aber da er mittlerweile seit achtzehn Stunden auf der Autobahn war, sparte er sich die Mühe des Umfüllens und trank direkt aus der Kanne.

Er blickte in den Rückspiegel. Hinter ihm lag Grace ausgestreckt in ihrem Hundebett, das die halbe Ladefläche des Jeeps einnahm. Die andere Hälfte war für ihren leeren Zwinger und die Ausrüstung reserviert. Ab und zu hob sie den Kopf, was in Hundesprache hieß: »Sind wir bald da?« Dann legte sie sich wieder hin. Aber Creed hatte ihr tiefes, schweres Atmen nicht gehört, daher wusste er, dass sie in Habachtstellung war, nicht im Tiefschlaf. Und eines ihrer Ohren zuckte bisweilen. Die meisten seiner Hunde wussten, dass am Ende einer langen Autofahrt eine Aufgabe auf sie wartete, und sparten sich instinktiv ihre Energie und Kraft auf.

Creed hätte wirklich gern auf seinen Hundeinstinkt zurückgegriffen. Die letzten sieben Jahre seines Lebens hatte er einzig darauf verwandt, Hunde zu trainieren und mit ihnen zu arbeiten, aber das war im Vergleich zu dem, was sie ihm beigebracht hatten, nicht der Rede wert.

Grace war einer seiner kleinsten Hunde, ein rauflustiger braun-weißer Jack Russell. Creed hatte sie zusammengerollt unter einem dieser doppelbreiten Wohnwagen gefunden, die er für Aushilfskräfte auf seinem Grundstück stehen hatte. Als er sie entdeckt hatte, war sie buchstäblich nur noch Fell und Knochen gewesen, und ihr Bauch hatte schlaff heruntergebaumelt. Demnach hatte sie kurz vorher geworfen. Was sie trotz Mangelernährung noch an Fell besaß, war flohverseucht gewesen. Damals war Creed so wütend geworden, dass er auf etwas eindreschen wollte – oder jemanden. Es war nicht das erste Mal, dass er eine Hündin sah, die ausgesetzt wurde, weil ihr Halter zu geizig war, sie kastrieren zu lassen.

In seiner Gegend hatten sich die Leute sogar angewöhnt, unerwünschte Hunde vorne an Creeds Einfahrt anzubinden. Sie wussten, dass er sie aufnehmen oder ein Zuhause für sie suchen würde. Auf eine perverse Art war das ihr Versuch, Mitgefühl zu zeigen: Creed stellte eine Alternative zum nächsten Tierheim dar, wo sie mit Sicherheit eingeschläfert wurden.

Hannah verdrehte jedes Mal die Augen, wenn er einen halb verhungerten oder humpelnden Hund anschleppte. Und dann hielt sie ihm vor, dass die Leute nur seine Gutherzigkeit ausnutzen würden.

»Guter Gott«, sagte sie eines Tages zu ihm. »Wir könnten einen eigenen Tierarzt einstellen, bei dem Geld, das wir für die Behandlungen bezahlen.«

»Da hast du vollkommen recht«, hatte er ihr zugestimmt, was Hannah verwundert hatte. Doch konnte sie ihren Triumph nicht genießen. Denn noch während sie glaubte, seiner lästigen Schrulle ein Ende gesetzt zu haben, heuerte Creed tatsächlich einen Tierarzt an, der seither Vollzeit bei ihnen arbeitete.

Auch wenn Hannah es wohl nie so schätzen lernen würde wie er, blieb die Tatsache unbestritten, dass manche der Hunde, die Creed gerettet hatte, zu seinen besten Spürhunden geworden waren. Können machte lediglich einen Teil des Trainings aus. Der andere war die Bindung zwischen Trainer und Hund. Creeds gerettete Hunde vertrauten ihm bedingungslos und waren absolut loyal. Und weil sie sein Lob über alles schätzten, lernten sie gern und schnell.

Grace hatte sich trotz ihres Traumas sehr rasch ihrer neuen Umgebung angepasst. Sie war weder schreckhaft noch scheu. Sobald er sie aufgepäppelt hatte, erkannte Creed, dass sie ausgesprochen lebhaft und neugierig war. Bei aller Unabhängigkeit gehorchte sie Creed aufs Wort, und das nicht bloß, weil sie gelobt werden wollte, sondern weil sie sich an ihm orientierte. Vor allem aber hatte sie seinen Einstiegstest bestanden: Sie war ballverrückt.

Diesen Test machte er mit allen potenziellen Arbeitshunden. Reagierten sie auf einen simplen Tennisball? Folgten sie dem Ball mit ihren Augen? Sprangen sie danach? Hielten sie ihn richtig fest, wenn sie ihn gefangen hatten? Bei der Spürhundarbeit drehte sich alles um den Spieltrieb, und Grace hatte den Balltest mit Bravour bestanden.

Was Creed immer wieder verblüffte, war der enorme Einfluss, den ein Halter auf die Stimmung und das Verhalten seines Hundes hatte. Das hatte wenig mit Training oder Autorität zu tun. Als er unruhig wurde und anfing, nach einem günstigen Platz zum Halten zu suchen, hob auch Grace häufiger den Kopf.

»Alles gut, Mädchen«, sagte er zu ihr.

Es war schon dunkel, doch Creed kannte diesen Abschnitt der Interstate gut und wusste, dass es nur noch ein paar Meilen bis zur Grenze nach Tennessee waren. Dann lag Mississippi endlich hinter ihm. Er mied es nach Möglichkeit, hier anzuhalten, denn Mississippi war einer der wenigen Bundesstaaten, dessen Rastplätze rund um die Uhr von »Wachdiensten« gesichert wurden. Was eigentlich als zusätzliche Sicherheitsmaßnahme gedacht war, aber Creed hielt diese Einrichtung für einen schlechten Scherz. Das Einzige, was die Sicherheitsleute bewachten, war, wo Hunde hinpinkeln durften und wo nicht. Und Creed war es lieber, wenn seine Hunde sich die Beine vertreten und herumschnüffeln durften, ohne dass ihnen ein Wachmann in seinem kleinen Wägelchen folgte und pausenlos rief, sie sollten in der ausgewiesenen »Hundezone« bleiben. Letztere bestand zumeist aus einem kleinen Flecken toten Rasens. Also wartete Creed, bis sie das blau-weiße Schild mit der Aufschrift WILLKOMMEN IN TENNESSEE passiert hatten.

Nun hielt er nach dem Rastplatz vor Memphis Ausschau.

Lieber wäre er die Nacht durchgefahren. Grace würde es nichts ausmachen, denn seine Hunde brauchten grundsätzlich weniger Pinkelpausen als er. Was am Kaffee lag. Nicht dass er sich wegen der verlorenen Zeit ärgerte. Vielmehr konnte er Rastplätze und Autohöfe nicht leiden.

Wobei die Autohöfe neuerdings Auto-Plazas hießen und zu richtigen Ministädten mit Cafés und kleinen Läden aufgeblasen worden waren. Auf manchen gab es sogar Friseure, die vierundzwanzig Stunden geöffnet hatten. Sie besaßen Räumlichkeiten für Fernfahrer, in denen sie duschen, fernsehen, ins Internet gehen und stundenweise Betten mieten konnten, um mal außerhalb ihrer Kabine zu schlafen. Wer sich auskannte, konnte dort natürlich auch Drogen bekommen. Und nachts gingen Frauen von Truck zu Truck und klopften an die Kabinen.

Im Gegensatz zu gängigen Rastplätzen herrschte auf den Auto-Plazas Tag und Nacht Betrieb. Ununterbrochen fuhren große Zugmaschinen ein und aus, brummten schwere Motoren und quietschten Bremsen.

Creed mied die Auto-Plazas nach Möglichkeit.

Aber auch Rastplätze stellten eine Herausforderung für ihn dar. Egal, wie viele Jahre es nun her war, dass seine Schwester von einem Rastplatz verschwunden war, er konnte nicht anhalten – besonders in der Dunkelheit nicht –, ohne sich an *jene* Nacht zu erinnern. Dazu brauchte es nur den Geruch von Diesel oder das Zischen einer Hydraulikbremse.

Creed wusste, dass schon die kleinste Erinnerung an seine erste Panikattacke eine neue auslösen konnte. Etwas so Banales wie ein Geruch oder ein Geräusch reichte aus. Seit Jahren hatte er keine richtige Attacke mehr erlebt, aber in letzter Zeit fühlte es sich an, als könnte ihn jeden Moment eine überfallen. Erschöpfung, Stress und Angst waren begünstigende Faktoren. Allein in diesem Monat hatte er an drei Mordschauplätzen gearbeitet. Bei jedem war das Opfer eine junge Frau gewesen, und jedes Mal, wenn ein neuer Auftrag hereinkam, hatte Creed darauf bestanden, ihn selbst zu übernehmen, statt jemanden aus seinem Team zu schicken.

Vielleicht sollte er eine Weile lang die Finger von solchen Fällen lassen und sich auf Such- und Bergungsarbeiten verlegen. Er könnte sich eine Zeit lang auf Drogenfälle beschränken und mehr Zeit in die Hundeausbildung stecken. Für Hunde hatte er ein Händchen. Er konnte ihnen beibringen, alles zu erschnüffeln, von verirrten Kindern über Kokain bis hin zu Sprengstoff. Hunde verstand er. Menschen nicht so gut.

Was mit der verzweifelten Suche nach seiner vermissten elfjährigen Schwester angefangen hatte, war zu einem erfolgreichen Unternehmen angewachsen – erfolgreicher, als Creed es sich je hätte träumen lassen. Inzwischen hatte er eine Warteliste mit Behörden aus dem ganzen Land, die seine Hunde und seine Dienste wollten. Er konnte es sich leisten, mehr Trainer einzustellen und seine Zeit und Kraft anderweitig einzusetzen. Vor allem aber musste er eine Pause einlegen, ausspannen, sich erholen, und das bald, um seines eigenen Seelenfriedens willen. Die Panikattacken waren nicht das Einzige, was er nur mühsam im Zaum hielt. Ihn quälte außerdem eine innere Leere, die ihn zu ersticken drohte, sollte sie noch weiter anwachsen.

Kaum bog Creed von der Interstate ab, setzte Grace sich auf. Die Ausfahrt verlief in einem Bogen in einen bewaldeten Bereich hinunter, der den Rastplatz von der Autobahn abschirmte. Unten teilte sich die Straße: rechts für Pkw, links für Lkw.

Creed kannte diesen Rastplatz. Er hatte hier schon auf mehreren Fahrten haltgemacht. Doch sowie er in eine

Parklücke einscherte, sah er etwas, das ihm eine Gänsehaut bescherte. Hinter einem eingeschossigen Gebäude bemerkte er einen massigen Mann, der mit einem kleinen Mädchen Händchen hielt und es zum vollbesetzten Lkw-Parkplatz führte.

Creed lehnte sich zurück und versuchte, ruhig zu atmen. Seine Hände krallten sich verschwitzt um das Lenkrad. Wenn er nur richtig atmete, konnte er die Panik unterdrücken. Aber er konnte den Blick einfach nicht abwenden.

Führte der Mann das Mädchen, oder zerrte er es mit sich?

Wie sollte man das im Dunkeln erkennen?

Das Paar ging von Schatten zu Schatten, wurde nur hie und da von den Laternen angeleuchtet, deren Abstand sich ständig vergrößerte, je weiter sie sich zu einem Sattelzug hinten auf dem Parkplatz bewegten.

Creed sagte sich, dass er Ruhe bewahren musste. Er konnte es sich nicht leisten, jedes Mal einzuschreiten, wenn ihm etwas verdächtig vorkam. Und dennoch raste sein Herz.

In dem Moment fiel ihm auf, dass das kleine Mädchen nur Socken trug – strahlend weiß auf dem schwarzen Asphalt. Keine Schuhe.

## 16

Maggie und Tully hatten angeboten, Essen und Getränke für alle zu spendieren, auch für Lily.

Die Kriminaltechniker hatten den Schädel und die drei

langen Knochen eingepackt. Sie hatten die Leiche und den Kopf in ihren jeweiligen Plastikbehältnissen in Leichensäcke verstaut. Janet war dagegen, den schwarzen Plastiksack im Freien zu öffnen, und Maggie stimmte ihr zu. Durch den Riss hatten sie schon genug gesehen. Ihn hier zu untersuchen könnte Beweise vernichten und würde zweifellos die Maden stören. Sosehr Maggie die widerlichen Tiere hasste, spielten sie doch eine wichtige Rolle bei der Bestimmung des Todeszeitpunkts. Daher ließ man sie am besten ungestört, bis sie mitsamt der Leiche im Labor waren und der Gerichtsmediziner sie sich vornehmen konnte.

Die Techniker hatten die Essenseinladung dankend abgelehnt und sich direkt auf den Rückweg nach Omaha gemacht.

Sheriff Uniss hatte zwei neue Hilfssheriffs abgestellt, um die Farm zu sichern. Zwei andere seiner Männer wollten nach Hause. Der Sheriff und sein junger Hilfssheriff sowie Howard Elliott und Buzz, der Vorarbeiter, und seine Männer kamen mit.

Die Person, von der Maggie fand, dass sie am dringendsten eine Mahlzeit brauchte, lehnte ebenfalls ab. Lily ließ sich bis zum Rastplatz mitnehmen, behauptete jedoch, sie hätte keinen Hunger. Maggie vermutete, dass die Meth-Wirkung nachließ. Auf dem Rastplatz angekommen, schien Lily genau zu wissen, wohin sie wollte. Dies war ihr Revier, und noch ehe Maggie es mitbekam, war Lily spurlos verschwunden.

Sie waren seit fast zwei Stunden im Grillrestaurant, aber Maggie und Tully waren die Einzigen, die etwas aßen. Außerdem hatten sie bisher noch gar nichts spendiert.

Die Männer wechselten sich damit ab, Runden für alle zu bestellen. Mehrere Fernfahrer hatten vier Tische in der Mitte des Lokals zusammengeschoben und sich zu ihnen gesetzt. Sie amüsierten sich damit, Maggie und Tully in ihren Jargon einzuführen, was die Stimmung merklich auflockerte.

Obwohl sie die Sheriffs und Bauarbeiter gebeten hatten, mindestens vierundzwanzig Stunden lang nichts von dem zu erzählen, was sie gesehen hatten, war Maggie klar, dass es nur noch ein paar mehr Drinks brauchte, bis sie die Warnung vergaßen. So komisch es auch klingen mochte: sie hoffte, dass die Männer vor lauter Schock wegen des enthaupteten Leichnams nicht mehr an die orangefarbenen Socken dachten. Obwohl sie manchem nebensächlich vorkommen würden, waren sie bei diesem Fall von großer Bedeutung.

Als sie sich nun zurücklehnte, bemerkte Maggie, dass Tully eine ganze Reihe noch voller Bierflaschen vor sich stehen hatte. Und anscheinend hatte er seine Pommes nicht angerührt. Zugegeben, die Burger hier waren gigantisch und mit lauter Extras beladen, aber das hielt Tully normalerweise nicht davon ab, Maggie ihre Pommes wegzuessen, sobald er seine vernichtet hatte. Sie saßen nebeneinander, Maggie zwischen Tully und Sheriff Uniss, und so dicht zusammen, dass sie mit den Ellenbogen aneinanderstießen. Sheriff Uniss redete mit einem der Fernfahrer über Dieselpreise und die Ölpolitik, die daran schuld war.

Maggie schnappte sich eine Fritte von Tullys Teller, um seine Aufmerksamkeit zu erregen.

»Alles okay?«, fragte sie und wies auf die drei Flaschen vor ihm, von denen er nur an einer genippt hatte. Er saß an der Tischecke und hatte deshalb einiges mehr an Bewegungsfreiheit. Dort lag auch Maggies *Booty-Hunter*-Baseballkappe, die sie an der Tischkante deponiert hatte.

»Ich sage ihnen die ganze Zeit, dass ich keines mehr will.«

»Und Hunger hast du auch nicht?«

Er holte eine kleine Plastiktüte mit Klemmverschluss aus seiner Hosentasche, in der ungefähr ein Dutzend weißer Tabletten war.

»Nebenhöhlenentzündung. Ich muss dieses Antibiotikum nehmen, vergesse es aber dauernd.«

Maggie wurde ernst. Es war typisch für Tully, dass er sich alle Tabletten in die Hosentasche steckte und als Erinnerung mit sich herumtrug. Und tatsächlich machte er einen kränklichen Eindruck. Seine Augen glänzten fiebrig, sein Gesicht war gerötet und von einem Schweißfilm benetzt. Schlagartig begriff Maggie, dass er sich wohl deshalb vorhin so komisch benommen hatte.

»Du musst aus den nassen, matschigen Sachen raus und ins Bett«, sagte sie.

Sofort merkte sie, dass sie zu laut gewesen war, denn Howard Elliott und der junge Hilfssheriff gegenüber sahen zu ihr herüber. Selbst einer der Fernfahrer an der anderen Tischecke grinste ihr zu.

Statt verlegen zu sein, lehnte Maggie sich näher zu Tully, und er spielte mit, indem er sich an sie lehnte.

»Das wäre jetzt ein guter Zeitpunkt, zu gehen«, schlug Maggie vor. »Die denken alle, dass ich dich angrabe.«

Tully blickte sich um und schmunzelte.

»Ich habe uns Zimmer in dem Super-8-Hotel gleich in der Nähe reserviert«, sagte er.

»Klingt romantisch. Darf ich deine restlichen Pommes essen? Danach fahren wir.«

Wieder schmunzelte er und nickte. Dann beobachtete er, wie sie eine Ketchuppfütze auf seinen Teller drückte und sich über seine Pommes frites hermachte. Er aß sogar selbst noch einige.

»Ich verrate dir die Einzelheiten später«, sagte Tully leise, fast flüsternd, als wollte er ihre Scharade beibehalten. »Drei-A hat einen Treffer bei den Strumpfwaren.«

Die orangefarbenen Socken. Sie sprachen es nicht laut aus, weil sie vermeiden wollten, dass sich die Männer an die Socken erinnerten. »Drei-A?«, fragte sie nur.

»Ah, entschuldige, so nenne ich Agent Alonzo. Er heißt Antonio mit Vornamen.«

»Bezieht sich der Treffer auf einen neueren Fall?«

»Im letzten Monat. Du hattest recht: weibliches Opfer in einem Waldgebiet nicht weit von einem Rastplatz entfernt.«

»Hat er noch andere Fälle gefunden?«

»Bisher nur den einen.«

Tully gähnte, und unweigerlich dachte Maggie daran, wie müde sie selbst war. Beide hatten sie einen langen Tag hinter sich.

»Wie wäre es, wenn wir uns entschuldigen?«, fragte sie. Tully bejahte stumm.

Maggie nickte Sheriff Uniss zu. Die Strategie für den morgigen Tag hatten sie bereits besprochen. Tully versprach dem Sheriff, ihn gleich morgens anzurufen. Dann verabschiedeten sie sich und standen auf. Maggie wollte nach der Baseballkappe greifen, doch sie war nicht mehr da. Sie schaute sich um, dann unter den Tisch. Die Mütze war weg. Wahrscheinlich hatte sie jemand versehentlich mitgenommen. Egal, beschloss Maggie und folgte Tully nach draußen.

Als sie in ihren Mietwagen einstiegen, sah Maggie Lily auf der gegenüberliegenden Seite. Sie wanderte an den geparkten Lastwagen entlang. Bevor sie die Farm verlassen hatten, hatte Lily sich eine enge Jeans und ein kleines Strick-Top übergezogen, das ihre durchscheinenden Rippen und knochigen Schultern erst recht betonte. Außerdem trug sie eine große, unförmige Tasche quer über den Oberkörper gehängt. Lily klopfte an eine der Fahrerkabinen. Der Fernfahrer drinnen schüttelte den Kopf, beugte sich aus dem Fenster und sagte etwas zu ihr. Lily hörte ihm nicht zu, sondern trottete weiter zum nächsten Truck.

Tully hatte es ebenfalls mitbekommen. Als sie beide im Wagen saßen, sagte er: »Ich hatte ihr angeboten, sie zu einer Obdachlosenunterkunft für Frauen zu bringen.«

»Das hier ist ihr Zuhause. Ist dir aufgefallen, wie froh sie war, wieder hier zu sein?«

»Glaubst du, dass sie auf der Farm irgendwas gesehen hat?«

»Weiß ich nicht. Aber selbst wenn, dürfte das Meth es ihr längst aus dem Hirn gegrillt haben.«

# 17

Creed klickte sich eine frische Dose UDAP-Pfefferspray an seinen Gürtel. Seinen Revolver ließ er in der Kiste unterm Fahrersitz.

»Komm, Grace«, sagte er zu der Hündin, nahm ihre Leine und stieg aus dem Jeep.

Sekunden später liefen sie einen Weg hinauf. Es war eine Abkürzung um die Waschräume des Rastplatzes herum zu dem anderen Parkplatz, auf dem lauter Auflieger standen.

Grace verstand instinktiv, dass sie etwas vorhatten. Sie blieb direkt neben Creed, schnupperte in die Luft und sah zu ihrem Herrchen auf, damit sie keines seiner Kommandos verpasste.

Der Mann und das kleine Mädchen waren nicht schnell gegangen, würden aber trotzdem bald den Sattelschlepper auf dem letzten Parkplatz erreicht haben. Gelbliche Begrenzungslichter beleuchteten die gesamte Aufliegerlänge, und der Zugmaschinenmotor lief. Creed konnte sehen, dass sich hinter der Windschutzscheibe etwas bewegte. Also musste er mit zwei Leuten fertigwerden. Instinktiv griff er nach dem Pfefferspray. Hoffentlich bereute er es nicht, seine Waffe im Wagen gelassen zu haben.

Aus der Nähe erkannte Creed, dass das Mädchen weinte. Der Mann hielt die rechte Hand der Kleinen, und mit der linken wischte sie sich das Gesicht ab. Ja, er hatte richtig gesehen: sie trug nur weiße Socken und keine Schuhe.

Creeds Puls begann zu rasen. Nun war es weniger Panik als Beschützerinstinkt, der ihn antrieb und sein Herz gegen seine Rippen hämmern ließ.

Grace trabte weiter neben ihm und blickte abwechselnd nach vorn und zu ihm auf, ob er ihr ein Signal gab. Niemals winselte oder zögerte sie. Auch nachdem sie mitbekommen hatte, dass sie auf ein Kind zugingen, zeigte sie keine besondere Aufregung. Jeder Hund reagierte anders auf Kinder. Grace blieb auf Creed konzentriert.

Er war nicht sicher, worauf er achten sollte, weil er kaum Kinder kannte, geschweige denn viel Zeit mit welchen verbrachte. Seine Erfahrung beschränkte sich auf die Erinnerungen an seine kleine Schwester und Hannahs zwei Jungen, die zu klein waren, als dass Creed sie mit diesem Mädchen vergleichen könnte. Er schätzte es auf neun oder zehn Jahre. Höchstens elf. Brodie war elf gewesen. Ja, dieses Mädchen sah aus, als wäre es ungefähr im gleichen Alter. War es das? War das der einzige Grund, aus dem die Alarmglocken in seinem Kopf schrillten? Wurde ihm deshalb die Brust eng? Lag es nur daran, dass sie ihn an Brodie erinnerte?

Er zählte auf Graces Instinkt.

Als er näher kam, versuchte er, den Mann einzuschätzen. Er war etwa genauso groß wie Creed, durfte aber an die hundert Pfund schwerer sein, und dieses Zusatzgewicht bestand nicht aus Fett.

Creed war einen Meter fünfundachtzig groß, hatte breite Schultern, aber einen schmalen Oberkörper und lange Arme und Beine. Er hatte eine Schwimmerfigur. Vor mehreren Jahren, als Hannah verkündete, dass ihr Unternehmen solvent war und verlässlich Gewinn machte, hatte Creed ein beheiztes, klimatisiertes Schwimmbad mit einem Becken in Olympiamaßen an ihr Gebäude angebaut. Auf diese Weise konnte er seine Spürhunde zusätzlich in

Wassersuche und -bergung ausbilden und etwas für seine körperliche und geistige Gesundheit tun. Von Kindheit an war Schwimmen für ihn die einzige Zuflucht gewesen, die einzige Freizeitbetätigung, die ihm Spaß machte. Nein, es war mehr als das. Tauchte er ins Wasser ein, fühlte er, wie es seinen Körper umfing, dann war es, als würden seine sämtlichen Sinne verjüngt. Allerdings war Creed sich bewusst, dass Schwimmen keine Sportart war, die einen auf eine Prügelei vorbereitete.

»Verzeihung, Sir«, begann Creed, noch ehe er wusste, was er zu dem Mann sagen sollte.

Der Mann blieb stehen und blickte sich um, als glaubte er, dass Creed jemand anderen meinte. Creed beobachtete, wie seine Augen zu Grace wanderten, und etwas an ihrem Ausdruck verriet ihm, dass der Mann keine Hunde mochte. Vielleicht hatte er Angst vor ihnen.

Er sah jünger aus, als Creed zunächst gedacht hatte. Wahrscheinlich war er Ende zwanzig, wie Creed selbst. Viel älter konnte er jedenfalls nicht sein.

»Meine Hündin liebt Kinder«, log Creed. »Sie hat mich förmlich hierhergezogen, weil sie Ihr kleines Mädchen begrüßen will. Ich schätze, ihr fehlt meine Tochter.«

Er ging in die Hocke, um Grace zu streicheln, und zeigte dabei auf das kleine Mädchen. Grace schaltete prompt und wedelte mit dem Schwanz. Sie war froh, endlich eine Aufgabe zu bekommen, konzentrierte sich auf das kleine Mädchen und schnupperte in seine Richtung.

»Siehst du, schon lächelt sie«, sagte Creed zu dem kleinen Mädchen, das Grace voller Ehrfurcht anstarrte. Und dann lächelte es ebenfalls.

Creed blieb in der Hocke neben Grace und behielt den

Mann im Auge. In dieser Haltung wirkte er weniger bedrohlich, und vor allem könnte er, falls nötig, mit dem Pfefferspray nach oben zielen, sodass er nicht Gefahr lief, das Mädchen ebenfalls zu erwischen. Er ließ eine Hand auf Grace, die andere unter seiner Jacke an der Spraydose.

»Darf ich sie streicheln, Daddy?«

Creed musste nicht viel über Kinder wissen, um zu hören, dass in der Stimme der Kleinen echte Freude lag. Nichts klang gezwungen, auch nicht, wie sie »Daddy« zu ihm sagte. Aber der Mann schien nach wie vor misstrauisch gegenüber Grace zu sein. Hatte es mit Hunden allgemein zu tun, oder verbarg er irgendwas?

Bevor Creed es ergründen konnte, hörte er hinter sich die Kabinentür aufgehen und wieder zuschlagen. Er rührte sich nicht, obwohl er angespannt war und seine Finger kribbelten.

»Bonnie liebt kleine Hunde, nicht, Süße?«, ertönte eine Frauenstimme.

Creed sah sich zu ihr um.

Eine junge Frau kam auf ihn zu. Sie trug eine Jeans und eine Jeansjacke.

»Ist es okay, wenn sie den Hund streichelt?«, fragte sie.

»Ja, klar.«

Die Frau winkte dem kleinen Mädchen zu, und es kam angelaufen. »Langsam, langsam. Du darfst den Hund nicht erschrecken. Und schön vorsichtig. So.«

Die Frau hielt Grace ihre Hand hin, damit Grace sie beschnuppern konnte, und wartete auf Erlaubnis. Dann strich sie Grace über den Rücken. Das kleine Mädchen ahmte die Gesten nach. Es kicherte, als es endlich Grace berührte.

»Bonnie ist verrückt nach Hunden«, sagte die Frau.

»Ist diese Woche keine Schule?«, fragte Creed beiläufig.

»Nein, Frühlingsferien. Wir dachten, es wäre eine nette Abwechslung, mal mit Rodney mitzufahren. So sieht Bonnie, was er die ganze Woche macht, wenn er weg ist.«

Jetzt lächelte der Mann sogar, während er dem kleinen Mädchen zusah.

»Siehst du, Rodney, nur weil du Angst vor Hunden …«

»Ich habe keine Angst!«

»Er ist als Junge mal von einem Hund angegriffen worden, deshalb traut er ihnen nicht«, erklärte die Frau, ehe sie zu ihrem Mann sagte: »Ich fasse nicht, dass du mit ihr zum Klo gehst, ohne ihr die Schuhe anzuziehen.«

»Sie wollte sie nicht anziehen, und dann hat sie geweint, weil ihre Socken ganz schmutzig geworden sind.«

Je länger sich das Paar kabbelte, umso mehr entspannte Creed sich.

Sie klangen wie eine normale Familie.

## 18

Er steckte zwei Quittungen in die Einbandtasche hinten in seinem Notizbuch, schlug eine neue Seite auf und notierte:

*Dienstag, 19. März*
*22:47 Uhr*
*Pilot Plaza #354, Sioux City, IA*

Eben hatte er getankt und kurz alles am Wagen überprüft. Jetzt war er bereit, wieder loszufahren. Sein Adrenalinpegel war immer noch sehr hoch. Nicht nur hatte er gehört, was alle von seinem Werk auf der Farm hielten, sondern er war endlich Magpie von Angesicht zu Angesicht begegnet.

*Magpie: aus der Nähe noch herrlicher*

Er hatte ihr sogar ein Bier spendiert – nun ja, eine Runde Bier für sie alle. Aber es war erstaunlich nett gewesen, ihr beim Trinken zuzusehen. Jetzt notierte er sich die Details in seinem Büchlein:

*Sam Adams Lager*

Es hatte ihm gefallen, dass sie das gekühlte Bierglas abgelehnt und direkt aus der Flasche getrunken hatte. Er schrieb auch auf, wie und was sie zum Essen bestellt hatte:

*Cheeseburger, medium*
*Cheddar-Käse, Bacon, extra Gewürzgurke*
*Mit Pommes frites (viel Ketchup)*

Sie hatte sich jedes Mal bei der Kellnerin bedankt, wenn die ihr etwas brachte, las von ihrem Schild ab, wie sie hieß, und sprach sie mit Namen an, wobei sie sie direkt ansah. Niemand sonst achtete auf die Frau, die sie bediente, Teller und Gläser hinstellte und wieder wegräumte.

Ihm war nicht entgangen, dass Maggie ihr ein großzügiges Trinkgeld gegeben hatte, obwohl jemand anders die Rechnung übernahm. Er hätte schneller sein müssen, dann hätte er auch ihr Essen bezahlen können, aber da war ihm ein anderer zuvorgekommen, und er wollte kein Theater machen.

Bis heute hatte er Agentin Margaret O'Dell nur aus der Ferne beobachtet, und trotzdem kam es ihm vor, als würde er sie seit Jahren kennen. Vom ersten Moment an, in dem er sie gesehen hatte, hatte er erkannt, dass sie seelenverwandt waren. Und, nein, er ließ sich nicht leicht von schönen Frauen hinreißen. Dieser Tage brauchte es mehr als ein hübsches Gesicht, um seine Aufmerksamkeit zu erregen. Außerdem war er ein Profi, genau wie Maggie.

Letzten Monat hatte er sie an einem Tatort entdeckt, einem Lagerhaus in D.C., das niedergebrannt worden war. Er hatte auch das Arschloch gesehen, das den Brand gelegt hatte. Es war derselbe Idiot, der später Maggies Haus ansteckte. Hätte er ihn dabei erwischt, wäre der Typ jetzt Madenfutter. Was Leute an Feuer so faszinierte, hatte er noch nie verstanden.

An jenem Abend war er bloß bei dem Lagerhaus gewesen, weil er eine Leiche in der Seitengasse ablegen wollte. Das tat er manchmal ganz gerne. Dann blieb er in der Nähe, damit er miterleben konnte, wie die Leute seine Arbeit entdeckten. Einmal hatte er sogar selbst die Polizei gerufen und eine Leiche gemeldet, um der Streife zuzugucken. Und er tat das keineswegs, um sich einen runterzuholen wie ein Vollidiot. Vielmehr lernte er eine Menge, indem er den Ermittlern zusah und nahe genug war, um ihre Gespräche zu belauschen und mitzubekommen, was sie einsammelten.

Früher war er oft in Polizisten-Bars gewesen, wie heute Abend, bloß um ihnen zuzuhören. Er gab ihnen ein paar Drinks aus, und sie fingen an, über alles Mögliche zu reden. Die Zeit, die er mit Cops verbrachte, ihnen zuschaute und zuhörte, hatte sich als unschätzbar wertvoll erwiesen. Sie half ihm, gewisse Dinge zu verbessern, seine Methoden zu perfektionieren und seine Muster zu variieren. Er mochte neue Herausforderungen.

Als er Maggie zum ersten Mal sah – an diesem Tatort in D. C. –, hatte er sofort bemerkt, dass auch sie Herausforderungen mochte. Durch ein CNN-Porträt über sie erfuhr er, dass ihre Mutter sie ab und zu »Magpie« nannte – Elster –, und in dem Augenblick war er sicher gewesen, dass sie Seelenverwandte waren. Seine eigene Mutter hatte oft von der Elster gesprochen, die sie für ein gutes Omen hielt. Sie war der einzige Vogel, der sich weigerte, auf Noahs Arche zu kommen, und sich stattdessen auf das Dach hockte. Mutig, genau wie er. Neugierig und immerzu Fragen stellend, suchend, lernend, prüfend. Wie würde es sein, sich mit einer Elster anzulegen?

Um das herauszufinden, hatte er ihr die Karte dagelassen. Deshalb hatte er auch die Socken wieder ins Spiel gebracht, obwohl er es hasste, solche offensichtlichen Muster zu wiederholen. Er wollte, dass sie ihn fand und er seine Arbeit mit ihr teilen konnte. Er wollte sie herausfordern, sehen, aus welchem Holz sie geschnitzt war, sie anstacheln, mit ihr spielen und sie auf das vorbereiten, was er geplant hatte. Hoffentlich enttäuschte sie ihn nicht.

Er sah Lily über den Parkplatz gehen. Ihr Haar war immer noch verfilzt, und wegen der schweren Tasche ging sie krumm. Was für eine erbärmliche Kreatur. Sie hatte an fast alle Truck-Türen geklopft, sogar an die Kabine, in deren Windschutzscheibe ein Schild mit der Aufschrift »KEINE TRUCKERSCHWALBEN« prangte. Jetzt war sie auf dem Weg zurück zur Raststätte.

Er ließ den Motor an. Er würde ihr anbieten, sie mitzunehmen. Sicher erkannte sie ihn von der Farm wieder, würde sich aber nichts dabei denken. Falls sie nicht mitfahren wollte, würde er ihr zwanzig Dollar anbieten, damit sie einstieg, auch wenn er nicht wollte, dass sie ihn anfasste. Ihre eingefallenen Wangen und dieses filzige Haar widerten ihn an. Er dachte bereits daran, dass es lachhaft einfach würde, sie zu töten. Deshalb gab er sich sonst nicht mit solchen Frauen ab. Es war eher ausgeschlossen, dass sie sich wehrte, geschweige denn den psychologischen Spielchen gewachsen war, die er so genoss. Wahrscheinlich war sie froh, sterben zu dürfen. Er hasste eine solche Einstellung. Aber ihr Tod war nun einmal ein notwendiges Übel.

Er griff nach der Baseballkappe, die er aus der Grillbar mitgenommen hatte, und roch an der Innenseite, um den Duft von Maggies Haar in sich aufzusaugen. Dann setzte er die Kappe auf. Es gefiel ihm, wie nahe er sich ihr nun fühlte.

Mit diesem Gedanken fuhr er neben die Truckerschwalbe und rollte sein Fenster herunter.

# 19

Maggie hatte sich an Interstate-Hotels und -Motels gewöhnt. Die meisten boten zumindest eine ordentliche Grundausstattung, einige sogar freien Internetzugang. Der Rest war Maggie egal, solange das Zimmer sauber war. Tullys Augen leuchteten auf, als er ein Schild in der Anmeldung sah, dass im Super-8-Hotel ein kontinentales Frühstück mit der Bezeichnung »SuperStart« im Preis inbegriffen war. Warum ihn das freute, nachdem er nicht mal hinreichend Appetit gehabt hatte, um seinen Burger aufzuessen, war Maggie schleierhaft.

Tully hatte keine zwei Zimmer nebeneinander bekommen, was angesichts des überfüllten Parkplatzes vor dem Motel nicht verwunderlich war. Und auch der hintere Parkplatz stand gerammelt voll mit Lkws in unterschiedlichsten Größen, von Sattelschleppern über Lieferwagen bis hin zu größeren Kastenwagen. Die Fernfahrer, die vorhin in der Grillbar bei ihnen gesessen hatten, hatten Tully und Maggie nicht nur ihren Jargon beigebracht, sondern ihnen auch eine ganze Liste von Sachen aufgezählt, die auf den Fernstraßen transportiert wurden – quasi alles von Holz bis Autos. Folglich konnte Maggie jetzt sehen, dass die Lkws auf diesem Hotelparkplatz nur eine kleine Auswahl dessen geladen hatten, was über die Straßen bewegt wurde. Und offensichtlich schliefen längst nicht alle Fahrer in ihren Kabinen auf dem Rastplatz.

Tully überließ ihr das Zimmer im zweiten Stock und nahm das im Erdgeschoss. Es ging ihm nicht gut, daher staunte Maggie, als er bei ihr klopfte, kaum dass sie zwanzig Minuten in ihrem Zimmer war. Sie hatte sich bereits die schmutzigen Sachen ausgezogen und trug nur ein Nachthemd und einen Slip. Sie öffnete ihre Tür einen Spaltbreit und hoffte, er hatte bloß vergessen, ihr irgendwas zu sagen. Dann aber sah sie sein Gesicht. Er wirkte besorgt.

»Ist mit Gwen alles okay?«, fragte sie.

»Ich habe heute noch nicht mit ihr gesprochen, aber sicher geht es ihr gut. Warst du schon im Bett?« Sein Blick fiel auf ihre nackten Beine, als wäre ihm der Gedanke vorher gar nicht gekommen.

»Noch nicht, aber kurz davor. Warte einen Moment.«

Sie schloss die Tür und ging zu ihrer Tasche, die sie auf dem freien der zwei Betten abgestellt hatte, holte eine Jeans heraus und streifte sie über. Auf Socken und Schuhe verzichtete sie. Auf dem Weg zur Tür hielt sie inne und überlegte, ob sie einen BH anziehen sollte. Das Nachthemd reichte ihr bis zu den Oberschenkeln und war sehr weit – ein Packers-Trikot, um genau zu sein, also weder freizügig noch aufreizend. Außerdem war es ja nur Tully. Maggie öffnete die Tür.

Diesmal kam er, ohne zu zögern, herein. Er hielt sein Handy in der einen und einen Notizblock in der anderen Hand. Ein flüchtiger Blick verriet Maggie, dass der Block vom Hotel war. Also hatte Tully schon telefoniert, und was er erfahren hatte, war nicht bloß wichtig genug gewesen, es sofort aufzuschreiben, sondern es machte ihm auch sichtlich zu schaffen.

»Hast du was herausgefunden?«

»Janet, die CSU-Technikerin, hat mit dem Inhalt des Müllsacks angefangen.«

Er schritt ans Fenster und linste durch die Vorhänge. Maggie hatte den Parkplatz unten schon überprüft, und

Tully interessierte sich auch nicht für die Umgebung. Er war nervös, und das Zimmer schien zu klein für ihn zu sein. Maggie setzte sich auf die Bettkante, die am weitesten entfernt war.

»Er hat den Führerschein der Frau in den Müllsack gelegt«, sagte Tully. »Die Leiche ist verstümmelt und enthauptet, aber der Schweinehund lässt uns den Führerschein des Opfers da.«

»Das ist schräg. Er hat uns schon die orangefarbenen Socken und den Kassenzettel gegeben.«

»Tja, und das ist nicht mal der wirklich bizarre Teil. Wendi Conroy verschwand letzten Monat. Ihr Wagen wurde auf einem Rastplatz an der I-95 gefunden. In Virginia.« Er machte eine Pause. »Auf einem Rastplatz gleich südlich von Dale City.«

Tully drehte sich vom Fenster weg und sah sie an. Offenbar wartete er auf ihre Reaktion. Sie beide kannten den Rastplatz. Von dort waren es keine fünf Meilen zu Maggies Haus – oder zu dem, was von ihm noch übrig war – in Newburgh Heights, Virginia.

»Wir haben wieder einen Albert Stucky«, sagte Tully.

»Nein, es ist nicht wie bei Stucky.« Maggie hasste es, dass sie allein bei der Erwähnung seines Namens bis heute eine Gänsehaut kriegte. Ehe sie begriff, was sie tat, hatte sie die Arme verschränkt und rieb sie sich fröstelnd. »Ich kenne keine Wendi Conroy. Und ich kannte auch Gloria Dobson oder Zach Lester nicht.«

Albert Stucky hatte sich Frauen ausgesucht, zu denen Maggie Kontakt gehabt hatte: ein junges Mädchen, das ihr eine Pizza lieferte, eine Kellnerin, ihre Maklerin. Und er hatte ihre Leichenteile in Essensverpackungen an auffälligen Orten abgestellt, wo sie leicht gefunden wurden und die Finder zu Tode erschreckten.

»Das ist nicht wie bei Stucky«, wiederholte Maggie, als müsste sie sich selbst davon überzeugen. Damit Tully etwas lockerer wurde, ergänzte sie: »Er hat uns keine Pizzakartons hingestellt.«

»Nein, nur Müllsäcke und ein paar verstümmelte Leichen.«

Tully lief auf dem schmalen Gang zwischen den Betten und dem Fernseher auf und ab – vom Fenster zur Tür und wieder zurück.

»Als er die Karte deponierte, dachte ich, das hätte er nur getan, weil er dich in dem CNN-Porträt gesehen hatte und wusste, dass du sowohl die Brandstiftungen als auch den Dobson-Fall bearbeitest. Für mich ergab es zunächst genauso viel Sinn wie seine absurde Schnitzeljagd. Aber so ist es nicht.« Er hielt mitten im Gehen inne und sah Maggie an. »Er ist besessen von dir. Genau wie Stucky.«

»Stucky wollte mir wehtun.«

»Woher wissen wir, dass dieser Typ das nicht will?«

»Weil er reichlich Gelegenheit dazu hatte.« Sie dachte ein, zwei Sekunden lang nach. In der ganzen Zeit, die sie nach diesem Mörder suchten, hatte sie sich nicht ein einziges Mal bedroht gefühlt. »Anscheinend geht es ihm eher darum, uns seine Werke zu zeigen, nicht, einen von uns zu verletzen. Vielleicht will er geschnappt werden.«

»Er hat die Karte ungefähr zur selben Zeit deponiert, zu der er Wendi Conroy von dem Rastplatz mitnahm. Der Rastplatz ist fünf Meilen von deinem Haus entfernt. In Virginia. Aber anstatt die Leiche irgendwo in der Nähe abzulegen, bringt er sie tausendzweihundert Meilen weit nach Iowa und begräbt sie, damit du sie hier findest. Ach ja, und unterwegs hält er an, um ein Paar orangefarbene Socken zu kaufen, die er ihr anzieht, und packt auch gleich den Kassenzettel in die Tüte mit dem Kopf der Frau. Klingt das nach einem Typen, der geschnappt werden will?«

Tully hatte recht. Sie beide hatten Mörder, die »Fang mich doch!« spielten, sowohl studiert als auch erlebt.

»Wenn du es so formulierst, nein, tut es nicht. Es klingt eher nach einem Mörder, der angeben will.«

## 20

*Washington, D. C.*

Gwen tapste durch die Dunkelheit auf das Bimmeln ihres Handys zu. Normalerweise legte sie es auf ihren Nachttisch, nur heute hatte sie es vergessen. Sie nahm sich nicht mal die Zeit, das Licht im Wohnzimmer einzuschalten, als sie aus dem Bett und dem Tiefschlaf gerissen wurde.

»Gwen Patterson«, meldete sie sich, sowie sie das Handy gefunden hatte.

»Ich habe dich aufgeweckt, entschuldige.«

Es war Maggie.

»Ist alles okay? Ist was mit R. J.?«

»Nein, dem geht's gut. Alles prima. Ich hatte vergessen, dass wir eine Stunde hinter euch herhinken. Am besten rufe ich dich morgen früh wieder an.«

»Nein, ist schon gut. Ich bin wach.«

Sie fuhr sich mit einer Hand durchs Haar und schaltete eine Stehleuchte an. Dann sah sie zur Uhr auf dem Kaminsims. Es war nach Mitternacht. Sie konnte nur eine halbe Stunde geschlafen haben, aber es fühlte sich an wie die halbe Nacht. Gwen rieb sich die Augen und sank in ihren Ledersessel.

»Wo seid ihr gerade?«

»Gleich außerhalb von Sioux City, Iowa. Wir haben es gefunden.«

Gwen setzte sich auf. Maggie musste nicht erklären, was »es« war.

»Eine Farm hinter einem Rastplatz«, fuhr Maggie fort. »Das ist ein ziemlich großer Bereich, den wir absuchen müssen, teils bewaldetes Gebiet an einem Fluss. Ich bin nicht mal sicher, ob wir die Felder und Wiesen ausklammern können. Das sind zig Hektar, zu denen er freien Zutritt hatte. Ein ideales Versteck. Hier stehen mehrere verlassene Gebäude und ein aufgegebenes Farmhaus, wo er sich jederzeit unbemerkt bewegen konnte, solange er die Meth-abhängige Truckerschwalbe mied.«

»Die Meth-abhängige was?«

»Eine Prostituierte, die sich ihre Freier auf Rastplätzen sucht. Truckerschwalben nennen die Fernfahrer sie. Wir haben sie in dem Farmhaus gefunden. Ist eine lange Geschichte.«

Gwen hörte, dass ihre Freundin total übermüdet war.

»Sie heißt Lily. Tully und ich hatten gehofft, dass sie etwas gesehen haben könnte. Hat sie natürlich nicht. Zumindest erinnert sie sich an nichts.«

»Lily die Truckerschwalbe.«

»Die Leiche, die wir gefunden haben, war in einem

schwarzen Müllsack«, erzählte Maggie weiter. »Also, jedenfalls der Großteil. Der Kopf war in einer anderen Tüte, einer kleineren, direkt bei dem Müllsack. Und er hat uns noch ein Puzzle-Stück für die Schnitzeljagd dagelassen.«

Als Gwen von dem abgetrennten Kopf hörte, drehte sich ihr der Magen um. Das letzte Mal, dass sie an einem Mordfall mitgearbeitet hatte, war es auch um ein enthauptetes Opfer gegangen. Und das Opfer war jemand gewesen, den Gwen kannte: die Empfangssekretärin aus ihrem Büro.

Spätestens jetzt beschlichen Gwen ernste Zweifel, ob sie dieser Task Force angehören wollte. Sie hatte eine florierende Praxis, in der sie sich die Sorgen und Nöte von Washingtons Elite anhörte. Es mochte bisweilen ermüdend sein, Generälen, Politikern, deren Ehefrauen oder Ehemännern zuzuhören, wie sie ihre emotionalen Defekte, ihre Süchte und ihre dysfunktionalen Kindheiten aufarbeiteten. Aber ihr wurde nie schlecht davon. Wollte sie sich wirklich wieder kopfüber in die Psyche von geisteskranken Kriminellen stürzen? Ihre psychotischen Motive ergründen und ihre blutigen Hinterlassenschaften sehen? Vielleicht war sie dem schlicht nicht mehr gewachsen.

»Gwen?«

Erst jetzt wurde ihr bewusst, dass Maggie etwas gesagt hatte.

»Gwen, alles in Ordnung?«

»Ja, klar.« Weil sie wusste, dass Maggie sich Sorgen machen würde, sagte sie schnell: »Ich schätze, ich bin doch nicht ganz so wach, wie ich dachte. Was hast du gesagt? Er hat euch was dagelassen?«

»Die Tüte ist aus demselben Laden, in dem er die orangefarbenen Socken gekauft hat. Er hat sogar den Kassenbon drin gelassen.«

Gwen war wohl doch mehr entgangen, als sie geglaubt hatte.

»Orangefarbene Socken?«, fragte sie.

»Das Opfer trägt orangefarbene Socken. Ich wusste gleich, dass sie zu neu aussahen. Wir denken, dass der Mörder sie gekauft und der Leiche angezogen hat, bevor er sie in den Müllsack gestopft und vergraben hat. Ich bin sicher, dass die Socken nur uns gelten. Wie gesagt, es ist noch ein Hinweis für unsere Schnitzeljagd.«

Gwen stand auf und ging durch ihre Wohnung, um weitere Lichter anzuschalten. Als sie an der Wohnungstür vorbeikam, überprüfte sie die Schlösser. Die Arbeit an solchen Fällen brachte stets eine ganze Reihe von Zwangshandlungen mit sich. Ja, natürlich hatte sie sämtliche Schlösser verriegelt, bevor sie ins Bett ging. Trotzdem wollte sie jetzt, dass überall Licht brannte. Alle Schatten und dunklen Winkel mussten verschwinden.

Sie öffnete den Kühlschrank und holte eine Wasserflasche heraus. Weil sie den Deckel zu energisch öffnete, schwappte eine Pfütze auf den Küchenboden. Während Gwen das Wasser aufwischte, erzählte Maggie ihr, wie wichtig die orangefarbenen Socken waren.

»Tully hat mit Agent Antonio Alonzo geredet. Hast du ihn schon kennengelernt?«

»Wir hatten heute ein längeres Meeting. Er ist ziemlich beeindruckend.«

»Er ist irre gut in der Datenauswertung. So schnell habe ich noch niemanden Informationen zuordnen gesehen.«

Maggie verstummte kurz. »Das Ganze erinnert mich an einen relativ neuen Fall, bei dem auch orangefarbene Socken im Spiel waren. Eine Frauenleiche wurde in einem Abwasserrohr gefunden. Das war letzten Monat in Virginia. Die Frau wurde seit über einem Jahr vermisst. Das Abwasserrohr befand sich an einem abgelegenen Kiesweg nahe an der Interstate.«

»Ein Jahr? Wie haben sie sie gefunden?«

»Ein Häftling gab einem Fernsehreporter einen Tipp.«

»Der Mörder?«

»Nein, der Typ sitzt wegen Brandstiftung«, antwortete Maggie. »Soweit Agent Alonzo weiß, hat Otis P. Dodd noch nie jemanden umgebracht. Es klingt sogar eher so, als hätte er sich richtig Mühe gegeben, keine Leute zu töten. Er sitzt wegen über dreißig Brandstiftungen, die er in Virginia verübt hat. Sein letztes Ziel war ein Altersheim, und trotzdem hat er es geschafft, dass keiner der Bewohner zu Schaden kam.«

»Okay. Wenn er im Gefängnis sitzt, wie wusste er von der Frau in dem Abwasserrohr?«

»Laut Alonzo behauptet Otis, dass er einen spannenden Abend mit einem Kerl verbrachte, der ihm gestand, dass er eine Frau ermordet hätte. Beide hatten wohl ziemlich gepichelt. Otis behauptete, dass das vor seiner Verhaftung und Verurteilung war.«

»Und das hat die Fernsehleute hinreichend überzeugt, um dem Hinweis nachzugehen?«

»Wie es sich anhört, mussten sie gar nicht lange suchen. Otis konnte ihnen genau sagen, wo sie nachsehen sollten.«

»Zufall?«

»Otis sagte auch, dass der Kerl ihr orangefarbene Socken angezogen hat. Das ist wohl nichts, was man einfach mal so erfindet.«

Gwen ging zurück in ihr Schlafzimmer, nahm sich ihren Morgenmantel und zog ihn über, weil ihr plötzlich kalt war.

*Super.*

Ihr war immer noch schlecht, und jetzt fühlte sich ihre Haut klamm und kalt an. Das kalte Wasser half natürlich nicht. Sie brauchte heißen Tee, vielleicht mit einem Schuss Bourbon.

»Demnach müsste Otis dem Highway-Mörder begegnet sein. Tja, das sollte sich die Task Force unbedingt genauer ansehen«, sagte Gwen.

»Wie beruhigend, dass du mir zustimmst. Die Socken können wir garantiert nicht aus den Medien raushalten, denn es waren zu viele Helfer vor Ort, die sie gesehen haben. Also müssen wir schnell sein. Ich habe schon mit Kunze geredet, und er arrangiert eine Befragung für morgen. Ich würde sie ja selbst durchführen, aber ich kann noch nicht zurück. Tully und ich treffen uns morgen mit einem Leichenspürhundführer auf der Farm.«

»Warte mal. Was arrangiert Kunze da genau?«

»Einen Termin, damit du Otis P. Dodd befragen kannst.«

»Ich?«

»Mir fällt niemand ein, der es besser könnte.«

Gwens Blick fiel auf den Spiegel in ihrem Schlafzimmer. Ihr rosa Fleece-Morgenmantel war fest zugegürtet. Ihr rotblondes Haar war auf einer Seite verwuschelt, auf der anderen vom Kissen platt gedrückt. Außerdem war ihr

Wasser übers Kinn getropft, und sie hatte beim Wegwischen eine Stelle übersehen.

O ja, sie sah definitiv wie jemand aus, der sich einen Serienbrandstifter vornehmen und ihm Informationen über einen Serienkiller entlocken konnte!

## 21

Lily besaß mehr Mumm, als er gedacht hätte.

Rückblickend betrachtet hätte er es von Anfang an erkennen müssen. Sie wurde schon frech, als sie auf den Beifahrersitz stieg, auf seinen Kopf zeigte und sagte: »Das ist nicht deine Baseballkappe.«

Es hielt sie allerdings nicht davon ab, die Tür hinter sich zuzuschlagen.

»Übrigens ist die Frau vom FBI«, sagte Lily. »So eine zu beklauen ist wahrscheinlich ein Schwerverbrechen oder so.«

»Woher willst du wissen, dass sie mir die nicht geschenkt hat?«

Sie lehnte sich zurück und musterte ihn übertrieben genau.

»Ja, klar. Du siehst aus, als ob du total ihr Typ wärst. Deshalb sammelst du auch mich auf, weil sie so derbe auf dich steht.«

Dann stieß sie ein Lachen aus. »Ausstoßen« traf es bestens, denn mit dem rasselnden Geräusch sprühte sie nicht wenig Speichel gegen seine Windschutzscheibe.

Was ihn daran erinnerte, dass er auch die hinterher putzen musste. Er wollte keine DNS von der Nutte irgendwo auf sich oder seinem Wagen. Nun stand er hinten an seinem Kofferraum und schüttelte den Kopf über seine Fehleinschätzung. Er mochte Herausforderungen, aber er suchte sie sich lieber selbst aus, als dass sie ihm aufgezwungen wurden. Und Lily die Nutte hatte ihm diese aufgedrängt.

Aber jetzt war es vorbei. Es war erledigt. Die Geschichte war eine simple Abweichung vom Plan gewesen, mehr nicht.

Ein kleiner Bonus war der Schreck und die Verwirrung gewesen, die in ihren drogenvernebelten Augen aufschimmerten, als er sagte, dass Helen mächtig enttäuscht von ihr wäre.

Lily lieferte ihm einen Kampf, bei dem er an Maggie O'Dell denken und lächeln musste. Seit ungefähr einem Monat beschäftigte er sich mit ihr. In Washington war er ihr gefolgt, jedoch nie nahe genug an sie herangekommen. Näher als bei seinem Spaziergang durch die verkohlten Reste ihres ehemals schönen Zuhauses war er ihr nie gewesen. Obwohl es sicher kein Problem dargestellt hätte, hatte er nicht in ihren Sachen herumgewühlt. Stattdessen ließ er nur die Karte auf dem Granittresen in ihrer früheren Küche.

Nachdem er Maggie einen Tag aus der Nähe beobachtet hatte, befiel ihn Rastlosigkeit. Er konnte es nicht erwarten, sie auf die Probe zu stellen, zu sehen, wozu sie fähig war. Im Gegensatz zu Lily würde Maggie eine würdige Gegnerin sein. Sie würden sich ein intellektuelles Gefecht liefern. Und Maggie gab sicher nicht so leicht auf wie Noah oder die anderen.

Er freute sich darauf, sie endlich zu fassen zu bekommen, die Furcht in ihren Augen, aber auch den Respekt und die Bewunderung zu sehen. Er fragte sich, ob sie ihn anflehen würde, sie schnell zu töten, oder lieber mit ihm um ein paar zusätzliche Stunden Leben verhandelte. Ja, Maggie O'Dell würde die ultimative Herausforderung sein. Und er musste nur noch ein kleines bisschen Geduld haben.

Nun tunkte er den Wagenheber in den Bottich und sah zu, wie die Säure Lilys Blut und Haare wegfraß. Binnen Sekunden würde er blitzsauber sein, ohne den kleinsten Hinweis, dass damit ein Schädel eingeschlagen wurde.

Anschließend zog er seine Handschuhe und die blutbespritzten Sachen aus und stopfte alles in einen schwarzen Müllsack. Den würde er in einen Mülleimer am nächsten Rastplatz werfen, Meilen von diesem hier entfernt, sodass man, sollte er gefunden werden, keine Leiche in der Nähe entdecken würde. Diese Taktik hatte er sich schon vor langer Zeit ausgedacht, und es gab keinen Grund, sie zu ändern.

Ebenso lange schon hatte er den hinteren Teil seines Trucks zu einer Werkstatt umgebaut, in der sich alles fand, was er für seine Arbeit wie für sein Hobby brauchte. Falls er kontrolliert wurde, bestand kein Anlass, das viele Werkzeug, die Reinigungslösungen, Sägen und Messer infrage zu stellen. Und weil er so viel unterwegs war, bot der Wagen auch den persönlichen Komfort, den er brauchte, unter anderem Kleidung für eine Woche, Schuhe und sonstige Accessoires.

Manche dieser Accessoires dienten ihm als Verkleidung, etwa ein Hörgerät, ein Gehstock, eine Armschlinge, eine Brille mit kompottschalendicken Gläsern, eine Halskrause und eine Hundeleine. Es war erstaunlich, was für Kleinigkeiten die Leute unvorsichtig machten. Sie hielten einen liegen gebliebenen Autofahrer für harmlos, weil er einen Arm in einer Schlinge hatte oder ihm sein Hund weggelaufen war. In seinem Büchlein führte er eine Liste mit den Tricks, die am besten funktionierten. Er beobachtete und studierte die Dinge, die Leute nicht zu bemerken schienen, wenn sie von einer langen Fahrt erschöpft waren. Auch darüber führte er Buch.

Er hatte bereits die Magnetschilder an seinem Truck ausgetauscht. Davon hatte er mehrere, alle mit kreativen Namen von Unternehmen, die für Integrität und Vertrauen standen. Heute hatte er STÄDTISCHE RETTUNGSWACHT ausgesucht. Die Idee war ihm gekommen, als er einige Cops in einem Rastplatz-Café außerhalb von Toledo, Ohio, belauscht hatte. Sie hatten gerade einen Mörder gefasst, der sich mit der Uniform des städtischen Bauamts getarnt hatte. Die Opfer hatten ihn, ohne zu zögern, in ihre Häuser gelassen. Fast so gut wie eine Uniform war seine Idee, seinen Truck äußerlich in ein Fahrzeug zu verwandeln, dem die Leute automatisch vertrauten.

Sowie er mit dem Putzen fertig war, holte er sein Notizbuch hervor und trug Datum, Uhrzeit und Ort in der oberen Ecke der Seite ein. Dann schrieb er die Einzelheiten auf, die er sich merken wollte:

*Sogar Drogennutten kämpfen um ihr Leben.*
*Zwei kräftige Hiebe auf den Kopf und sie kriecht immer noch.*
*In den Fluss gerollt.*

*Haut und Knochen. Blieb nicht lange oben. Handtaschengurt um den Hals gewickelt. Tasche müsste sie unten halten.*

Er hielt inne, um sich die Ärmel aufzukrempeln. Erst jetzt bemerkte er, dass es der Schlampe gelungen war, ihm den Arm zu zerkratzen. Sofort holte er den medizinischen Alkohol aus einem der Schränke im Wagen. Er entsann sich, dass ihre Fingernägel rissig und abgebrochen gewesen waren. Vor allem hatte sie sich in der kurzen Zeit, die sie auf seinem Beifahrersitz hockte, unentwegt an den Stellen auf ihren Armen gekratzt.

Es ärgerte ihn, was sie angerichtet hatte, und ihm wurde schlecht. Was war, wenn ihn die Nutte mit irgendeiner Krankheit angesteckt hatte? Er schüttete die halbe Flasche über die offene Wunde, obwohl es wie verrückt brannte. Der Schmerz machte ihm nichts aus. Schmerz gab einem das Gefühl, am Leben zu sein. Danach durchsuchte er seinen Medikamentenvorrat, bis er das Antibiotikum gefunden hatte, das er wollte. Er warf eine Tablette ein und spülte sie mit einer Dose Cola aus der großen Kühlkiste herunter, die stets gut gefüllt war.

Der ganze Vorfall erinnerte ihn daran, dass es kleine Fehler waren, die viele Mörder überführten und ins Gefängnis brachten: Ted Bundy, Edmund Kemper, Henry Lee Lucas, Jeffery Dahmer. Sie alle hatten etwas Blödes angestellt, das zu ihrer Verhaftung führte. Aber ihm würde das nicht passieren.

Nicht nur redete er mit Cops und hörte ihnen zu, er konnte sich überdies mit Fug und Recht als Fachmann für Serienmörder, ihre Muster, Fetische und Schwächen rühmen. Er wusste sogar, welche Fehler sie letztlich überführt hatten. Aber er war vorsichtiger und klüger. Zudem konnte er kontrollieren, wann und wo er tötete. Ihn trieben keine Stimmen oder Zwangsgedanken. Heute Nacht war eine seltene Ausnahme gewesen. Da hatte er aus Notwendigkeit gemordet, nicht seinem Hobby zuliebe. Und es hatte wenig Spaß gemacht. Er wollte Lily nur aus dem Weg räumen.

Er hatte keine Ahnung, ob die Frau etwas gesehen hatte. Ihm war ja nicht klar gewesen, dass sie in dem Farmhaus gewohnt hatte. Wie oft war sie dort gewesen, wenn er eine Leiche ablegte? Er durfte das Risiko nicht eingehen, dass sie ihn gesehen haben könnte. Andererseits schien sie ihn nicht wiedererkannt zu haben. Eher deutete ihre Reaktion darauf hin, dass sie ihn heute zum ersten Mal gesehen hatte. Ob sie wirklich eines von Helens Pflegekindern gewesen war? Über die Jahre hatte Helen Dutzende bei sich aufgenommen, also war es gut möglich. Und falls sie eines war, hatte er recht gehabt. Helen wäre enttäuscht von ihr gewesen.

Er verband seinen Arm. Es war leichter, sich eine Geschichte auszudenken, wenn die Leute die Kratzer nicht sahen. Und es würde ihm Mitgefühl einbringen. Als er aus dem Laderaum seines Trucks stieg und nach vorne zum Fahrerhaus ging, sah er unwillkürlich zu den Wagen, die auf der anderen Seite des Rastplatzes parkten. Es waren nur zwei Fahrzeuge.

Er stieg hinters Lenkrad und beobachtete. In einem kleinen SUV saßen zwei Frauen mittleren Alters. Eine ging den Hang hinauf zu den Waschräumen. Die andere blieb zurück und räumte den Wagen auf. Er nahm sein

Fernglas von der Mittelkonsole und sah ihr zu, wie sie Abfälle in einen Mülleimer warf. Das meiste waren leere Junk-Food-Behälter und Pappbecher mit Trinköffnung am Deckel. Kaffee – das bedeutete wohl, dass sie müde und erschöpft waren. Das Nummernschild war texanisch. Folglich hatten sie schon eine lange Strecke hinter sich und waren weit weg von zu Hause.

*Leichte Beute.*

Der zweite Wagen war eine viertürige Limousine, in der ein Mann und ein kleiner Junge saßen. Der Junge musste zehn oder elf Jahre alt sein. Offensichtlich hielt der Mann ihn für alt genug, allein den kurzen Weg zu den Toiletten zu gehen. In der Zwischenzeit ging der Mann zum Kofferraum und begann, Sweatshirts aus einer großen Reisetasche zu wühlen. Von dort konnte er die Tür zum Waschraum nicht sehen. In diesen Minuten war der Junge ein ebenso leichtes Ziel wie sein Vater.

Beide Wagen boten vorzügliche Gelegenheiten. In beiden Fällen könnte er doppelt zuschlagen, wenn er wollte. Wozu wäre ein Vater bereit? Würde er darauf bestehen, als Erster zu gehen? Würde er ihn bestechen, kämpfen oder betteln?

Leider hatte Lily sich energischer gewehrt, als er erwartet hatte, und er war zu groggy, um das Spiel zu genießen. Vielleicht ein andermal. Er hatte eine lange Fahrt vor sich. Ohne Frage würden sich bald neue Möglichkeiten ergeben.

## 22

Lily klammerte sich an den Gurt ihrer Ledertasche.

*Kalt. So beschissen kalt.*

Eigentlich war sie das Gegenteil gewöhnt: dass sich ihr Körper anfühlte, als würde er von innen verbrennen.

Der Taschengurt hatte sich an einem Ast verfangen, der über den Fluss hing. Sie wusste, dass sie blutete. Der Schmerz in ihrem Kopf machte es schwierig zu denken, sich zu bewegen, zu reagieren. Ihr normalerweise fiebriger Körper hing in eiskaltem Wasser. Sie spürte nicht mal mehr die Wanzen auf sich herumkriechen. Stattdessen war sie sicher, dass die sich tief in ihre Haut gebohrt hatten. Das Kribbeln und Ziehen konnte nur bedeuten, dass sie sich zu ihren Adern durchbissen.

Ihr Mut war schon beinahe versiegt. Zuerst hatte das Arschloch sie wütend gemacht, und sie hatte sich gegen ihn gewehrt. Als er sie schlug, war sie noch wütender geworden, hieb nach ihm und war froh, dass sie ihm wenigstens etwas Haut vom Arm kratzen konnte. Aber jetzt, im Dunkeln, umgeben von Nachtgeräuschen, die sie nicht erkannte, und schwindlig vor Schmerz, war sie nicht mehr wütend. Sie hatte Angst.

Sie wartete. Sie musste warten, sagte sie sich, bis er weg war. Das Schwein sollte ruhig glauben, dass sie das war, wofür er sie hielt – tot.

# Mittwoch, 20. März

# 23

## *Virginia*

Gwen würde wohl ein Hühnchen mit Maggie zu rupfen haben. Ihre Freundin hatte ihr zwar erzählt, dass Assistant Director Raymond Kunze die Befragung des verurteilten Brandstifters Otis P. Dodd arrangieren würde. Was Maggie jedoch nicht erwähnt hatte, war, dass Kunze sie dorthin begleiten würde. Es war schon schlimm genug, dass Gwens Nerven bereits blank lagen. Anderthalb Stunden mit Kunze drohten sie vollends fertigzumachen. Zu allem Überfluss war er auch noch ausnehmend höflich, was es Gwen umso schwerer machte, ihren Frust an ihm auszulassen.

Und Frust war noch milde ausgedrückt. Ihre letzte Befragung eines verurteilten Straftäters hatte damit geendet, dass sie beinahe einen frisch angespitzten Bleistift in den Hals gerammt bekommen hätte. Maggie hatte ihr versichert, dass Otis P., wie er genannt werden wollte, nicht gewalttätig war. Bei den siebenunddreißig Bränden, die er gelegt hatte, war nie jemand verwundet oder gar getötet worden.

Gwen wollte Maggie letzte Nacht fragen, wie sie so etwas über einen Serienbrandstifter behaupten konnte. Der bloße Akt, ein Gebäude nach dem anderen in Brand zu stecken, war schon gewalttätig. Sie hätte ihre Freundin gerne daran erinnert, dass viele Serienmörder als Brandstifter angefangen hatten. Aber das hätte Maggie womöglich zu dem Schluss verleitet, dass Gwen diesem Fall nicht gewachsen war. Und Gwen wollte lieber ihre lächerliche

Angst bändigen und sich durch diese Befragung quälen, als Maggie gegenüber zuzugeben, dass sie sich diese Arbeit nicht zutraute.

Gwen war fünfzehn Jahre älter als Maggie und wusste, dass sie in ihren Augen unabhängig von ihrer Freundschaft eine Mentorin war. Tatsächlich hegte Gwen mütterliche Gefühle für Maggie, wollte sie beschützen und sorgte sich bisweilen ein bisschen zu sehr um sie. Maggies dysfunktionale Kindheit und ihre gescheiterte Ehe hatten ihr Herz so fest verschlossen, dass nicht einmal Gwen zu ihr durchdringen konnte. Aber sie wusste, dass sie der einzige Mensch war, dem Maggie blind vertraute. Eigentlich hätte Gwen das als Kompliment betrachten sollen, nur fühlte es sich in mancherlei Hinsicht wie eine Bürde an. Gwen wollte die Fassade nicht aufgeben, die ältere, weisere, verlässliche und unerschütterliche Mentorin zu sein. Sie wollte Maggie nicht enttäuschen.

Und so stand Gwen hier und wurde von einem Gefängniswärter mit schlechtem Atem und ungeschickten Händen abgetastet. Oder zumindest tat er so, als wäre er ungeschickt, während er sie an exakt den Stellen betatschte, an denen er wollte. Der Gefängnisdirektor stand keine anderthalb Meter entfernt daneben und genoss diese Vorstellung so unverhohlen, dass Kunze sich zwischen ihn und Gwen stellte. Gwen hatte bewusst eine Hose zu ihrer Kostümjacke statt einen ihrer üblichen Röcke angezogen. Und unter die Hose noch eine Strumpfhose, weil sie diese Leibesvisitationen kannte und die Strumpfhose es schwieriger machte, dass fremde Finger sich an Stellen vorwagten, an denen sie nichts zu suchen hatten.

Gwen wusste auch, dass die Befragung abgesagt werden

konnte, sollte sie sich beschweren. Die Mechanismen hier waren ihr hinlänglich vertraut. Gefängnisdirektor Demarcus war egal, dass sie vom FBI waren. Wenn sie in sein Haus wollten, mussten sie sich an seine Regeln halten.

»Sie müssen die hohen Schuhe ausziehen«, sagte Demarcus, als sein Mann fertig war.

»Warum das?«, fragte Gwen, bemühte sich aber, neugierig und nicht verwundert zu klingen.

»Zu aufreizend. Wie viel sind das, acht Zentimeter?«

»Und was soll ich Ihrer Meinung nach stattdessen tragen?«

Der Wärter holte ein Paar Schutzhüllen aus Papier hervor, die mindestens doppelt so groß wie Gwens Füße waren.

»Sie zieht ihre Schuhe nicht aus«, sagte Kunze, ehe Gwen reagieren konnte.

Sie beobachtete, wie die beiden Männer einander anstarrten.

Außerhalb der Gefängnismauern hätte man Demarcus irrtümlich für einen gut bezahlten Anwalt halten können. Sein Hemd und seine Hose sahen maßgeschneidert aus; seine Krawatte war aus teurer Seide. Und dass die Lederschuhe italienisch waren, erkannte Gwen auf den ersten Blick, auch wenn sie die Quasten auf den Slippern etwas zu übertrieben fand. Er hatte ein hübsches Gesicht und dichtes dunkelbraunes Haar mit einem leichten Grauschimmer an den Schläfen, was ihm etwas Distinguiertes verlieh. Aber es war nicht die Kleidung, die den Mann einschüchternd wirken ließ. Es hatte vielmehr mit seiner Körperhaltung zu tun. Sein Rücken war kerzengerade, und er hielt sein Kinn ein klein wenig gereckt, als würde er auf jeden herabsehen. Letztlich aber waren es seine Augen, die den eigentlich angsteinflößenden Eindruck hervorriefen. Sie standen sehr dicht zusammen, getrennt durch eine Hakennase. Ja, er sah wie ein Raubvogel aus.

Demarcus war ein gutes Stück kleiner als der Assistant Director. Gwen hatte gehört, dass Raymond Kunze am College als Linebacker gespielt hatte und sogar für die NFL ausgewählt worden war. Er hatte sich jedoch gegen den Profi-Football und für das FBI entschieden. Aber bis heute sah er aus, als könnte er eine halbe Defense-Line allein überwältigen. Und ganz sicher konnte er Demarcus einfach hochheben und quer durch den Raum werfen. Doch das hatte er nicht nötig, wie sein Blick unmissverständlich signalisierte.

Gwen durfte ihre Schuhe anbehalten.

Und nun wartete sie allein in dem Befragungszimmer. Sie war erleichtert, dass Kunze hinter dem einseitig verblendeten Fenster links von ihr saß und alles mit ansehen würde. Sie machte es sich auf dem Metallklappstuhl so bequem wie möglich. Gwen hatte es abgelehnt, bei dem Gespräch mitzuschreiben, weil ihre letzte Erfahrung gezeigt hatte, dass Stifte allzu schnell zu Waffen werden konnten. Und wie sich die Spirale eines Notizblocks zweckentfremden ließ, wollte sie sich gar nicht erst vorstellen.

Gwen hörte, wie die Tür geöffnet wurde, und setzte sich gerader hin. Otis P. Dodd kam herein. Der Hüne mit dem schiefen Grinsen füllte sofort den ganzen Raum aus. Während der Wärter Otis' Handschellen mit einer Kette an den Eisenringen im Boden befestigte, konnte Gwen nicht umhin zu bemerken, wie bescheuert sie gewesen war, sich wegen Kulis oder Bleistiften Sorgen zu machen. Otis P. Dodds Hände sahen aus, als könnte er ihr mühelos das Genick brechen.

## 24

»Was gefällt Ihnen daran, Brände zu legen?«, fragte Gwen ihn.

Sie hatten sich kurz einander vorgestellt, dann eröffnete Gwen mit der Frage, die sie sich auf der langen Fahrt von Washington hierher zurechtgelegt hatte. Es war ein Glücksspiel. Sie wollte ihn nicht in die Defensive drängen, aber sie musste auch etwas über ihn erfahren. Es war ihrer Meinung nach unverzichtbar, dass sie Otis einzuschätzen lernte, bevor sie ihn nach seinem Freund fragte, dem Mörder, der seinen Opfern post mortem orangefarbene Socken anzog.

Otis wirkte zufrieden mit der Frage. Oder vielmehr wirkte er überhaupt sehr zufrieden, denn er grinste die ganze Zeit.

»Einige Leute meinen, ich stehe aufs Zündeln.« Er leckte sich die Lippen, was Gwen schnell als nervösen Tick erkannte. »Aber eigentlich stehe ich auf Macht.« Dann grinste er noch breiter, sodass sich die Krähenfüße in seinen Augenwinkeln vertieften.

Hatte seine Größe Gwen anfangs erschreckt, stellte sie nun fest, dass sie ihn im Grunde nicht so furchteinflößend fand. Er hatte beinahe etwas Kindliches an sich, was durch den weichen und trägen Südstaatenakzent noch verstärkt wurde. Trotz seiner Behauptung, er würde »auf Macht stehen«, klang und wirkte er nicht bedrohlich.

»Sie mögen die Macht, die es Ihnen verleiht?«

»Und wie. Da geht nichts drüber.«

Bevor Gwen noch etwas fragen konnte, sagte Otis: »Ich würde gerne mal eine ganze Stadt runterbrennen sehen. Das wär doch was, oder?«

Sein Grinsen blieb, und die Zunge schnellte wieder aus dem Mundwinkel.

Gwen begriff bald, dass Otis ständig grinste, egal, worüber er sprach. Vielleicht handelte es sich dabei ebenfalls um einen nervösen Tick. Es hatte nichts Anzügliches, sondern erinnerte Gwen eher an einen verlegenen Teenager, der sich unwohl in seinem Körper fühlt.

Dann ergänzte er: »Aber Sie sind nicht den weiten Weg gekommen, um mich das zu fragen.« Er neigte den Kopf zur Seite, kniff die Augen zusammen und sah Gwen direkt an, als versuchte er zu erraten, worauf sie hinauswollte. »Sie wollen was über Jack hören.«

»Also kennen Sie seinen Namen?«

»Weiß nicht, ob das sein richtiger Name ist, aber er hat gesagt, dass er so heißt.«

»Er hat ihnen von einer Frau erzählt, die er ermordet hat. Stimmt das?«

»Eigentlich hat er gesagt, dass er ziemlich viele umgebracht hat.«

Gwen ließ sich ihre Überraschung nicht anmerken und hielt den Augenkontakt. Kriminelle waren gute Lügner. Spielte Otis mit ihr?

»Er hat Ihnen erzählt, dass er mehrere Personen ermordet hat?«

»So ist es.«

Das schiefe Grinsen blieb unerschütterlich.

»Und wie viele hat er angeblich getötet?«

Otis sah hinauf zur Decke, als suchte er dort nach der Antwort, überlegte einen Moment und sagte: »Wohl so dreizehn oder vierzehn. Ist aber ja schon über ein Jahr her, dass ich mit ihm geredet hab.«

Gwen schluckte. Maggie und Tully glaubten zwar, dieser Mörder hätte noch mehr Menschen auf dem Gewissen, aber über ein Dutzend? Damit hatte sie nicht gerechnet.

»Haben Sie noch eine von denen gefunden?«, fragte Otis. Er beugte sich stirnrunzelnd vor, und diese Geste war keine pure Neugierde. Sie sollte Gwen signalisieren, dass sie ihm vertrauen konnte.

»Ja – glauben wir zumindest. Sie hatte orangefarbene Socken an.«

Diesmal wich das Grinsen, und Otis zog eine Braue hoch, als hätte er etwas Ekliges geschmeckt, wollte sich aber nicht beschweren. Schließlich schüttelte er den Kopf.

»Dann glaube ich nicht, dass das eine von Jacks ist.«

»Warum nicht?«

»Na ja, weil Jack gesagt hat, dass er alle möglichen Sachen macht. Also immer anders, wenn Sie verstehen, was ich meine. Damit es kein Muster gibt.« Wieder benetzte er sich die Lippen.

Gwen wartete.

»Das letzte Mal war es eben das hübsche kleine Ding mit den orangefarbenen Socken, weil ... Na ja, die hatte sie eben an. Jedenfalls hat Jack das gesagt. Er hatte das nicht geplant oder so.«

»Kann es nicht sein, dass er diesem Opfer bewusst die Socken angezogen hat?«

Otis sah erneut an die Decke, dann senkte er den Blick und schüttelte den Kopf. »Wozu sollte er das denn machen? Das passt doch gar nicht zu ihm. Jack verändert die Sachen nämlich gerne. Deshalb nimmt er sich manchmal auch zwei Leute auf einmal vor.«

»Zwei auf einmal?«

»Na, ich schätze mal, er fährt viel rum. Er hat gesagt, dass er sich eben langweilt, dass er Herausforderungen mag oder so.«

Gwen ging in Gedanken durch, was sie über Gloria Dobson und Zach Lester wusste. Sie erinnerte sich nicht, dass irgendjemand gesagt hatte, der Mörder hätte sie sich absichtlich ausgesucht, weil sie zu zweit waren. Lesters Leiche war so grausam verstümmelt, dass die Ermittler annahmen, er wäre dem Mörder in die Quere gekommen und hätte dessen eigentliches Opfer, Gloria Dobson, beschützen wollen. Konnte es sein, dass der Täter gleich beide Morde geplant hatte? Dass er zwei Opfer zugleich töten wollte?

»Wo haben Sie die andere denn gefunden?«

Gwen zögerte. In ein oder zwei Tagen wäre es sowieso in sämtlichen Nachrichten, daher erübrigte sich die Geheimhaltung. Natürlich wusste sie, dass Kriminelle ihre Taktiken hatten, den Ermittlern genügend Einzelheiten zu entlocken, um die Befragenden geschickt manipulieren zu können. Und bisher hatte sie von Otis noch nichts erfahren, das Maggie und Tully weiterhelfen konnte. Nein, sie würde ihm ganz sicher nicht mehr geben als er ihr.

Statt ihm zu verraten, wo das letzte Opfer gefunden wurde, sagte sie: »Wir glauben, dass wir den Ort entdeckt haben, wo er seine Leichen vergräbt.«

Sie beobachtete seine Reaktion, was sich in Anbetracht seines albernen Grinsens schwierig gestaltete.

»Welchen?«, fragte er.

Gwens Magen krampfte sich zusammen. War das jungenhafter Charme, oder war Otis schlicht ein sehr guter Lügner?

»Wollen Sie mir sagen, dass er mehr als einen hat?«

Er sollte ihre Zweifel und einen Anflug von Ungeduld spüren. Was auch funktionierte.

Nun lachte er nervös, lehnte sich zurück, um den Abstand zwischen ihnen zu vergrößern. Vielleicht fand er jetzt, dass sie sein Vertrauen nicht mehr verdiente. Er neigte seinen Kopf zur Seite und betrachtete Gwen nachdenklich.

»Dieser erste Reporter, dem ich von dem Mädchen mit den orangenen Socken erzählt habe, hat mir nicht geglaubt. Demon – so nennen wir den Gefängnisdirektor hier, und bestimmt guckt er von hinter dem Fenster zu, aber mich juckt nicht, was er mit mir macht, weil ich Ihnen das gesagt hab –, der hat mir auch nicht geglaubt. Falls Sie entscheiden, dass Sie mir glauben, kommen Sie wieder, und vielleicht reden wir dann weiter.«

Das alles trug er in einem sanften, höflichen Tonfall vor. Er klang nicht wütend, obwohl er es seinen Worten nach war. Und er grinste immer noch. Dann schob er seinen Stuhl so weit zurück, wie es seine Handschellen erlaubten, und stand auf. Für ihn war das Gespräch beendet. Ein Wärter kam herein.

»Das Versteck ist im Mittleren Westen«, sagte Gwen.

Damit gab sie ihm gerade so viel Information, dass er entweder seinen Bluff bekennen oder ihr etwas verraten musste. Sie wollte nicht noch mal herkommen und sich Demarcus' Leibesvisitation aussetzen. Falls Otis log, musste sie es jetzt wissen und das Ganze hinter sich bringen.

Otis nickte und blinzelte wieder, als müsste er nachdenken.

»Das ist das Versteck an der I-29. Sioux City, Iowa.«

Sie sah ihn an. Hatte er nur gut geraten?

»Gucken Sie in der Scheune nach«, sagte Otis. »Ich glaube, da hat er den Biker mit den vielen Tattoos begraben.«

Dann hielt er dem Wärter seine Hände hin, damit er ihn von dem Ring im Boden befreite, und schlurfte hinaus, ohne Gwen noch einmal anzusehen.

## 25

»Er war ziemlich überzeugend«, berichtete Gwen, als sie hinterher mit Maggie telefonierte.

Sowie sie wieder in ihrem Büro war, hatte sie Maggie angerufen. Nach dem Gefängnisbesuch hatte sie es eilig gehabt, dorthin zurückzukehren, weshalb sie AD Kunzes Einladung zum Mittagessen dankend abgelehnt und ihm versprochen hatte, es ein andermal nachzuholen. Nun stand sie am Fenster und sah zum Potomac in der Ferne. In ihrer vertrauten Umgebung fühlte sie sich wohler und – so ungern sie es zugab – sicher. In dieser Umgebung konnte sie objektiver beurteilen, was wichtig war, wenn sie Maggie berichtete, was Otis P. Dodd ihr erzählt hatte – und was *nicht*.

»Irgendetwas stimmt mit ihm nicht«, fügte Gwen hinzu.

»Agent Alonzo sagte, dass er retardiert ist.«

»Nein, das glaube ich nicht. Er ist ein Koloss mit schütterem Haar, dicken Koteletten und einem verrückten schiefen Grinsen, das er nicht aus dem Gesicht bekommt. Und er hat diesen trägen, weichen Südstaatenakzent, der so entwaffnend wirkt. Eigentlich wirkt er höflich und ... Gott, ich gestehe das wahrlich nicht gern, aber er ist fast charmant.«

»Aber nicht geistig behindert?«

»Er ist sozial gehemmt, und deshalb halten ihn die Leute wahrscheinlich für retardiert. Außerdem hatte er keine richtige Schulbildung. Er drückt sich sehr einfach aus, mit einer simplen und fehlerhaften Grammatik. Ja, er mag nicht der Hellste sein, aber er ist eindeutig nicht blöd. Ich denke sogar, dass er andere recht geschickt manipuliert.«

»Er will, dass andere ihn für unterbelichtet halten?«

»Ja«, antwortete Gwen. Sie war froh, dass Maggie ihre eher vage Erklärung verstand.

»Also denkt er sich das alles nur aus?«

Gwen seufzte und fuhr sich mit den Fingern durchs Haar. »Das weiß ich nicht. Manches an ihm wirkte ziemlich aufrichtig. Dinge, von denen ich nicht glaube, dass er sie vorspielen kann. Zum Beispiel scheint er sich wirklich unwohl in seiner Haut zu fühlen. Er zeigt die Verhaltensticks eines Dreizehnjährigen, ist ungelenk, fast linkisch. Und er hat Ticks, die ihm sicher nicht mal bewusst sind.

Mich erinnert er an einen Teenager, der eines Morgens wach wird und feststellt, dass er im letzten Monat fünfzehn Zentimeter gewachsen ist, in seinem Kopf aber noch derselbe ist.«

»Meinst du, er ist auf dem geistigen Stand eines Dreizehnjährigen? Oder bezieht sich das nur auf sein Körpergefühl?«

»Eine gute Frage, und ich glaube nicht, dass ich die beantworten kann.«

»Tja, er sitzt fünfundzwanzig Jahre wegen Brandstiftung. Soweit ich weiß, hat er über dreißig Brände in Virginia gelegt. Selbst bei einem Pyromanen erfordert es eine gewisse Reife, um mit so vielen Brandstiftungen davonzukommen.«

»Ah, dabei fällt mir ein, dass er gesagt hat, die Leute würden denken, dass er auf Feuer steht, aber er steht auf Macht.« Kaum wiederholte sie diesen Satz, wurde Gwen klar, dass sie zum Narren gehalten worden war. Noch ehe Maggie etwas erwidern konnte, sagte sie: »Er spielt mit mir, oder?«

»Falls ja, wie konnte er von der Frau in dem Abwasserrohr wissen? Der ersten, mit den orangefarbenen Socken? Er hat genau gewusst, wo die Leiche ist.«

»Und er kann nicht willkürlich auf Iowa und die Interstate 29 getippt haben, schätze ich. Ich hatte lediglich den Mittleren Westen erwähnt.« Nun wünschte Gwen, sie hätte ihm nicht einmal das erzählt.

»Nein, das wäre ein bisschen viel Zufall. Tully und ich hatten schon Mühe, die Stelle zu finden, und wir hatten eine Karte. Dass wir das Leichenversteck so schnell entdeckt haben, war pures Glück. Und da das Ganze erst jetzt zu den Medien durchsickert, kann er noch nichts davon gehört haben.«

Stille trat ein. Offenbar wusste keine von ihnen, was sie von dieser Geschichte halten sollte. Gwen nutzte die Gelegenheit, um einige Minuten über Persönliches zu reden. Sie erkundigte sich nach Tully, weil es ihm gestern Morgen vor seiner Abreise nicht gut gegangen war. Und Maggie fragte, wie die Handwerker mit ihrem Haus vorankamen. Bei dem Feuer im letzten Monat war ein Großteil ihres zweigeschossigen Hauses im Tudor-Stil beschädigt worden. Der Brandstifter hatte zuvor mehrere Lagerhäuser in Washington, Läden und Restaurants sowie eine Kirche in Arlington abgefackelt, ehe er Maggies wunderschönes Heim anzündete. Otis konnte damit jedoch nichts zu tun haben, denn er war zu der Zeit bereits hinter Gittern gewesen.

Gwen versuchte, optimistisch zu bleiben, und erinnerte Maggie immer wieder daran, dass sie ihr Haus nun genauso herrichten lassen konnte, wie sie es wollte. Aber die Bauarbeiter hingen schon ihrem Zeitplan hinterher, und Gwen war klar, dass es Maggie rasend machte, den Fortschritt nicht selbst überwachen zu können. Gwen versprach ihr, beim Haus vorbeizufahren.

Als sie schon im Begriff waren, das Gespräch zu beenden, fragte Maggie plötzlich: »Ist bei dir alles okay?«

»Ja, natürlich«, sagte Gwen zu schnell und fragte sich, was sie Maggie unbewusst verraten haben könnte.

»Du klingst – ich weiß nicht, etwas müde?«

»Ein bisschen vielleicht.«

Maggie schwieg, und Gwen sah ein, dass sie ihr eine ausführlichere Antwort schuldete.

»Ich hatte gerade am Montag meine jährliche Vorsorgeuntersuchung«, ergänzte sie, »also geht es mir gut.« Zwar waren die Laborergebnisse noch nicht da, aber die waren bisher auch immer zufriedenstellend gewesen. Sie achtete auf sich, und sie fühlte sich nicht krank. Und wenn sie ehrlich sein sollte, musste sie zugeben, dass sie Maggie gegenüber nicht zugeben wollte, wie sehr es sie belastete, wieder in Quantico zu sein und Kriminelle zu befragen. So albern es auch klang: sie wollte sich nicht eingestehen, dass sie eventuell ihren Biss verloren hatte – oder, schlimmer noch, nicht mehr die Nerven für diesen Job hatte.

Deshalb wechselte sie das Thema. »Meinst du, Otis hat sich die Leiche in der Scheune nur ausgedacht? Gibt es dort überhaupt eine Scheune? Als ich heute Morgen mit Tully geredet habe, sagte er, dass einige der Gebäude schon abgerissen wurden.«

»Ich würde es sogar eher glauben, wenn die Scheune schon platt gemacht worden wäre. Dann hätte man eine Leiche an der Stelle vergraben können, wo sie stand. Aber die Scheune ist noch da. Und ich frage mich, wie man eine Leiche unter ihrem Boden vergraben kann.«

Maggie überlegte und fügte hinzu: »Wir werden wohl bald wissen, ob Otis seine Fakten gerne mit ein bisschen Fiktion garniert.«

# 26

Ryder Creed hatte bei einem Drury Inn gleich außerhalb von Kansas City haltgemacht, wo Grace und er sich ein paar Stunden aufs Ohr gelegt hatten. Creed brauchte nicht viel Schlaf, denn er hatte ja, wie Hannah ihn erinnerte, einen ganzen Tag verschlafen. Aber er wollte eine Dusche und ein warmes Frühstück. Grace hatte er ein wenig von seinem Rührei in ihr Futter gegeben.

Bei der Wahl seiner Rastplätze war Creed schon wählerisch, bei der seiner Übernachtungsmöglichkeiten noch viel mehr. Er stieg immer in Hotels dieser Kette ab, wenn es irgend ging, weil man dort Haustiere wie Familienmitglieder behandelte und einen großen Rasenplatz als Hundeauslauf sowie nette, saubere Zimmer bereithielt, die nicht wie Aschenbecher rochen. Er hatte noch nie verstanden, warum die Interstate-Motels und -Hotels Tierhalter in Raucherzimmer steckten. Als hätte das eine auch nur entfernt mit dem anderen zu tun. Nicht einmal nach einem langen Arbeitstag stanken seine Hunde so übel wie ein Raucherzimmer.

Sein GPS führte sie binnen Minuten zum Auftragsort. Creed hatte bereits auf dem Weg versucht, das Terrain zu begutachten und einzuschätzen, was Grace und ihn erwartete. Die Landschaft fing gerade erst an, grün zu werden, aber so hoch im Norden musste es nachts noch sehr kalt sein. Kälte und Schnee konservierten normalerweise recht gut; im Süden sah es da weit schlechter aus. Ein richtiger Winter mit wochenlangem, wenn nicht gar monatelangem Frost bremste die Verwesungsprozesse.

Es war erst März, was in dieser Gegend weniger Insekten

bedeutete: noch ein verlangsamender Faktor. Die meisten Ermittler würden diese Bedingungen vorziehen. Schließlich wollten sie so viele intakte Überreste finden wie möglich. Aber Kälte erschwerte den Spürhunden die Arbeit, denn sie waren auf die Gerüche angewiesen, die verwesende Leichen in Form von Gasen, Flüssigkeiten und Säuren absonderten.

Creed blickte zum blauen Himmel auf. Weit und breit war keine Wolke in Sicht. Laut Wetterbericht sollte es heute und morgen so bleiben. Es war ein herrlicher, windstiller Frühlingstag, und die Temperaturen näherten sich schon jetzt der 20-Grad-Marke.

*Ein idealer Tag zum Verwesen.*

Er ertappte sich dabei, wie er lächelte, und fragte sich, wann er angefangen hatte, einen Tag danach zu beurteilen, wie gut er sich zum Leichenaufspüren eignete. Vielleicht sollte Hannah ihn wirklich dringend mal für eine Such- und Bergungsaktion einteilen. Oder für einen Auftrag, bei dem es um Sprengstoff oder Drogen ging. Wenigstens gab es bei denen eine Fifty-fifty-Chance, dass am Ende noch jemand am Leben war.

Grace hatte während der Fahrt aus dem hinteren Seitenfenster gesehen. Sobald Creed in die lange Einfahrt einbog, wurde sie unruhig.

»Runter mit dir«, befahl er. »Du kennst die Regeln.«

Sie wedelte mit dem Schwanz und duckte sich halb. Ab und zu musste sie ausprobieren, wie weit sie gehen konnte.

»Ganz runter!«

Endlich senkte sie das Hinterteil, hielt den Kopf jedoch weiter gehoben und blickte nach draußen. Auf halber Strecke zum Haus blockierte ein schwarz-weißer Sheriff-

SUV den Kiesweg. Von den Farmgebäuden war bisher nichts zu sehen. Die Bäume versperrten die Sicht. Bevor er seinen Jeep anhielt, kam schon ein Hilfssheriff auf ihn zu und hob einen Arm, um ihn wegzuschicken.

»Sei brav«, sagte Creed zu Grace. Er nahm seinen Ausweis von der Konsole und öffnete das Seitenfenster.

»Sie müssen umdrehen«, sagte der Hilfssheriff, der vor dem Kühlergrill des Jeeps stehen blieb und mit einer Hand gestikulierte, während die andere auf seinem Waffengürtel lag.

Wie es aussah, wollte er nicht bis zum Fenster kommen, also hielt Creed seinen Ausweis an die Windschutzscheibe.

»Mein Name ist Ryder Creed. Ich bin von CrimeScent K-9.«

Der junge Hilfssheriff wirkte nervös. Anscheinend hatte er niemanden erwartet, der nicht die offizielle Polizeimontur trug. Er zog sein Handy hervor und tippte eine Nummer ein, wobei er sich bemühte, Creed im Blick zu behalten.

»Ein Typ mit einem Hund«, sagte er. Er erwähnte weder Creeds Namen noch den der Firma. Was offenbar nichts machte, denn im nächsten Moment wurde der Hilfssheriff leicht rot und steckte wortlos sein Handy in die Brusttasche zurück.

Dann zog er seinen breitkrempigen Hut tiefer in die Stirn und brüllte Creed zu: »Sie dürfen durchfahren.« Dazu wies er mit seinem Daumen über die Schulter, ging zu seinem SUV zurück und fuhr ein Stück zur Seite, um Creed passieren zu lassen.

Creed schüttelte den Kopf. »Amateure, Grace«, sagte er

und sah durch den Rückspiegel zu seiner Hündin. Sie wedelte wieder mit dem Schwanz, blieb allerdings sitzen und gehorchte trotz ihrer Aufregung. »Wir müssen mit einem Haufen Amateuren zusammenarbeiten, altes Mädchen.«

## 27

Maggie beobachtete kopfschüttelnd, wie Tully die letzte Honigschnecke auspackte, die er sich vom Frühstücksbuffet des Hotels mitgenommen hatte. Hoffentlich bedeutete das, dass sein Appetit wieder da war und er sich besser fühlte.

Als sie bei der Farm ankamen, hatten Sheriff Uniss und seine Männer das Grundstück abgesperrt und Wachposten an den drei Stellen eingerichtet, an denen sie mit Eindringlingen rechneten. Und bei Eindringlingen dachte der Sheriff natürlich in erster Linie an Presse- und Medienleute.

Für den Sheriff war dies hier nach wie vor ein Tatort, der geschützt und untersucht werden musste. Er wusste, dass Tully ein K-9-Team angefordert hatte, aber weder Maggie noch Tully hatten ihm von der Karte des Mörders oder ihrem Verdacht erzählt, dass dies hier sein Leichenversteck war. Da er annahm, dass sich der Wirbel weitestgehend gelegt hatte, war der Sheriff wieder weggefahren, nachdem er etwas davon gemurmelt hatte, dass er sich um die Pressesprecherin des Gouverneurs kümmern müsste. Um seinetwillen hoffte Maggie, dass sie nicht noch etwas – oder jemanden – fanden.

Vorhin hatte sie Tully von Gwens Gefängnisbesuch erzählt und sich bemüht, seinen gequälten Gesichtsausdruck zu ignorieren. Sie wusste, dass er an das letzte Mal dachte, als Gwen einen verurteilten Gefangenen befragt hatte. Er war dabei gewesen. Deshalb ging Maggie rasch die Informationen durch und fragte ihn, was er Neues hätte. Agent Alonzo mauserte sich mehr und mehr zu ihrer rechten Hand, obgleich er zwölfhundert Meilen weit entfernt war. Als sie nun außer Hörweite der Hilfssheriffs an einem kleinen Waldstück entlang zur Scheune gingen, berichtete Tully ihr, was er wusste.

»Der Kassenbon stammt aus einem Walmart am Rand von Council Bluffs, Iowa, gleich an der Interstate 29.«

»Council Bluffs liegt neben Omaha, nicht?« Maggie erinnerte sich, dass sie gestern Morgen daran vorbeigefahren waren, als sie in Omaha gelandet und jenen Teil der Interstate genommen hatten.

Tully versuchte, die Notizen zu entziffern, die er sich bei seinem Telefonat mit Agent Alonzo gemacht hatte. Das Gekritzel ähnelte nicht mal Wörtern, sondern sah eher aus, als hätte jemand ausprobiert, ob noch Tinte in seinem Schreiber war.

»Alonzo sagt, der Walmart hat Sicherheitskameras auf dem Parkplatz. Er will nachfragen, bezweifelt aber, dass sie noch Aufzeichnungen haben. Er meint, dass diese Läden sie nach einer Woche überspielen oder löschen. Er lässt das von jemandem im Omaha-Büro überprüfen. Es scheint eher unwahrscheinlich zu sein, dass wir diesen Kerl zu sehen kriegen. Mir kommt er wie jemand vor, der weiß, wo sich die Kameras befinden, und sie tunlichst meidet.«

»Haben die Kriminaltechniker Fingerabdrücke auf dem Beleg gefunden?«

»Nein, und das werden sie wohl auch nicht. Mein Gefühl sagt mir, dass der Kassenbon eine Sackgasse ist. Wir haben ihn nur gefunden, weil er es wollte. So, wie er wollte, dass wir den Führerschein finden.«

»War sonst noch was in den Tüten?«

Tully zuckte mit den Schultern. »Meinst du, außer dem Kopf in der einen und der enthaupteten Leiche in der anderen?«

»Irgendwas unter den Fingernägeln?«

Tully angelte noch einen Papierfitzel aus seiner Tasche und betrachtete sein Gekrakel darauf. »Sie haben schon erste Proben genommen. Erdbröckchen.«

»Erdbröckchen?«

»Janet sagt, es sieht aus ...« Tully drehte den Zettel um und verzog das Gesicht, als hätte er einen schlechten Geschmack im Mund. »Sie sagt, es sieht aus, als hätte die Frau in der Erde gewühlt.«

Beide schwiegen und gingen weiter. Sie waren fast bei der Scheune, als Tully schließlich sagte: »Der Gerichtsmediziner versucht, die Autopsie vorzuziehen.«

»Er führt uns bis hierher, und wir sind kein bisschen schlauer, wer er ist.«

»Das gehört zum Spiel. Wie ich dir gestern Abend schon sagte, er ist besessen von dir.« Er zeigte zur Scheune. »Na, vielleicht haben wir Glück und finden was, von dem er nicht will, dass wir es finden.«

Die Außenwände waren in einem ausgeblichenen Rot

gestrichen, und das Tor hing schief in den uralten Angeln. »Scheint wenig wahrscheinlich, dass er eine Leiche einfach da reinlegt.« Aber Tully begann bereits, den rostigen Torriegel anzuheben.

»Otis P. Dodd hat Gwen erzählt, dass sein Freund Jack eines seiner Opfer in der Scheune vergraben hätte. Einen tätowierten Biker.«

»Und das hat er ihm alles bei ein paar Drinks verraten?«

»Ja, ich weiß, dass das komisch klingt. Das Problem ist bloß, dass Otis recht hatte, was die Frauenleiche in dem Abwasserrohr betraf, bis hin zu den orangefarbenen Socken. Wer weiß, wie er zu der Information gekommen ist? Es kann purer Zufall gewesen sein. Eventuell hat er im Gefängnis davon gehört. Aber ich schätze, dass Otis P. Dodd sich gerne Geschichten ausdenkt, um auf sich aufmerksam zu machen.«

»Und was ist mit der I-29 und Iowa?«

»Gwen hatte ihm verraten, dass es im Mittleren Westen ist.«

»Also hat er nur gut geraten?«

»Du glaubst doch nicht allen Ernstes, dass dieser Mörder namens Jack Otis von all den Leuten erzählt hat, die er ermordet hat und wo er ihre Leichen abgelegt hat, oder?«

Tully zuckte wieder mit der Schulter und zog das Scheunentor auf.

Wenn sie ehrlich war, wusste Maggie selbst nicht, was sie glauben sollte. Es kam durchaus vor, dass ein Mörder mit seinen Taten prahlte. Das hatten schon andere getan, nur üblicherweise anonym. Und tatsächlich verhielt es sich hier ganz ähnlich, indem er Maggie die Karte, den Kassenbeleg und die Socken hinterließ. Auch das geschah anonym – jemanden in seine Taten einzuweihen, der ihn identifizieren konnte, war jedoch etwas völlig anderes. Warum sollte er das tun?

Sie standen noch am Scheunentor, als Tully zu einem Jeep zeigte, der die baumgesäumte Zufahrt herunterkam. »Wie es aussieht, ist das K-9-Team da. Alonzo sagt, der Kerl ist einer der besten Hundetrainer und Spürhundeführer im ganzen Land. Falls es hier draußen noch eine Leiche gibt, findet er sie.«

Tully drehte sich um und wollte dem Mann entgegengehen, doch Maggie blieb stehen. Als sie sich in der Scheune umsah, bemerkte sie etwas, das ihr einen kalten Schauer über den Rücken jagte. Sie ging einige Schritte hinein und schob mit dem Fuß etwas von dem Stroh beiseite, das überall auf dem Boden verteilt war.

Und tatsächlich stellte sie fest, dass die Scheune kein Zementfundament hatte, nicht einmal einen Holzboden. Unter dem Stroh war nichts als Erde.

## 28

Weder Maggie noch Tully hatten je mit einem K-9-Team zusammengearbeitet. Maggie war nicht sicher, was sie sich unter einem landesweit bekannten Experten in Sachen Spürhundeführung vorgestellt hatte, aber es war garantiert nicht der Mann, der aus dem Jeep stieg.

Zunächst einmal sah er zu jung aus. Er war höchstens dreißig, groß, breitschultrig und trug ein weißes T-Shirt, das sich über seinem muskulösen Oberkörper spannte und die dazu passenden Arme freigab. Seine Levi's umhüllte nicht minder durchtrainierte Beine. Und die Motorradstiefel sowie die Sport-Sonnenbrille rundeten den Look ab. Kaum war er aus dem Wagen gestiegen, zog er sich ein hellblaues Hemd über, das er allerdings weder zuknöpfte noch in die Hose steckte.

Nein, er war definitiv nicht, was sie erwartet hatte.

Er krempelte seine Ärmel auf, als er Maggie und Tully sah, griff durch das Fahrerfenster seines Jeeps und fuhr alle Seitenfenster halb herunter. Als sie sich dem Wagen näherten, sah Maggie den Hund darin sitzen. Auch der entsprach ganz und gar nicht ihren Erwartungen – zu klein und zu weiß.

»Ich bin R. J. Tully, und dies ist Agentin Maggie O'Dell.«

»Ryder Creed.«

Er nahm die Sonnenbrille ab, um ihnen in die Augen zu sehen, während er erst Maggie, dann Tully die Hand reichte. Maggie fiel ein silbernes Kettenarmband mit graviertem Schild auf, dessen Aufschrift sie nicht lesen konnte. Am anderen Handgelenk trug er eine Taucheruhr. Kein Ehering. Sofort fragte sie sich, warum sie danach schaute.

Seine Augen waren dunkelblau, fast von derselben Farbe wie der Himmel, und bildeten einen leuchtenden Kontrast zu seiner sonnengebräunten Haut. Sein selbstbewusstes Lächeln begann in seinen Augenwinkeln und breitete sich von dort bis zu seinem Mund aus. Dieses verhaltene und echte Lächeln ließ ihn noch jünger wirken. Sein kurzes, dunkles Haar sah aus, als hätte er es heute Morgen mit einem Handtuch trocken gerubbelt und sich das Kämmen gespart. Die Rasur anscheinend auch. Erst bei näherem Hinsehen bemerkte Maggie, dass seine Stoppeln durchaus zu klaren Linien getrimmt waren, wo sonst wohl ein zu früher Fünf-Uhr-Schatten zu wüten pflegte.

»Das ist Grace«, sagte Creed und wies in den Jeep, machte jedoch keinerlei Anstalten, die Hündin herauszulassen.

»Haben Sie nur den einen Hund dabei?«, fragte Tully. Maggie hörte, dass er skeptisch war.

»Sie ist meine Beste.«

»Ja, nur ist das hier ein großes Gebiet, das wir absuchen müssen.« Tully deutete mit ausladender Geste auf die Felder hinter den Bäumen.

»Mit mehreren Hunden gleichzeitig zu arbeiten kann problematisch sein. Die konkurrieren dann gerne miteinander, schlagen an, wo nichts ist, oder kommen sich in die Quere. Glauben Sie mir, *ein* Hund ist effizienter.« Er sagte es vollkommen sachlich, ohne beleidigt oder defensiv zu klingen.

»Sie kommt mir ein bisschen klein vor.« Tully war immer noch nicht überzeugt. Er lehnte sich vor, um besser durchs Fenster sehen zu können.

Creed hatte die Heckklappe geöffnet und ging seine Ausrüstung durch. Grace kam zu ihm an die Klappe, machte aber keinerlei Anstalten, aus dem Wagen zu springen. Stattdessen saß sie schwanzwedelnd da, beobachtete ihr Herrchen und achtete gar nicht auf Maggie oder Tully. Maggie sah sich die Hündin genauer an. Sie war ein Jack Russell, womit sie an sich schon eine außergewöhnliche Wahl für einen Spürhund darstellte.

»Ich glaube nicht, dass die Größe entscheidend ist«, sagte sie zu Tully, während sie Creed beobachtete. »Harvey ist doppelt so groß, wenn nicht gar dreimal, und ich bezweifle, dass er sich lange genug konzentrieren könnte, um seine Frisbee-Scheibe zu suchen, wenn ich sie verstecke.«

Creed blickte nicht auf, sondern sortierte verschiedene Sachen aus einer Reisetasche in einen Rucksack. Dennoch sah Maggie, wie sich sein einer Mundwinkel zu einem Lächeln bog, und ihr gefiel die Vorstellung, dass sie es provoziert hatte.

»Was für ein Hund ist Harvey denn?«, fragte er.

»Ein Labrador.«

»Sie haben recht. Größe und Rasse sind nicht so ausschlaggebend wie der Spieltrieb.«

Tully stand da, die Hände in die Hüften gestemmt. Er betrachtete die Hündin, betrachtete Creed und scheiterte kläglichst in dem Bemühen, seine Enttäuschung zu verbergen. Als Maggies und seine Blicke sich begegneten, verdrehte er seine Augen, als wollte er sagen: »Was soll das denn für ein Fachmann sein?«

Die beiden Männer waren ungefähr gleich groß, doch das war auch schon alles, was sie an Gemeinsamkeiten aufweisen konnten. Tully war drahtig und schlaksig, trug eine Tuchhose und ein Hemd, das zwar zerknittert, aber ordentlich in die Hose gestopft war. Heute hatte er eine Brille mit Metallgestell auf: ein Zugeständnis an die Dienstreise, weil er es verabscheute, »den ganzen Kram« mitzuschleppen, der zum Kontaktlinsenwechsel nötig war. Tully war ein gewissenhafter Weltverbesserer, ein sentimentaler, romantischer Durchschnittsmann, dessen Kaffeeflecken und Gedankenabwesenheit man ihm leicht verzieh, weil er einem immer den Rücken freihielt. Auf ihn konnte man zählen.

Grace hatte sich bis zur Heckklappe vorgewagt, sodass sie sich herauslehnen konnte, und schnupperte in Maggies Richtung.

»Dürfen wir sie streicheln?«, fragte Maggie.

»Klar. Sie darf nur nicht aussteigen, ehe ich es ihr sage.«

Maggie streckte der Hündin eine Hand hin, damit Grace sie beschnüffeln konnte. Dann kraulte sie ihr den Nacken, ließ die Hand aber dort, wo die Hündin sie sehen konnte. Sie fühlte, dass Creed sie aus dem Augenwinkel beobachtete. Natürlich beschützte er seine Hündin.

Schließlich war er fertig und hängte sich seinen Rucksack über eine Schulter. »Macht es Ihnen was aus, Grace ein bisschen herumzuführen, damit sie sich die Beine vertreten kann, solange ich mich umsehe?«, fragte er Maggie.

»Nein, gar nicht.«

Er nickte und wandte sich Tully zu. »Können Sie mich über den Fall aufklären, während ich mich umgucke?«

Tully nickte stumm.

Creed gab Maggie einen kleinen, weichen rosa Elefanten. Das Hundespielzeug war aus Gummi und quietschte und quiekte. Kaum hatte Creed es aus seiner Tasche genommen, war Grace total aufgedreht. Ihr Hinterteil wackelte, ihre Ohren richteten sich auf, aber sie rührte sich nicht vom Fleck, während sie zwischen Creed und Maggie hin und her sah.

»Werfen Sie das einfach herum. Kann sein, dass sie es einfach nur im Maul rumtragen will.« Er tippte sich seitlich an den Oberschenkel. »Schlagen Sie so gegen Ihr Bein, falls sie zu weit wegrennt.« Dann sah er ihr in die Augen und fragte: »Ist es okay, wenn ich Maggie zu Ihnen sage?«

»Ja, kein Problem.«

Sofort wurde ihr klar, dass er das nur gefragt hatte, um dem Hund eine Orientierung zu geben. Er drehte sich wieder zu Grace um: »Okay, Grace, geh mit Maggie.«

Die Hündin sprang aus dem Wagen und in Creeds Arme – es wirkte völlig instinktiv und natürlich –, und in einer fließenden Bewegung setzte er Grace auf dem Boden ab. Dort hockte sie sich hin und widmete ihre ganze Aufmerksamkeit Maggie und dem rosa Elefanten.

Grace wirkte so verspielt, so lebhaft und so durchschnittlich. Als Maggie sie zu der Rasenfläche neben dem Haus führte, konnte sie sich schwerlich vorstellen, dass diese lebhafte kleine Hündin einen Großteil ihrer Zeit damit verbrachte, tote Menschen aufzuspüren.

## 29

Creed versuchte, sich auf das zu konzentrieren, was Agent Tully ihm erzählte. Zugleich behielt er im Gehen Agentin O'Dell und Grace im Blick. Für Agent Tully sah es wahrscheinlich aus, als wollte er sich vergewissern, dass mit Grace alles okay war. Das stimmte nur halb. Er konnte Agentin O'Dell – Maggie – nicht aus dem Kopf bekommen.

Gott, sie hatte fantastische Augen, dunkelbraun mit Karamellflecken.

Hannah würde ihn jetzt auslachen und fragen: »Seit wann nimmst du denn die Augen einer Frau wahr und weißt sogar nach einer Minute noch, welche Farbe sie haben?«

Und sie hätte recht. Das hier war lächerlich.

Agent Tully zeigte auf einen Krater neben einem Schaufelbagger und erzählte Creed von den Bauarbeiten, bei denen ein Schädel und andere Knochen sowie ein Müllsack mit einer Leiche gefunden wurden.

»War sie männlich oder weiblich?«, fragte Creed.

»Diese Information haben wir noch nicht freigegeben«, antwortete Tully.

Creed musste es eigentlich nicht wissen, denn bei seiner Arbeit war es unerheblich. Für Grace rochen alle Leichen gleich. Creed hingegen war es nicht egal, denn er mutete sich diese Leichensuchen nur aus dem einen Grund zu: seine Schwester Brodie zu finden. Hannah hatte ihm gesagt, dass Agent Alonzo bei seinem Anruf eine Farm hinter einem Interstate-Rastplatz erwähnt hatte.

»Macht das einen Unterschied?«

Agent Tully musste etwas bemerkt haben. Laut Hannah waren die beiden – O'Dell und Tully – Profiler, also musste Creed sich zusammenreißen. Aber falls sie tatsächlich eine Antenne für die psychische Verfassung anderer Leute besäßen, hätten sie ihn inzwischen schon wieder nach Florida zurückgeschickt.

»Für Grace nicht«, gestand Creed. »Aber mir hilft es, die Lage besser einschätzen zu können. Wenn Sie zum Beispiel von einem Mord im Affekt ausgehen, ist die Leiche eher nicht so gut versteckt oder so tief vergraben.«

»Ja, das leuchtet mir ein.«

»Was glauben Sie, wie viele hier noch sind?« Nun wollte Creed so schnell wie möglich loslegen.

»Wir haben keine Ahnung. Es können ein Dutzend sein oder auch nur die, die wir bisher gefunden haben.«

Details, die Creed und Grace halfen, waren nicht zwingend deckungsgleich mit denen, für die sich die Polizei interessierte. Und manchmal war es sogar besser, nicht alles zu wissen, was die Behörden dachten oder erwarteten.

Außerdem hatte Hannah bereits Agent Alonzo erklärt, wozu Creed und Grace in der Lage waren, was sie tun würden und welche Resultate zu erwarten waren. Das stellte sie grundsätzlich klar, bevor sie einen Auftrag annahm. Auf die Weise beugte sie Missverständnissen vor und räumte schon vorweg ein, dass es keinerlei Garantien gab. Wenigstens waren hier keine Angehörigen zugegen. Creed hasste es, wenn die Polizei erlaubte, dass Angehörige alles mit ansahen.

»Wenn Sie mir das Geschlecht nicht verraten dürfen, können Sie mir vielleicht in etwa sagen, wie alt die Überreste waren, die in dem Müllsack gefunden wurden?«, fragte Creed.

»Ungefähr drei Wochen.«

»Und der Schädel und die Knochen? In welchem Zustand waren die?«

»An denen war kein Gewebe mehr. Keine Verwesungsspuren. Sie lagen mit Sicherheit schon länger in der Erde. Diese Farm steht seit fast zehn Jahren leer. Wir wissen nicht, ob der Mörder während der gesamten Zeit Zugang zu ihr hatte, dürfen es aber nicht ausschließen.«

Creed holte ein GPS-Gerät aus seinem Rucksack und schaltete es ein. Er tippte ein paar Zahlen ein, um den Suchkorridor zu ermitteln. Es war ein großes Areal, und nahm man den Wald hinter dem Grundstück noch dazu, war es kaum zu bewältigen.

»Ich schätze, es macht einen Unterschied, ob eine Leiche ein paar Monate oder ein paar Jahre vergraben war«, sagte Agent Tully, als Creed keine weiteren Fragen mehr stellte.

»Grace ist enorm gut darin, mehreren Spuren gleichzeitig zu folgen, aber ja, es kann schwierig werden, wenn die Ziele in unterschiedlichen Verwesungsstadien sind. Eine Leiche gibt je nach Verwesungsstufe unterschiedliche Gerüche ab. Und mehrere Faktoren wirken sich auf den Verwesungsprozess aus, wie Sie sicher wissen – wie tief sie vergraben ist, ob sie in einem Müllsack oder einfach so unter der Erde liegt. Auch die Beschaffenheit des Bodens spielt eine Rolle und ob es einen Luftaustausch gibt. Wenn wir im Wasser suchen, ist zusätzlich entscheidend, wie warm oder kalt es ist.«

Creed blickte zu dem Agenten und erkannte, dass er ihm zu viele Informationen auf einmal gegeben hatte. Oft wollten die Leute einfach nur, dass er die Leichen fand. Wie er es anstellte, interessierte sie nicht. Für sie sah es wie Zauberei aus, und versuchte er, es ihnen zu erklären, überforderte er sie meistens.

»Ihre Hündin kann eine Leiche unter Wasser riechen?«

Creed lächelte. Es freute ihn, dass Agent Tully eher fasziniert als überfordert wirkte.

»Die Gerüche können an die Oberfläche steigen«, antwortete er. »Bringt man einem Hund bei, bestimmte Gerüche zu erkennen, ist es für ihn unwichtig, ob sie von unter der Erde, unter Wasser oder aus einem Baumwipfel kommen.«

Plötzlich hörte er Agentin O'Dell nach Grace rufen. Creed drehte sich um und sah, dass sie versuchte, Grace wieder zu sich zu locken. Und er sah auch Grace, die ihre Nase in die Luft reckte und die Ohren aufgestellt hatte. Sie lief im Kreis und wedelte wie verrückt mit dem Schwanz.

Grace hatte schon ohne ihn angefangen.

## 30

»Nehmen Sie sie nicht an die Leine?«, fragte Maggie. »Braucht sie kein Halsband und eine Leine, damit Sie sie nicht verlieren?«

Verärgert bemerkte sie, dass sie außer Atem war und das Gefühl hatte, etwas falsch gemacht zu haben. Vielleicht hätte sie das Hundespielzeug nicht so weit werfen dürfen.

»Nein, das ist schon okay. Bei der Suche im Freien benutzen wir keine Halsbänder oder Leinen. Ich will nicht riskieren, dass sie sich in dichtem Gestrüpp verhakt, sollten wir getrennt werden.«

Maggie hatte Graces rosa Elefanten aufgehoben und bemerkte erst jetzt, dass sie ihn in ihrer Faust zusammendrückte.

Creed schien weder verärgert noch besorgt zu sein. Er war seelenruhig auf Grace zugegangen und hatte nur ein Wort gesagt: »Such.«

Die Hündin hatte sich gestreckt, als wäre sie tatsächlich an einer Leine. Sie wollte dringend von Maggie weg, wusste jedoch, dass sie es nicht durfte. Aufgeregt war sie im Kreis gelaufen, bis Creed ihr das Kommando gab.

Maggie beobachtete, wie er Koordinaten in ein GPS eingab. Dabei behielt er Grace im Blick und folgte ihr ohne jede Eile. Er ging Grace nach, und Maggie und Tully blieben ein Stück hinter ihnen.

»Wieso läuft sie immer im Kreis?«, fragte Tully flüsternd, als hätte er Angst, die Suche zu stören.

»Sie ist im Geruchskegel. Hindernisse können zusätzliche Duftansammlungen schaffen, sogar Geruchskegel teilen und in verschiedene Richtungen leiten. Wie ich Ihnen schon sagte, gibt es mehrere Faktoren, die es ihr erschweren, die Duftquelle zu orten.«

»Hindernisse?«, fragte Maggie. Im selben Moment fiel ihr auf, dass Grace sich zwar immer noch kreiselnd bewegte, aber eindeutig auf das Scheunentor zusteuerte.

»Falls die Gebeine verteilt wurden oder ...« Creed zögerte. »Kann es sein, dass die Körperteile an verschiedenen Stellen vergraben wurden?«

Maggie sah zu Tully hinüber, was Creed nicht entging.

»Die Leiche in dem Müllsack wurde enthauptet«, sagte Tully. »Der Kopf war in einem separaten Beutel, aber in der Nähe; er lag praktisch auf dem Müllsack.«

Maggie kam zu dem Schluss, dass es lächerlich war, Creed Informationen vorzuenthalten. Das behinderte bloß die Suche. Und schließlich ging es hier nicht darum, Einzelheiten zu verschweigen, um Grace auf die Probe zu stellen. Sie veranstalteten ja keine Einstandsprüfung, bei der die Hündin irgendwas beweisen musste.

»Wir haben von einem Informanten gehört, dass eine Leiche in der Scheune verscharrt sein könnte.«

Grace war bereits am offenen Tor, wo sie stehen blieb und sich zu Creed umdrehte. Sie wartete auf sein Okay, um die Scheune zu betreten.

»Wie ist der Boden da drinnen?«, fragte er, während er einen Metallstab aus seinem Rucksack nahm und ihn zu einem langen Greifer auseinanderzog.

»Feste Erde und Sand«, antwortete Maggie, woraufhin Tully sie verwundert ansah. »Ich habe vorhin nachgeguckt«, erklärte sie ihm. »Wie es aussieht, ist über der Erde nur altes Stroh ausgestreut.«

»Könnten da Fallen aufgestellt sein?«

»Ach du Schande«, murmelte Tully. »Daran haben wir gar nicht gedacht.«

Keiner von ihnen hatte diese Möglichkeit in Erwägung gezogen, als sie vorhin den Riegel geöffnet und das Tor aufgemacht hatten.

»Falls Ihnen das ein Trost ist«, sagte Maggie, »im Haus waren keine.«

Die drei standen stumm da, während Grace wedelte und winselte. Sie konnte es nicht erwarten, in die Scheune zu laufen.

Schließlich sagte Creed: »Sie beide bleiben hier. Ich lasse Grace draußen Sitz machen, bis ich sicher bin, dass sie gefahrlos reingehen kann.«

»Wir kommen mit Ihnen«, sagte Maggie und sah Tully an. Sie hatten diesen Tatort übernommen, also mussten sie ihn auch schützen.

»Maggie hat recht. Wir sind für diese Farm und damit auch für die Scheune verantwortlich.«

»Schon, nur ist es einfacher, wenn ich alleine reingehe«, sagte Creed, der bereits auf das Tor zuschritt.

Maggie und Tully gingen mit ihm, bewegten sich allerdings sehr langsam und gemessen, und Maggie setzte so vorsichtig einen Schritt vor den anderen, als befände sich tatsächlich eine Sprengladung unter ihren Füßen.

»Wir bilden auch Bombenspürhunde aus«, fuhr Creed fort, »für die Polizei und das Militär. Sogar für die Homeland Security. Ich habe also eine ungefähre Vorstellung, wonach ich suchen muss.«

»Eine ungefähre Vorstellung klingt nicht gerade beruhigend«, kommentierte Tully.

Etwa drei Meter vor dem Tor blieb er stehen und wandte sich zu ihnen um. Offenbar wollte er etwas klarstellen.

»Es ist keinem geholfen, wenn wir alle drei in die Luft fliegen. Ernsthaft, ich stelle weder Ihre Autorität noch Ihre Zuständigkeit infrage. Ich sage nur, dass ich eher weiß, worauf ich achten muss, falls die Scheune vermint ist.«

Creeds Blick wanderte von Tully zu Maggie und zurück zu Tully. Hätte er das mit einer gewissen Arroganz gesagt, wäre ihnen ein Widerwort deutlich leichter gefallen, doch er war vollkommen ernst. Und wie er sich anhörte, betrachtete er es schlicht als Teil seines Jobs. Trotzdem gefiel Maggie die Situation überhaupt nicht. Sie fühlte sich wohler, wenn sie das Risiko übernahm, statt jemand anderen loszuschicken. Vor allem wollte sie sich ohrfeigen, weil sie vorher nicht an eine Falle gedacht hatte. Schließlich hatte der Kerl ihnen die Karte hingelegt. Und sie waren blindlings von der Annahme ausgegangen, dass er bloß mit seinem Talent prahlen wollte, indem er sie zu seinem Leichenversteck führte. Dabei kannten sie genug Mörder, die es genossen, ihre Verfolger in die Falle zu locken, sie zu übertrumpfen, lächerlich zu machen oder, schlimmer noch, sie sterben zu sehen.

Unwillkürlich blickte Maggie sich um, sah zum Haus hinüber und hielt nach Bewegungen hinter den Fenstern Ausschau. Durch die dichte Baumgruppe waren nicht mal die Männer zu sehen, die Sheriff Uniss dort zur Sicherung des Fundortes abgestellt hatte. Es wäre ein Leichtes für jemanden, sich in einem der anderen Gebäude zu verstecken und sie unbemerkt zu beobachten.

»Vielleicht sollten wir Experten herholen, die alle Gebäude überprüfen«, sagte sie zu Tully.

»Die Bauleute haben die ganze letzte Woche hier abgerissen und gegraben«, sagte Tully, der sich nun ebenfalls umsah. »Ich halte es für ziemlich unwahrscheinlich, dass er ein Gebäude präpariert hat und die anderen nicht.«

»Ist wahrscheinlich nichts«, pflichtete Creed ihm bei. »Ich bin immer übervorsichtig. Aber ich muss meine Hunde vor so vielen unvorhersehbaren Gefahren schützen wie möglich. Und seien es nur die Rattenfallen, die manche Farmer aufstellen. Also lassen Sie mich bitte kurz nachsehen.«

Maggie spürte, dass Tullly sie ansah. Sie wusste, dass er bereits entschieden hatte, Creed vorgehen zu lassen, es jedoch nicht laut sagen würde, ehe sie ihm nicht zugestimmt hatte. Maggie blickte Creed an und wartete, bis er sie richtig anschaute, was er nach einem Moment auch tat – ohne mit der Wimper zu zucken. Sein Blick war von einer besonderen Intensität, einer Reife, die nicht zu seinen jungen Jahren passte. Und er verriet noch etwas anderes: eine skrupellose Gleichgültigkeit in Bezug auf seine eigene Sicherheit. Diese Erkenntnis schockierte Maggie. In riskanten Situationen erkannte sie bei anderen gewöhnlich, wie ihr Adrenalinpegel stieg, aber gelegentlich auch eine gesunde Portion Angst oder Leidenschaft. Ryder Creeds Augen hingegen strahlten einen gewissen Fatalismus aus: Sollte er in den nächsten Minuten in die Luft fliegen, war es eben so.

Sie hasste es, in welche Position die beiden Männer sie brachten. Zu gern würde sie glauben, dass Tully recht hatte. Falls der Mörder sie hochjagen wollte, hätte er dazu schon ein halbes Dutzend Gelegenheiten gehabt. Dann dachte sie an die orangefarbenen Socken. Er wollte, dass sein Werk gefunden und nicht durch einen Sprengsatz zerstört wurde.

Ohne die Augen von Creed abzuwenden, sagte sie: »Wenn Sie irgendwas sehen, das Ihnen nicht koscher vorkommt, ziehen Sie sich sofort zurück, und wir rufen die Experten.«

»Geht klar.«

Er hatte sich schon halb umgedreht, da hielt er inne, als hätte er etwas vergessen. Er griff in seine Jeanstasche und holte die Schlüssel zu seinem Jeep hervor, die er Tully reichte.

»Nur für alle Fälle«, sagte er mit einem halben Grinsen, das Maggie schmerzlich bewusst machte, wie richtig ihr Eindruck von dem gewesen war, was sie in seinen Augen gesehen hatte. Und es widerstrebte ihr mehr, als sie zugeben wollte, dass sich dieser Mann in Gefahr begab.

Sie beobachteten, wie er der wedelnden, aufgeregten Grace befahl, vor dem Tor Sitz zu machen. Dann ging er hinein, seinen ausziehbaren Greifer in der Hand.

»Wir haben keinerlei Hinweise darauf, dass dieser Täter Sprengfallen deponiert haben könnte, oder?«, fragte Tully, der dringend eine Versicherung von Maggie wollte.

»Er hat Zach Lesters Gedärme in einem Baum drapiert. Er hat uns eine Karte hingelegt«, überlegte Maggie laut. »Und die orangefarbenen Socken hat er eigens für uns einem bereits toten Opfer übergezogen. Falls dort drinnen eine Leiche ist, will er hoffentlich, dass wir sie finden und uns nicht zu ihr gesellen.«

Sie starrte zum Scheunentor, und erst jetzt bemerkte sie, dass sie ihr Waffenhalfter geöffnet und die rechte Hand an ihrem Revolver unter der Jacke hatte.

## 31

Noahs Mutter hatte ihm frische Sachen zum Anziehen gebracht. Die Detectives hatten seine Reisetasche zusammen mit allem anderen aus Ethans Wagen konfisziert. Den Wagen hatten sie abgeschleppt und zur Kriminaltechnik gebracht. Noah wurde darüber informiert, dass sie ihn auseinandernahmen und jedes einzelne Teil auf Hinweise untersuchten. Detective Lopez sagte Noah das in einem Tonfall, der wie eine Drohung klang. Aber Noah wusste, dass sie nichts finden würden, das ihnen verriet, was passiert war. Und keiner würde ihm glauben, wenn er es ihnen erzählte. Bei Tageslicht war Noah selbst nicht mal sicher, dass es tatsächlich geschehen war.

Als er ihnen sagte, dass Ethan tot war, hatte seine Mutter einen stummen Schrei ausgestoßen, während Detective Lopez und sein Vater ihn ansahen, als würde er lügen oder im Wahn reden. Jetzt unterhielten sie sich um ihn herum und nahmen ihn gar nicht zur Kenntnis. Leute kamen und gingen. Es war ein stetes Hin und Her in seinem Krankenzimmer.

Einzig der Arzt guckte Noah nicht an, als hielte er ihn für irre, wenn er mit ihm sprach. Bei der Untersuchung war er freundlich und vorsichtig. Noah wollte ihm von den Stimmen in seinem Kopf erzählen. Gab es etwas, das der Arzt ihm dagegen geben konnte? Irgendein Medikament, das half? Vielleicht hätte Noah nachdrücklicher jammern sollen. Vielleicht hätte ihn der Arzt dann nicht aus dem Krankenhaus entlassen.

Detective Lopez sagte zu Noah, er hätte Glück, dass er vorerst mit seinen Eltern nach Hause durfte, anstatt in Untersuchungshaft zu kommen. Noah wollte dem Detective erzählen, dass er sich in einer Gefängniszelle sicherer fühlen würde. Dass er nicht mit seinen Eltern nach Hause wollte. Er musste ihnen sagen, dass der Irre seinen Führerschein mitgenommen hatte. Jetzt kannte er seine Adresse, wusste, wo das Haus seiner Eltern war.

Noah konnte unmöglich sein Schweigen brechen, wo er doch dem Mörder versprochen hatte, nichts von dem zu verraten, was passiert war.

»Was würden sie von dir denken?« Die Stimme des Wahnsinnigen hallte in Noahs Kopf wider. »Wie würden deine Eltern es finden, wenn sie erfahren, dass du mich angefleht hast, deinen Freund zuerst zu töten?«

Noah blickte sich im Zimmer um, weil er sich vergewissern musste, dass niemand sonst die Stimme hörte. In seinem Kopf war sie so klar und deutlich. Aber keiner schien etwas zu bemerken. Weder sein Vater noch Detective Lopez, mit dem er sich leise vor der Tür unterhielt.

Auch nicht die Schwester oder seine Mutter, die gemeinsam die Entlassungspapiere durchsahen.

Dennoch war die Stimme völlig real. Genauso wie Ethans Schreie.

*Denk nicht daran. Hör auf, daran zu denken. Hör endlich auf!*

Als er wieder aufsah, starrten ihn alle an, und Noah wurde bewusst, dass er mal wieder laut gesprochen hatte. Er saß auf der Bettkante, kehrte den anderen den Rücken zu und fuhr fort, sein Hemd anzuziehen, als wäre nichts geschehen, als hätte er nicht soeben seltsame Worte geschrien.

Er konzentrierte sich auf den angenehmen Geruch, den sein Hemd verströmte. Es kam frisch aus dem Trockner seiner Mutter und fühlte sich weich auf seiner zerschundenen Haut an. Als Nächstes versuchte er, seine Socken anzuziehen. Sein Knöchel war nicht gebrochen – Gott sei Dank. Die Schwellung war zurückgegangen, doch der ganze Fuß war grün und blau.

»Zieh deine Schuhe aus«, hörte er den Irren sagen. Diesmal hielt er den Kopf gesenkt und kämpfte gegen den Impuls, sich unsicher umzuschauen.

»Was bist du bereit zu tun?« Die Stimme wollte nicht verstummen. »Wozu bist du fähig, um zu überleben?«

Noah biss sich auf die Lippen und versuchte angestrengt, die Stimme zu ignorieren. Er rollte die Socke über seinen Knöchel, wobei er vor Schmerz das Gesicht verzog. Das war nichts, sagte er sich. Dann sah er Blut herabtropfen. Leuchtend rot fiel es auf das weiße Laken, und Panik stieg in ihm auf. Ein zweiter Tropfen fiel, bevor ihm klar wurde, dass es sein eigenes Blut war. Er hatte sich so fest auf die Lippe gebissen, dass sie blutete.

Vor der Tür brach Unruhe aus, und Noah drehte sich um. Ein uniformierter Polizist war zu Detective Lopez getreten. Sie sahen sich etwas an, das sie vor Noahs Vater zu verbergen versuchten.

Dann plötzlich hörte er seinen Vater sagen: »O gütiger Gott!«

Noahs Panik breitete sich auf sein Herz und seine Lunge aus. Er wollte nicht wissen, was seinen Vater so schockiert hatte. Aber Detective Lopez sah zu ihm hinüber, und selbst auf diese Entfernung konnte Noah seinen Ekel und seine Wut spüren.

Detective Lopez nahm dem Officer eine Plastiktüte mit Klemmverschluss ab. Nun kam er auf Noah zu und blieb vor ihm stehen.

»Das hier wurde im Kofferraum deines Freundes gefunden«, sagte Detective Lopez. »Fein säuberlich in eine Plastiktüte verpackt. Was für ein krankes Spiel treibst du?«

Er hielt die Tüte in die Höhe, damit nicht bloß Noah, sondern alle sie sehen konnten.

Noah hörte, wie sein Vater zu seiner Mutter sagte: »Sieh nicht hin.« Dann befahl er Noah: »Du antwortest nicht, Noah. Detective Lopez, mein Sohn beantwortet keine Fragen mehr ohne einen Anwalt.«

Noah starrte auf das blutbefleckte Papierstück in der Plastiktüte. Die Zahlen darauf sahen wie eine Telefonnummer aus. Außer dem Zettel war nur noch ein anderes Ding in der Tüte, und auf dieses Ding hatte Noahs Vater so erschrocken reagiert. Noah brauchte nicht hinzusehen, denn er wusste, was es war. Auf dem Boden der Tüte lag Ethans abgetrennter Zeigefinger.

# 32

Die Minuten zogen sich quälend langsam hin, während Maggie wartete, und jede, die ohne eine Explosion verging, war eine kleine Erleichterung. Plötzlich trat Ryder Creed wieder aus der Scheune. Er reckte lächelnd beide Daumen hoch und ging direkt zu Grace. Die Hündin hockte immer noch vor dem Tor. Offenbar war sie gut darauf trainiert, sich nicht zu rühren, solange Creed ihr es nicht erlaubte. Allerdings wedelte sie wie wild mit dem Schwanz. Creed klopfte sich mit der flachen rechten Hand auf die Brust, und Grace flitzte zu ihm.

»Ich habe alle Türen und Stalltore überprüft, in die Stallboxen gesehen und auf den Heuboden«, sagte er, wobei er sich Spinnweben aus dem Haar zupfte. »Ich denke, wir können rein.«

Dann sah er zu Grace. »Such.« Unverzüglich lief die Hündin in die Scheune, die Nase hoch in die Luft gereckt.

Maggie war völlig fasziniert von der Suche. Ihre eigenen Hunde waren eher unvorhergesehen Teil ihres Lebens geworden. Harvey, ein weißer Labrador, hatte einer Nachbarin gehört, die Maggie nie kennengelernt hatte. Die Frau war trotz Harveys aufopfernder Bemühungen, sie zu schützen, brutal aus ihrem Haus verschleppt worden. Jake, ein schwarzer Deutscher Schäferhund, hatte Maggie in den Sandhills von Nebraska gerettet. Er war ein Streuner gewesen, der sich weigerte, einen Herrn anzuerkennen – auch Maggie zuerst nicht, als sie ihn mit nach Hause genommen hatte. Immer wieder buddelte er sich einen Weg aus ihrem umzäunten Garten, den sie eigentlich für eine Schutzzone hielt; Jake jedoch empfand ihn als Gefängnis. Die beiden Hunde lehrten Maggie einiges über sich selbst, über Vertrauen und über das Leben. Aber sie hatte noch nie ein Team aus Herr und Hund erlebt, das so perfekt aufeinander abgestimmt zusammenarbeitete. Jeder erkannte die Bewegungen, Reaktionen und Erwartungen des anderen auf Anhieb.

Sie blieb mit Tully in einer Ecke, wo sie nicht im Weg waren. Sie sahen zu, wie Creed seinen speerartigen Greifer benutzte, um im Sandboden herumzustochern. Er nannte es »Lüften« und erklärte, dass die Löcher in dem festen Boden für Luftzirkulation sorgten und halfen, Gerüche freizusetzen, was wiederum Grace die Suche erleichterte. Doch die Hündin schien nicht darauf angewiesen zu sein. Mit der Nase in der Luft lief sie durch die Scheune, als würde sie den Bereich in ein klares Raster unterteilen. Sie hetzte nicht wirr umher, sondern trottete auf und ab, an der Seite entlang und vor und zurück in beinahe perfekten parallelen Linien.

Mit jeder abgelaufenen Strecke wurde Grace unruhiger. Einmal blieb sie stehen und kratzte mit den Pfoten Stroh und Sand beiseite. Sie schnüffelte wieder, drehte sich um und urinierte auf die Stelle. Dann lief sie weiter.

Creed war direkt neben ihr, bückte sich, um genauer hinsehen zu können, und sagte schließlich zu Maggie und Tully: »Tote Maus.«

»Denken Sie, das ist es, was sie gerochen hat?«, fragte Tully.

»Nein, sie ist auf menschliche Überreste trainiert.«

»Aber was ist, wenn die verweste Maus sie durcheinanderbringt?« Nun klang Tully, als hielte er dies hier für Zeitverschwendung.

»Tote Tiere sind bloß eine Ablenkung. Deshalb hat sie auf die tote Maus gepinkelt. So überdeckt sie den Geruch.«

Und tatsächlich war Grace schon weitergelaufen. Maggie fiel auf, dass der Atem der Hündin schneller ging. Ihre Ohren stellten sich auf. Plötzlich hob sie den Schwanz und wedelte. Sie kratzte unter einer der Türen zu den drei Stallboxen, die sich nebeneinander im rückwärtigen Teil der Scheune befanden. Die Türen reichten nur bis etwa zehn Zentimeter über den Boden und waren ungefähr brusthoch, was es schwierig machte, in die Boxen hineinzusehen.

Creed warf Maggie und Tully einen nervösen Blick zu.

»Ich habe die Türen überprüft, war aber nicht in den Stallboxen.«

Dann wandte er sich Grace zu. »Moment, meine Kleine.« Er tastete die Türangeln ab, prüfte die Riegel und lehnte sich über die obere Kante, um hineinzusehen.

Derweil wurde Grace merklich unruhiger und schnupperte hektisch. Sie war ungeduldig und stellte die Nackenhaare auf. Als Creed jedoch den Riegel nach oben zog und die Boxentür öffnete, zögerte die Hündin. Sie tappte wenige Schritte hinein und rückwärts wieder heraus. Dann drehte sie sich um und sah zu Creed auf.

Bei ihrem Blick lief es Maggie eiskalt den Rücken runter. Die Hündin starrte ihrem Herrn direkt in die Augen und behielt ihre Stellung bei, als wollte sie sagen: »Hier ist das, was wir suchen.«

»Braves Mädchen, Grace.« Ohne von der Hündin wegzusehen, streckte er einen Arm zu Maggie aus. »Könnten Sie mir bitte den Elefanten geben?«

Im ersten Moment begriff Maggie gar nicht, was er

meinte. Dann wurde ihr bewusst, dass sie nach wie vor Graces rosa Gummielefanten in der linken Hand hielt. Sie ging langsam hinüber und reichte Creed den Elefanten. Daraufhin hielt er ihn hoch, sodass Grace ihn sah. Sie entspannte sich prompt und wedelte deutlich weniger hektisch als zuvor. Jetzt war sie schlicht eine Hündin, die auf ihre Belohnung wartete.

»Braves Mädchen«, sagte Creed noch einmal und warf ihr Spielzeug.

Grace fing es mit der Schnauze, was ein lautes Quieken zur Folge hatte. Maggie konnte nicht umhin zu denken, wie grotesk sich dieses lustige Geräusch angesichts der Tatsache ausnahm, dass sie wohl ein weiteres Grab gefunden hatten.

Creed ließ Grace herumtollen, machte aber keinerlei Anstalten, in die Stallbox zu gehen. Schließlich zog er sich zurück und sah Maggie und Tully an.

»Ich bin für Grabungen nicht ausgebildet«, sagte er.

Tully schien nach wie vor nicht überzeugt zu sein, dass dort irgendwas auszugraben war. Die Box war etwa drei mal drei Meter groß, und soweit Maggie es im dämmrigen Licht erkennen konnte, war der Boden derselbe wie im Rest der Scheune. Sie konnte keinerlei Erhebungen oder Vertiefungen erkennen. Das Stroh auf dem Sand passte zu dem im Rest der Scheune und sah nicht aus, als wäre daran gerührt worden. Es waren keine Spuren, kein Anzeichen von Blut oder Sonstigem auszumachen, was auf eine verwesende Leiche hinwies. Der hölzerne Futtertrog war gefüllt und mit einer alten Pferdedecke bedeckt. Und der eingestaubte Deckel saß fest auf dem großen Metalleimer neben dem Trog.

Maggie blickte sich um und sah, dass Creed mit Grace aus der Scheune gegangen war. Er warf den rosa Elefanten, und Grace rannte ihm nach. Tully telefonierte auf der anderen Scheunenseite. Er befahl jemandem – höchstwahrscheinlich dem Sheriff –, ein Ausgrabungsteam zu schicken. Als er die Lage schilderte, war seine Skepsis nicht zu überhören, sosehr er sich auch bemühte, sie nicht durchklingen zu lassen.

Maggie trat weiter in die Box hinein und fragte sich, ob Grace sich geirrt haben könnte. Es roch streng und ranzig, was Maggie auf den alten Pferdemist schob. Dann erinnerte sie sich, was Creed gesagt hatte, als Grace die tote Maus gefunden hatte: Andere Gerüche waren lediglich eine Ablenkung. Grace war auf die Suche nach menschlichen Überresten trainiert, nicht nach toten Tieren und ganz sicher nicht nach Tiermist. Und jetzt begriff Maggie, was sie roch.

Ihre Augen wanderten zu dem Eimer. Zwanzig Liter, Metall, verschlossen. Von dort konnte der Geruch nicht kommen, und dennoch sorgte allein die Vorstellung, was in dem Eimer sein könnte, dafür, dass ihr Mund trocken wurde und sich ihr Magen umdrehte.

Sie holte ein Paar Latexhandschuhe aus ihrer Jackentasche und zog sie über, während sie auf den hölzernen Trog zuging. Mit dem Zeigefinger drückte sie in die Mitte der Wölbung unter der dicken Wolldecke.

Etwas Festes. Definitiv kein Pferdefutter.

Maggie nahm einen Deckenzipfel und begann, ihn vorsichtig zurückzuziehen, hörte allerdings sofort auf, als sie einen Widerstand spürte und ein Geräusch wie von einem Klettverschluss hörte. Obwohl sie die Decke kaum gelüftet hatte, nahm der ranzige Gestank merklich zu.

Maggie sah wieder über ihre Schulter. Tully war noch an seinem Handy. Creed und Grace waren weit genug weg, dass das Quieken nur noch aus der Ferne zu hören war.

Sie zupfte erneut an der Wolldecke, verzog das Gesicht ob des Geräuschs und des zunehmenden Gestanks, arbeitete sich aber vorsichtig, Zentimeter für Zentimeter vor. Das verwesende Fleisch hatte sich mit dem Deckenstoff verwoben, und mit der Wolldecke zog Maggie auch eine Hautschicht ab. Die dicke Wolle hatte den Körper gewissermaßen mumifiziert, der nun, da die Schutzhülle entfernt wurde, seine Gase freigab.

Maggie musste auf Abstand gehen. Ihr Puls hatte zu rasen begonnen, und sie musste sich zusammenreißen. Den Rücken zum Trog gewandt, sog sie gierig ein wenig Luft von außerhalb der Box ein, was half, um ihre Nerven zu beruhigen. Dann machte sie sich wieder an die Arbeit. Behutsam zog sie noch mehr Wolle weg, bis sie einen Unterarm erkannte. Das genügte, um sicher zu sein, dass es sich um eine Leiche handelte. Den Rest würde sie den Forensikern überlassen.

Bevor sie zurücktrat, fiel ihr etwas Grellrotes und Grellblaues auf. Da sie die obere Hautschicht abgezogen hatte, trat das Tattoo noch leuchtender zum Vorschein. Das war nicht ungewöhnlich, weil sich die Tinte unter der obersten Hautschicht ablagerte. Und Tätowierungen waren sehr hilfreich für die Identifizierung von Leichen. Es wäre folglich sinnvoll, dass Maggie *nicht* auf die Forensiker wartete. Sie war schon so dicht dran, da konnte sie wenigstens einen Blick auf das Tattoo werfen.

Sie zog die Decke beiseite, bis sie das ganze Bild sah:

ein Adlerkopf mit stechenden Augen über einem vorstehenden Schnabel. Darüber stand in zwei Zeilen: STURGIS 2000.

Maggie hielt inne, trat zurück.

*Der Mistkerl hat die Wahrheit gesagt.*

Otis P. Dodd hatte recht gehabt. Es war eine Leiche in der Scheune. Und es sah aus, als hätte er mit seiner Behauptung, dass es ein tätowierter Biker war, ebenfalls richtig gelegen.

## 33

Am späten Nachmittag war es auf der ruhigen Farm nicht mehr ganz so ruhig. Maggies und Tullys Rolle wurde schnell auf Verkehrsregelung und Parkplatzanweisung reduziert. Die Kriminaltechniker Janet, Matt und Ryan waren abermals mit ihrem mobilen Labor aus Omaha angereist. Agent Alonzo hatte ihnen gesagt, dass ein FBI-Agent aus dem Omaha-Büro ebenfalls auf dem Weg war, doch von dem hatten sie bisher nichts gesehen oder gehört.

Grace hatte noch an fünf weiteren Stellen angeschlagen: einmal hinter dem alten Waschhaus, einmal hinter der Scheune und dreimal im Wald. Creed hatte ihr nach jedem Fund eine Pause mit ihrem rosa Elefanten und etwas Wasser gegönnt. Nun wanderten sie die Weide ab, hatten aber in der letzten Stunde keine weiteren Hinweise entdeckt. Creed hatte entschieden angekündigt, dass dies für heute ihr letztes Suchareal auf dem Anwesen war.

Sheriff Uniss hatte einen Anthropologieprofessor von einer Universität in der Nähe zu Hilfe gerufen, damit er seinen Hilfssheriffs erklärte, wie sie an den Stellen graben sollten, die Grace gefunden hatte. Creed hatte sie vorgewarnt, dass die drei Stellen im Wald von »sekundärer Streuung« umgeben sein könnten; mit anderen Worten: von in der Gegend verteilten Knochen und Leichenstücken. Er hatte diese primären Zielbereiche nicht nur nach Graces Anzeige bestimmt, sondern auch nach seinen eigenen Beobachtungen. So wies er beispielsweise auf eine Stelle hin, an der die Wildgräser nur halb so hoch waren wie die umstehenden.

Maggie beneidete die Grabmannschaft nicht. Mindestens ein Dutzend von Creeds neonfarbenen Wimpeln ragten in dem Gelände auf, manche in schwer zugänglichen Bereichen weitab vom Trampelpfad.

Der Sheriff hatte einen seiner Männer losgeschickt, um Sandwiches für alle zu holen. Maggie und Tully kamen jetzt erst zum Essen. Tully ging ihnen Wasser und Cola holen, während Maggie ein stilles Plätzchen für sie an einem alten Gartentisch fand.

Die Sonne war heute nicht ganz so warm, auch wenn es ein schöner Tag war. Wie absurd sich solche Schönheit neben dem Makabren ausnahm, entging Maggie nicht. Grace zuzusehen hatte sie an ihre Hunde erinnert, und sie holte ihr Handy hervor und scrollte zu einer Nummer in ihrer Kontaktliste, ehe sie darüber nachdachte, wie spät es war oder wobei sie stören könnte. Nach dem zweiten Klingeln sprang die Mailbox an. Maggie lauschte Benjamin Platts sanfter, tiefer Stimme, die sie bat, eine Nachricht nach dem Piep zu hinterlassen.

»Hi, hier ist Maggie«, sagte sie. »Ich wollte mich nur nach meinen Jungs erkundigen. Wie es aussieht, hängen wir hier noch einige Tage fest. Ich versuche es später noch mal. Bye.«

War ihre Nachricht zu lässig? Zu kurz angebunden vielleicht? Immerhin galt sie einem Mann, mit dem sie vor wenigen Monaten glaubte, eine ernste Beziehung zu führen. Sie waren so schnell Freunde geworden, dass der nächste Schritt nur logisch, geradezu unvermeidlich erschienen war. Bis sie beide die Notbremse zogen. Nein, das stimmte nicht. Maggie hatte einen Rückzieher gemacht. Ben wollte etwas Dauerhaftes, eine Familie und Kinder. Maggie wusste, dass er noch sehr unter dem Verlust seiner kleinen Tochter litt, selbst wenn es fünf Jahre her war. Aber Maggie war nicht sicher, ob sie die Leere füllen konnte, die Allies Tod in Bens Herzen und in seinem Leben zurückgelassen hatte. Und sie war nicht sicher, ob sie Kinder wollte.

»Ich habe die letzten Cola lights ergattert«, sagte Tully, der mit zwei Getränkedosen in den Händen zurückkam. Aus seinen Jackentaschen lugten die Hälse von zwei Wasserflaschen.

Tully öffnete die Coladosen. Unterdes breitete Maggie Servietten aus und wickelte das Zellophan von den Sandwiches. Ihre täglichen Rituale folgten einem festen Rhythmus, ein Zeichen dafür, dass sie sehr viel Zeit gemeinsam verbrachten.

»Vergiss nicht, dein Antibiotikum zu nehmen«, sagte Maggie. »Und trink Wasser, viel Wasser.« Sie drehte den Verschluss einer Flasche auf und schob sie ihm hin.

»Eigentlich geht es mir heute schon viel besser.«

»Trotzdem musst du die Tabletten weiternehmen.«

»Ah, du hast also mit Gwen gesprochen.« Doch er zog trotzdem die Plastiktüte mit den Tabletten aus seiner Hosentasche. »Mir gefällt es überhaupt nicht, dass sie noch mal mit diesem Dodd redet. Egal wie sehr sie beteuert, dass er harmlos ist – mir ist nicht wohl dabei.«

»Otis ist der Einzige, der uns sagen kann, wer dieser Mörder ist.«

»Denkst du, dass er wirklich Jack heißt?«

»Unwahrscheinlich.« Sie biss in ihr Sandwich. Der Hilfssheriff hatte eine gute Wahl getroffen – Truthahn, Provolone und würziger Senf.

»Alonzo sagte, dass das Motorradfahrertreffen in Sturgis im August stattfand«, sagte Tully. »Sturgis in South Dakota ist ungefähr sechs bis sieben Stunden Fahrt von hier entfernt, über die I-29 nach Norden und dann die I-90 nach Westen. Laut Alonzo waren fast eine halbe Million Leute da. Unglaublich, nicht?«

Maggie schüttelte den Kopf. »August scheint mir zu lange her.« Sie zeigte auf seine Sandwichverpackung. »Willst du deine sauren Gurken nicht essen?«

»Nein, greif zu.« Er reichte ihr die Verpackung mit den Gurkenscheiben.

»Bloß weil er dabei war, muss Jack ihn nicht zwingend dort aufgegriffen haben.«

»Was denkst du, wie lange er schon tot ist?«

»Mit der Wolldecke ist das schwer zu sagen.«

»Er hat ihn nicht mal vergraben. Wird er nachlässig?«

Der Kriminaltechniker namens Ryan kam mit dem Metalleimer aus der Scheune. Der Gartentisch neben dem Haus war etwa dreißig Meter weiter. Als er Maggie sah, wies Ryan auf den Eimer und nickte energisch, bevor er zum mobilen Labor neben der Scheune ging.

»Was war das?«, fragte Tully.

»Ich hatte ihm gesagt, dass der Kopf von unserem Biker-Freund in dem Eimer sein könnte. Wie es aussieht, hatte ich recht.«

»Jack wird allmählich berechenbar.«

Maggies Handy bimmelte. Sie erkannte weder die Nummer noch die Vorwahl.

»Maggie O'Dell«, meldete sie sich.

»Miss O'Dell, hier ist Lieutenant Detective Lopez vom Riley County Police Department in Manhattan, Kansas. Können Sie mir bitte verraten, wer Sie sind und wie zur Hölle Ihre Telefonnummer in die Plastiktüte mit dem abgetrennten Finger eines vermissten Collegestudenten kommt?«

## 34

»Und wir dachten schon, diese Schnitzeljagd kann nicht noch bizarrer werden«, hatte Tully gesagt, als er sich mit Maggie wieder einmal auf den Weg machte.

»Es muss nicht unbedingt mit unserem Jack zu tun haben.«

»Mit deinem Jack«, korrigierte Tully.

Detective Lopez hatte nur wenig gesagt, wirkte jedoch ganz froh, dass Maggie ihm ihre Hilfe anbot. Ja, er hatte sogar erleichtert geklungen. Er hatte ihnen berichtet, dass ein neunzehnjähriger Collegestudent namens Ethan Ames immer noch vermisst wurde. Ein Suchtrupp hatte den Wald um den Rastplatz herum abgegrast, von dem er verschwunden war. Sein Freund Noah Waters, der bei ihm gewesen war, faselte angeblich nur wirres Zeug. Aber Detective Lopez glaubte, dass der Junge mit dem Verschwinden seines Freundes zu tun hatte, deshalb weigerte sich der Vater, ihn ohne Anwalt befragen zu lassen.

Lopez erklärte, dass Maggies Handynummer auf einem Stück Papier stand, das in einer verschließbaren Plastiktüte steckte. Ebenfalls in der Tüte war ein abgetrennter rechter Zeigefinger gewesen, von dem sie annahmen, dass er Ethan Ames gehört hatte. Die Plastiktüte hatten sie im Kofferraum bei der Durchsuchung des Wagens des Teenagers gefunden, den man vom Rastplatz abgeschleppt hatte.

Das Letzte, was der Detective zu Maggie gesagt hatte, bevor er das Telefonat beendete, war: »Ist das irgendein wahnsinniger Satanistenverein?«

Maggie und Tully hatten die Farm einem blutjungen FBI-Agenten aus Omaha und den Kriminaltechnikern überlassen und sich auf die fünf- bis sechsstündige Fahrt von Sioux City, Iowa, nach Manhattan in Kansas gemacht. Maggie hatte eine halbe Stunde zuvor das Steuer übernommen, als sie merkte, dass Tully müde wurde. Unterwegs hielten sie nur zwei Mal an: das erste Mal, um zu tanken und einen Kaffee zu trinken, das zweite Mal, um zur Toilette zu gehen und noch mehr Kaffee zu trinken. Und bei beiden Stopps hatte Maggie sich besonders aufmerksam umgesehen und gelauscht.

Es war spät. Die letzten 136 Meilen von Lincoln, Nebraska, fuhren sie nicht mehr auf der Interstate, sondern auf einer vierspurigen Schnellstraße, die schließlich in eine zweispurige überging. Viele kleine Ortschaften zwangen sie immer wieder, das Tempo zu drosseln. Zwischen ihnen lagen lange Strecken öder Landstraße, die einzig vom Mond und ihren Scheinwerfern beleuchtet waren und auf denen kaum Verkehr herrschte.

Als sie Manhattan erreichten und an dem Uni-Campus vorbeifuhren, waren sie völlig erschöpft.

Detective Lopez hatte ihnen zwei Zimmer in einem Holiday Inn gebucht. Dort sollten sie sich am nächsten Morgen mit ihm treffen. Da Ethan Ames immer noch vermisst wurde, hatte Creed zugesagt, am nächsten Tag zu ihnen zu stoßen. Grace war auch auf Bergungssuche trainiert, doch Creed bestand darauf, dass sie nach dem anstrengenden Tag ausruhte. Sie waren schon achtzehn Stunden bis Iowa unterwegs gewesen, und Creed hatte zugegeben, dass auch er dringend Schlaf brauchte. Aber er hatte versprochen, morgens sehr zeitig nach Manhattan nachzukommen.

Wie fertig sie beide waren, erkannte Maggie spätestens an Tullys hymnischer Reaktion auf ihre Hotelzimmer. Allerdings waren sie wirklich luxuriös, verglichen mit denen der letzten Wochen. Und das Beste war, dass sie zwei nebeneinanderliegende Zimmer am Flurende im zweiten Stock hatten.

Sie hatten sofort die Verbindungstür zwischen ihren Zimmern geöffnet, denn so wie sie geschnitten waren, boten die Zimmer selbst dann noch hinreichend Privatsphäre. Und Maggie und Tully konnten trotzdem miteinander reden und sich von einem Zimmer ins andere bewegen.

»Hier haben sie bis Mitternacht Zimmerservice«, sagte

Tully, der mit der Hotelspeisekarte und seinem Laptop in Maggies Zimmer kam.

»Jetzt ist es fast Mitternacht, Tully!« Sie begann, ihr Nachthemd und die Kulturtasche auszupacken.

»Na und? Wir hatten heute nur die Sandwiches, und das war vor beinahe zehn Stunden. Guck mal, der Zimmerservice bringt das Essen aus dem Houlihan's. Beim Einchecken hatte ich das Restaurant gleich neben der Lobby gesehen.«

Er legte die Karte auf ihr Bett, stellte seinen Laptop auf ihren Schreibtisch und fing an, auf das Keyboard einzutippen. Vielleicht waren benachbarte Zimmer doch keine solch glorreiche Idee. Sie hatten einen langen Tag vor sich, und Maggie war todmüde.

»Alonzo hat mir ein Satellitenbild von dem Rastplatz geschickt.«

Maggie guckte hinüber, als das Bild hochlud und den ganzen Monitor ausfüllte. Auf den letzten Meilen Fahrt hatte sie auf dem GPS ihres SUV gesehen, dass die Gegend hier zunehmend bergiger wurde, und sie hatte sogar hie und da Kalkfelsen bemerkt, die in der Dunkelheit aufragten. Ein Großteil der Landschaft aber war von immergrünen Sträuchern und Bäumen in voller Blüte bedeckt.

Als sie nicht reagierte, nahm Tully die Speisekarte wieder vom Bett und sagte: »Richtiges Essen, keine Raststätten-Burger oder Supermarkt-Sandwiches. Die haben hier Mini-Burger und sogenannte Hühnchen-Avocado-Frühlingsrollen.«

»Okay, jetzt bin ich ganz Ohr«, scherzte sie, blickte aber weiter auf den Computerbildschirm.

Offenbar lebte Tully noch einmal auf. Natürlich, denn sie war ja die letzten drei Stunden gefahren. Und nun waren sie hier, und Tully wollte allen Ernstes arbeiten.

»Lopez glaubt, dass diese beiden Teenager sich gegenseitig etwas angetan haben«, sagte Maggie. »Er denkt, dass es als Spiel angefangen hat und außer Kontrolle geriet.«

»Und einer schneidet dem anderen einen Finger ab?«

»Er hat mir erzählt, dass Manhattan eine Universitätsstadt ist und er schon schrägere Sachen gesehen hat.«

»Tja, das wird wohl auch keiner bestreiten. Jugendliche sind zu den dämlichsten und grausamsten Sachen imstande. Das ist mit ein Grund, weshalb ich Emma am liebsten in ihrem Zimmer einsperren würde, bis sie dreißig ist.«

Tullys Tochter war in ihrem ersten Semester am College. Seit sie vierzehn war, hatte Tully sie allein großgezogen, denn Emmas Mutter war keine große Hilfe gewesen.

»Er denkt, dass Noah schuldig sein muss, weil er nichts erzählen will.«

»Wohingegen du annimmst, dass sein Freund von unserem Kerl umgebracht wurde?«, fragte Tully.

Er tippte auf ein paar Tasten und zoomte das Bild von der Raststätte näher heran. Über Meilen hinweg wechselten sich dichter Wald und Felsvorsprünge um den kleinen Ziegelbau und die Parkplätze herum ab.

»Ein Jugendlicher wird vermisst«, sagte Tully. »Wahrscheinlich tot. Aber wir haben einen Überlebenden. Wir haben gesehen, wozu er fähig ist. Jemanden entkommen zu lassen passt nicht zu seinem Tatmuster. Es klingt schlicht falsch.«

»Wie erklären wir dann meine Handynummer?«

»Das wiederum klingt sehr wohl nach ihm. Also, was sagt dir dein Bauchgefühl?«

Maggie überlegte und rieb sich die Augen. Leider war es nicht besonders schwer, an ihre Handynummer zu gelangen. Es konnte ein simpler Streich sein, der nichts mit ihrem Autobahnmörder zu tun hatte. Doch seit Tully die Obsession dieses Täters mit der von Albert Stucky verglichen hatte, war sie doch ein bisschen ängstlich.

Wenn sie es genau bedachte, hatte der Kerl sie schon seit mindestens einem Monat im Visier. In Washington hatte er sie regelrecht gestalkt, und jetzt fuhren sie nach seinen Anweisungen kreuz und quer durchs Land. Er spielte mit ihnen, führte sie an der Nase herum und demonstrierte ihnen, zu welchen Taten er fähig war.

»Er ist es«, sagte Maggie schließlich. »Aber ich denke, diesmal hat er es versaut.«

»Wie das?«

»Noah Waters kann uns erzählen, wie er aussieht.«

# Donnerstag, 21. März

# 35

## *Manhattan, Kansas*

Noah wollte der Frau nicht in die Augen sehen, die ihm im Wohnzimmer seiner Eltern gegenübersaß. Detective Lopez hatte sie als Agentin O'Dell vom FBI vorgestellt, dann war er gegangen.

*O Gott – nicht das FBI!*

Vor lauter Panik bekam Noah kaum die Hälfte von dem mit, was der Detective sagte. Sein Herz raste.

Letzte Nacht hatte er nur wenig geschlafen. Oben in seinem alten Zimmer klapperten die Fenster, obwohl es nicht windig war. Einmal hätte er schwören können, etwas – oder jemanden – an der Fensterscheibe kratzen gehört zu haben. Sein Zimmer war im ersten Stock, und keiner der Bäume draußen stand nahe genug, dass die Äste bis zur Mauer oder der Fensterscheibe reichten. Vor allem aber war nichts so nahe davor, um die Schatten werfen zu können, die ihn geweckt hatten.

*Das ist nicht wahr.*

Es waren weder die Schatten noch das Kratzen gewesen, was ihn geweckt hatte. Es waren Ethans Schreie.

»Detective Lopez hat mir erzählt, was passiert ist«, sagte Agentin O'Dell.

Noah hätte fast gelacht. Seine Nerven lagen blank, und seine Gefühle kippten von einem Extrem ins andere. Aber es war schon witzig, denn wie hatte der Detective ihr irgendwas erzählen können, wo Noah ihm doch nichts erzählt hatte? Er sah die Frau an. Wollte sie ihn austricksen? Sie beobachtete ihn aufmerksam. Konnte sie ihm an der Nasenspitze ansehen, was er ihr unmöglich sagen durfte?

Sie war jünger als seine Mutter und erinnerte Noah an seine Englisch-Professorin. Miss Gilbert mochte er. Aber was würde sie von ihm denken, wenn sie herausfand, was er getan hatte?

»Wir brauchen deine Hilfe«, sagte sie. »Wir müssen deinen Freund Ethan finden.«

Er schüttelte den Kopf. Es würde nichts nützen, doch er sagte kein Wort.

»Auch wenn Ethan tot ist«, ergänzte sie, als hätte sie seine Gedanken gelesen.

Nun merkte Noah auf und starrte ihr direkt in die Augen, so lange er es aushielt. Dann wandte er den Blick ab und sah abwechselnd die Frau und das neue Bild an, das seine Mutter über dem Kamin aufgehängt hatte. Pferde. Wildpferde. Seine Mutter hatte ihr Zuhause mit Skulpturen und Gemälden dekoriert, von denen viele – wie ihm erst jetzt auffiel – fliehende Tiere oder Vögel darstellten.

»Detective Lopez glaubt anscheinend, dass Ethan und du eine Art satanistisches Ritual durchgeführt habt.«

Diesmal musste Noah lachen. Es war ein lautes, nervöses Lachen, das er rasch wieder abstellte. Der Irre, der Ethan und ihn überfiel, war ohne Zweifel so was wie ein Satan gewesen.

»*Was bist du bereit zu tun?*« Noah hörte immer noch seine Stimme. Er senkte den Kopf, sodass sein Kinn auf seiner Brust lag, und kämpfte gegen den Drang an, sich umzusehen.

*Denk nicht daran. Hör auf, daran zu denken. Ich verrate nichts. Ich schwöre, ich erzähle nichts!*

Zu spät. Er konnte Urin, Erbrochenes und Blut riechen. Der Geruch war so stark, dass Noah seine Hände hochhob, um nachzusehen, ob noch Blutflecken an ihnen waren. Ohne Vorwarnung hörte er Knochen brechen, das Reißen von Haut. Ihm wurde schlecht. Er schmeckte schon sein Erbrochenes.

*»Ein Biss, und ich lass dich gehen.«*

Noah begann zu würgen. Er warf der FBI-Frau einen Blick zu, ehe er ins nächste Bad stürmte.

## 36

Maggie wartete geduldig. Von ihrem Platz aus konnte sie Noah im Badezimmer würgen hören. Sie hatte noch nicht einmal mit der Befragung angefangen. Der Teenager erlebte offensichtlich einen posttraumatischen Schock.

Was Detective Lopez als Schuld gedeutet hatte, reichte viel tiefer und war um einiges verstörender. Er dachte, Noahs Schuldgefühle würden dessen unberechenbares und unkooperatives Verhalten auslösen. Maggie hingegen fragte sich, ob es weniger an dem lag, was Noah getan hatte, als an dem, was er gesehen hatte.

Bei seiner Rückkehr aus dem Bad wirkte er erstaunt, dass sie sich nicht vom Fleck gerührt hatte. Vor Scham wurde er rot, setzte sich aber wieder ihr gegenüber auf das Sofa.

Maggie hatte Tully überredet, sie den Jungen allein befragen zu lassen. Was er auch durchgemacht hatte, er verdiente eine behutsamere Herangehensweise als die von Detective Lopez. Andererseits rannte ihnen die Zeit davon. Über achtundvierzig Stunden waren vergangen. Falls die geringste Chance bestand, dass Ethan noch lebte, verlor er Blut. Das Zeitfenster schloss sich rapide. Falls Jack diese beiden Teenager vor zwei Nächten überfallen hatte, könnte er noch in der Gegend sein, aber sicher nicht mehr lange.

»Noah, ich möchte dir von einem Fall erzählen, an dem ich gerade arbeite.«

Er sah sie an und hielt den Blickkontakt. Maggie glaubte sogar, einen Anflug von Erleichterung wahrzunehmen, obwohl er nach wie vor misstrauisch war.

»Mein Partner und ich sind einem Serienmörder auf der Spur.«

Überraschung und Sorge. Offenbar war ihm bisher nicht der Gedanke gekommen, dass der Irre, der ihn angriff, ein Serientäter sein könnte.

»Wir wissen, dass er sich seine Opfer auf Rastplätzen an der Interstate und auf Autohöfen aussucht.«

Sie machte eine Pause, damit er das verarbeiten konnte, und behielt einen ruhigen, unaufgeregten Tonfall bei, während sie seine Mimik und seine Haltung studierte. Noah hatte die Hände in seinem Schoß. Vorhin hatte er die Finger immerfort geschlossen und wieder gespreizt. Nun war eine Hand zur Faust geballt, die er mit der anderen umfing.

»Wir glauben, dass er sie hinters Licht führt und ihre Schwächen ausnutzt. Zum Beispiel wenn jemand eine Panne oder kein Benzin mehr hat oder aus irgendeinem anderen Grund anhalten muss. In solchen Situationen neigen die Leute dazu, unvorsichtig zu sein. Sie sind müde, weil sie schon seit Stunden, womöglich seit Tagen unterwegs sind. Es ist spätabends, und sie wollen nur zur Toilette, eine Cola kaufen oder einen Snack, ehe sie weiterfahren. Wahrscheinlich haben Ethan und du auch deshalb angehalten, stimmt's?«

Er nickte. »Ethan musste pinkeln.« Für einen Moment wich sein Blick zu Seite. »Wir waren schon fast zu Hause.«

»Wart ihr auf dem Weg vom College nach Hause? Wegen der Semesterferien?«

Wieder nickte er.

»Wo studiert ihr?«

»University of Missouri.«

»Mizzou Tigers.«

Er schien freudig überrascht. Es war das erste aufrichtige Gefühl, das sie bei ihm sah.

»Richtig.«

»Ich liebe College-Fußball«, sagte Maggie. »Spielst du?«

»Nee.«

»Wolltest du nicht auf die Kansas State University?«

»Ich wollte weg von zu Hause.«

Dieser Satz klang nach einem völlig normalen Teenager, stellte Maggie fest.

»Dieser Mörder«, sagte Noah unvermittelt. »Wie viele Leute hat er umgebracht?«

»Bisher haben wir fünf Opfer gefunden«, antwortete Maggie ruhig. Sie hatte ihn zum Reden gebracht. »Aber wir wissen, dass es noch mehr sind.«

Seine Augen blitzten. Die Zahl erstaunte ihn eindeutig. Er runzelte die Stirn, als versuchte er, sich an etwas zu erinnern – oder vielleicht auch *nicht* zu erinnern. Detective

Lopez hatte ihnen erzählt, dass Noah nur Unterwäsche getragen hatte, als er gefunden worden war. Und er war voller Blut gewesen, von dem das meiste nicht von ihm stammte.

In einem Flüstern, das Maggie kaum verstehen konnte, fragte Noah: »Was hat er mit ihnen gemacht?«

Sie zögerte kurz und sagte: »Wahrscheinlich dasselbe, was er mit Ethan gemacht hat.«

## 37

### *Virginia*

Gwen behagte es ganz und gar nicht, wieder im Gefängnis zu sein. Diesmal hatte AD Kunze versucht, die von Demarcus angeordnete Sicherheitsprüfung abzukürzen. Demarcus wusste, dass er etwas hatte, was sie wollten, sonst wären sie nicht so schnell zurückgekommen. Er saß am längeren Hebel, was er bis zum Letzten auskostete. Folglich hatten Kunzes Bemühungen nur bewirkt, dass er ebenfalls ausgiebig betatscht wurde.

Bewusst hatte Gwen diesmal flachere Schuhe angezogen und trug auch heute eine Feinstrumpfhose unter ihrer Hose sowie ihren besten »Alte-Frauen-BH«, wie sie ihn nannte. Dennoch gelang es dem Wärter, sie äußerst unangemessen zu berühren, und der Mann tat nicht einmal so, als wäre es ein Versehen gewesen.

Sobald Otis ihr gegenübersaß – noch während der Wärter seine Handschellen am Bodenring befestigte –, bemerkte sie den Bluterguss an seiner linken Schläfe. Er sah frisch aus, war geschwollen, dunkelviolett und groß wie ein Golfball. Eventuell war er sogar noch größer, wurde jedoch teilweise von Otis' dichtem Backenbart verdeckt.

Sie wartete, bis der Wärter den Raum verlassen hatte.

»Woher haben Sie den Bluterguss?«

»Ach, das?« Otis lächelte untypisch breit und zeigte seine Zähne, was sein Signal war, dass er es nicht verraten würde. Er strich mit den Fingerspitzen über den blauen Fleck. »Das war bloß ein liebevoller Klaps.«

Gwen sah, wie seine Augen zu der Wand mit dem getönten Fenster huschten, hinter dem Kunze und Demarcus saßen und alles sahen und mithörten.

Hatte Demarcus einen Gefangenen geschlagen? Nein, das würde er wohl nicht selbst machen. Genau wie bei seinen Leibesvisitationen, würde er auch dafür einen seiner Männer damit beauftragen. Aber warum? Sie überlegte, was Otis das letzte Mal gesagt haben mochte, um eine derartige Vergeltung zu provozieren. Wobei es nicht zwingend mit ihrem Besuch zusammenhängen musste. Es konnte auch einen anderen Grund haben. Vielleicht eine Disziplinarmaßnahme, die durchaus berechtigt war.

»Ich hab gehofft, dass Sie wiederkommen«, sagte Otis.

Er beobachtete sie mit seinem üblichen schiefen Grinsen. Im Moment saß er zurückgelehnt und hatte die Arme verschränkt – oder zumindest seltsam überkreuzt, soweit es die Handschellen an der kurzen Kette erlaubten. Abermals erinnerte er Gwen an einen Teenager, der zu schnell gewachsen war, sich unwohl in seiner Haut fühlte und nicht wusste, was er mit seinen Händen anfangen sollte.

Dann, ohne auf eine Reaktion von ihr zu warten, sagte er: »Sie haben was gefunden.« Das war eine Feststellung, keine Frage.

»Ja.« Etwas anderes zu behaupten wäre albern gewesen.

»Und jetzt glauben Sie mir.« Seine Zunge schnellte heraus und über seine Lippen. Er war zufrieden.

»Ja.«

Ein Strahlen ging über sein Gesicht wie bei einem kleinen Jungen am Weihnachtsabend. Ja, er war sogar so zufrieden, dass sein Lächeln bis zu den Krähenfüßen in seinen Augenwinkeln reichte.

»Ich hoffe«, fuhr sie bewusst langsam fort, »dass Sie mir mehr von dem erzählen, was Jack Ihnen gesagt hat.«

»Ach, ich weiß nicht«, sagte er, neigte den Kopf zur Seite und betrachtete sie, als wollte er ihre Körpersprache lesen. Er traute ihr nach wie vor nicht. »Wieso sollte ich?«

Diese Frage hatte sie sich auch schon gestellt. Warum sollte er mehr verraten wollen? Falls er auf einen Deal aus war, um seine Haftzeit zu verkürzen oder irgendwelche Privilegien zu bekommen, hätte er das schon letzten Monat zur Sprache gebracht, als er den Fundort des Opfers verriet, das orangefarbene Socken trug und in einem Abwasserrohr steckte.

Gwen vermutete, dass Otis ihr und dem Reporter schlicht deshalb von Jacks Geschichten berichtete, weil er die Aufmerksamkeit genoss. Und er hatte zugegeben, dass er »auf Macht stand«. Ihr war bekannt, dass Brandstifter, zumal Serienbrandstifter wie Otis, nicht bloß Feuer legten, um mit der Zerstörung ihre Macht zu beweisen. Die Aufmerksamkeit, die sie dadurch gewannen, war ihnen genauso wichtig. Doch nun guckte er sie erwartungsvoll an. Anscheinend wollte er etwas Konkretes von ihr.

»Je nachdem, was Sie mir noch anbieten können«, sagte sie, »wäre ich eventuell bereit, persönlich vor Ihrem Bewährungsausschuss zu bezeugen, wie sehr Sie uns geholfen haben.«

Sie besaß keinerlei Befugnis, solch ein Angebot zu machen. Entsprechend konnte sie sich lebhaft vorstellen, wie Kunze nebenan aufsprang und die schallgeschützte Glaswand anschrie. Doch ganz gleich, welche Folgen dies hier für sie haben mochte, es hatte sich gelohnt. Das erkannte Gwen sofort.

In Otis' Gesicht spiegelte sich für einen Augenblick eine derart starke Emotion wider, dass er sie nicht einmal hinter seinem blöden Grinsen verstecken konnte. Gwen hatte längst begriffen, dass es sich bei dem Grinsen um einen Bewältigungsmechanismus handelte: seine Art, emotionale Regungen zu überspielen, selbst wenn sie weder zu seinen Worten noch seiner Stimmung passten. Doch diesmal blitzten seine Augen ungläubig, das Lächeln erstarb, die Fassade bröckelte – wenn auch höchstens für ein paar Sekunden. Und dieser momentane Lapsus verriet Gwen, dass Otis P. Dodd erstaunt war. »Baff« wäre wohl die treffendere Bezeichnung. Er konnte nicht glauben, dass sie ihm ernsthaft anbot, ein gutes Wort für ihn einzulegen.

»Das würden Sie tun?« Da war das Lächeln wieder, zusammen mit dem Hervorschnellen der Zungenspitze.

Er setzte sich auf und lehnte sich ein klein wenig vor. Vertrauen war etwas überaus Heikles, Fragiles, schwer zu verdienen und noch schwerer wiederherzustellen, wenn es einmal beschädigt war.

»Falls Sie uns Informationen geben, die uns helfen, Jack zu finden, ja, dann würde ich das tun.«

»Jack finden?«

Er rutschte auf seinem Stuhl zurück. Damit hatte er wohl nicht gerechnet, und er schüttelte den Kopf, als hätte Gwen ihn gerade k. o. geschlagen.

So viel zum Vertrauen. Sie hatte es erschüttert, noch ehe sie es gewinnen konnte.

»Vielleicht können Sie uns helfen, ihn zu verstehen. Also mehr über ihn zu erfahren und warum er tut, was er tut.«

Merkte er, wie angestrengt sie zurückruderte? Wenn das FBI jemanden wollte, der gut darin war, sich bei Kriminellen einzuschleimen, hätten sie lieber einen Verhandlungsführer für Geiselnahmen anheuern sollen. Gwen hatte noch nie von sich behauptet, sich in die Köpfe von Kriminellen versetzen zu können, obwohl sie ihr Denken studierte und zu verstehen versuchte.

»Vielleicht erzähle ich Ihnen was von Jack, weil ich es nett finde, dass Sie mich besuchen. Und weil ich finde, dass Sie hübsch sind.«

Nun war sie verblüfft. Hierauf war sie nicht gefasst gewesen. Dieses Gespräch wurde zu einem mentalen Duell, und Otis war, so ungebildet er sein mochte, kein Blödmann.

»Mögen Sie ältere Frauen?« Sie stieß ein Lachen aus, als dachte sie, dass er sie auf den Arm nahm.

»Aber echt jetzt, Sie sind doch nicht ›älter‹. Gerade alt genug für mich.«

Das klang süß und charmant. Überdies bestätigte es Gwens Bild von ihm als einem Teenager. Otis' Hals rötete sich sogar.

»Erzählen Sie mir von Ihrer Begegnung mit Jack. Sie haben gesagt, dass Sie einen Abend lang mit ihm getrunken haben. Das klingt für mich, als hätten Sie ihn ein bisschen näher kennengelernt.«

Otis beugte sich vor. War er endlich bereit, ihr zu vertrauen?

»Schon komisch, das mit Jack. Wenn man gerade denkt, dass man ihn langsam kennenlernt und so, kapiert man, dass man Jack eigentlich überhaupt nicht kennt. Ich glaube, keiner kennt Jack.«

»Aber er hat Ihnen einiges erzählt.«

»Ja, das stimmt. Er hat mir alles Mögliche erzählt.«

»Was glauben Sie, warum er das getan hat?«

»Ach, keine Ahnung«, sagte Otis, war aber weder verärgert noch defensiv. Er lehnte sich zurück und suchte mal wieder die Zimmerdecke nach Antworten ab. »Der dachte wohl, dass ich und er was gemeinsam haben oder so. Wir sind ja beide als Jungs ziemlich beschissen dran gewesen.«

»Hat er Ihnen von seiner Kindheit erzählt?«

»Nee, da redet er nicht gerne drüber. Das hab ich gleich gemerkt. Dass da was war, verstehen Sie? Jack hat gesehen, dass ich und er nicht wie normale Leute sind.«

»Was ist schon normal? Weiß das irgendjemand?«

Otis kicherte, und es klang nach einem ehrlichen Kichern. Gwen hätte eigentlich zufrieden damit sein sollen, dass sie ihn zum Lachen gebracht hatte. Dann blinzelte er sie an, als müsste er überlegen, ob es ihr ernst war oder sie mit ihm spielte.

»Was das auch ist, ich werd's bestimmt nicht mehr«, sagte er.

Sie blickte ihm in die Augen. Dieser Mann war alles andere als geistig zurückgeblieben. Dazu beherrschte er es viel zu gut, mit einer simplen Bemerkung ziemlich tief zu schürfen.

Gwen zuckte mit den Schultern, um ihn zu ermuntern, mehr zu sagen. Sie sah ihm an, dass er es wollte.

»Und Jack?«

»Oh, der ist ganz bestimmt nicht normal!« Er lachte wieder, nur klang es diesmal nicht freudig oder echt. Es hörte sich eher nervös und gezwungen an.

»Was bringt ihn dazu, Leute zu ermorden?«

Otis hob beide Schultern, dass sie an seine riesigen Ohrläppchen reichten, was eine recht übertriebene Geste war. Also wusste er viel mehr, als er zu erzählen bereit war.

»Na, ich denk mal, das müssen Sie Jack fragen. Aber es scheint ihm ziemlich viel Spaß zu machen.«

»Hat er Ihnen das gesagt?«

Wieder ein Schulterzucken. »Ich denk mal, er mag die Herausforderung oder so. Er studiert sie.«

»Indem er sie tötet?«

Otis beobachtete sie. Seine Zungenspitze schnellte aus dem Mundwinkel. Gwen war sich inzwischen sicher, dass es sich um einen nervösen Tick handelte, der immer dann auftrat, wenn er entscheiden musste, ob er etwas preisgeben durfte, was ihm augenscheinlich auf der Zunge lag.

»Na ja, es ist ja nicht bloß das Töten.« Seine Stimme war so leise, dass Gwen sich unweigerlich über den Tisch beugte, um ihn besser hören zu können.

Otis zögerte. Entweder suchte er nach den richtigen Worten oder war nicht sicher, ob er es überhaupt sagen wollte. Das konnte Gwen nicht erkennen.

»Er hat gesagt, dass er gerne guckt, aus was für'm Holz die geschnitzt sind, ja? Was die alles machen würden, zu was die bereit sind, damit sie am Leben bleiben. Was sie ihm erzählen und was nicht, nur damit er sie nicht umbringt.«

Er brach ab und blickte erneut für einen Moment an die Decke, bevor er Gwen wieder ansah.

»Und er sagt, dass er gerne – ach, keine Ahnung – dass er gerne fühlt, woraus sie gemacht sind. Ihre Haut, ihr Blut, solche Sachen. Ihm macht das richtig Spaß, sie zu verletzen. Einen Menschen aufzuschneiden ist eigentlich nicht anders, als ein Schwein zu schlachten.« Noch eine Pause, in der er allerdings Gwens Reaktion beobachtete. »Wenigstens hat er das gesagt.«

Der Raum fühlte sich heiß an. Gwens Bluse klebte an ihrem Rücken. Sie widerstand dem Drang, sich über die Stirn zu wischen. Otis sollte nicht sehen, dass ihr unwohl war. Dass sie schwitzte. Sie hatte ihren Auftrag vergessen. Irgendwie waren sie vom Thema abgekommen. Das hier interessierte eigentlich gar nicht. Sie musste sich darauf konzentrieren, ihm die Informationen zu entlocken, wegen der sie hergekommen war.

»Es ist über ein Jahr her, seit Sie mit Jack gesprochen haben. Glauben Sie, dass Sie ihn wiedererkennen würden?«

»Weiß nicht. Er sieht ziemlich durchschnittlich aus.«

»Hat er Ihnen erzählt, wo er wohnt oder arbeitet?«

Otis' Grinsen wurde breiter, doch zugleich verzog er das Gesicht und schüttelte den Kopf. Er wusste genau, was sie vorhatte, und er spielte nicht mit.

»Sie haben eins seiner Leichenverstecke gefunden«, sagte er, als würde der Fund noch viel mehr bedeuten.

»Wohnt er in der Nähe?«

Immer noch Kopfschütteln. Gwen war nicht sicher, ob es »Nein« bedeutete oder er einfach nicht glauben konnte, dass sie das tatsächlich fragte.

»Ich kann Ihnen Jack nicht ausliefern.«

Gwen unterdrückte ein Seufzen und rückte auf ihrem Stuhl hin und her. Dies hier war pure Zeitvergeudung.

»Aber ich kann Ihnen noch eins von seinen Verstecken verraten.«

»Gibt es tatsächlich noch eines?«

»O ja. Mehrere.«

Gwen ermahnte sich mitzuspielen, denn alles, was er bisher erzählt hatte, war die Wahrheit gewesen.

»Okay.« Sie nickte.

»Aber diesmal will ich was dafür. Ich will mitkommen und Ihnen die Stelle zeigen.«

»Wie bitte?«

»Ich sage gar nichts mehr, wenn ich nicht mitkommen darf.«

Es war kein Bluff, denn er schob seinen Stuhl nach hinten und stand so weit auf, wie er es mit den Handschellen konnte. Für ihn war das Gespräch beendet.

»Otis, ich weiß nicht, ob ich das durchsetzen kann.«

Der Wärter kam herein, und Otis hielt ihm seine Hände hin.

»Sagen Sie mir Bescheid. Ich warte. Sie wissen ja, wo ich bin.«

# 38

*Manhattan, Kansas*

»Er hat Angst«, sagte Maggie zu Detective Lopez und Tully.

»Dass dieser angebliche Irre wiederkommt und ihn holt?« Lopez glaubte ihr nicht. »Warum gibt er uns dann keine Beschreibung von ihm? Warum erzählt er uns nicht, wo wir seinen Freund finden?«

»Dieser Mörder ist nicht nur souverän und effizient, er ist ...« Tully suchte nach dem passenden Wort. »Er ist, gelinde gesagt, brutal.«

Lopez schüttelte den Kopf.

Sie warteten auf dem Rastplatz auf Ryder Creed und Grace. Lopez hatte zwei uniformierte Helfer mitgebracht, aber darauf hingewiesen, dass er tags zuvor das Waldgebiet von einem Dutzend Männer zehn Stunden lang hatte absuchen lassen. Sie hatten nichts gefunden, das ihnen irgendwie weiterhelfen konnte.

»Außerdem ist Pilzsaison«, sagte Lopez.

»Pilzsaison?«, fragte Maggie und sah Tully an. Der hatte offenbar auch keinen Schimmer, was damit gemeint war.

»Sowie der Judasbaum blüht, schießen die Wildpilze aus dem Boden«, erklärte Lopez. »Die sind eine Delikatesse und sehr begehrt. Was bedeutet, dass eine Menge Leute in diesen Hügeln und Wäldern unterwegs sind. Keiner hat einen verirrten Teenager gemeldet. Auch keine Leiche. Wissen Sie, was ich denke? Ich denke, dass Noah Waters zu Recht Angst hat. Ich denke, er hat Angst, dass ich ihn in den Knast stecke. Sie sagen, der Mörder, nach dem Sie beide suchen, ist souverän und effizient? Dann war es ja ganz schön schlampig, dass er eines seiner Opfer laufen gelassen hat. Dieser Fall hat nichts mit Ihrem Typen zu tun.«

»Glauben Sie immer noch, dass Noah seinem Freund etwas getan hat?«

»Ja, verdammt! Warum sonst kotzt der Junge jedes Mal, wenn wir über Einzelheiten reden wollen? Vielleicht kann er nicht mal selbst glauben, was er getan hat. Ich habe genug Schuldige gesehen, um zu wissen, dass Noah Waters schuldig ist.«

»Und was hat er mit Ethan gemacht?«, fragte Tully.

Der Detective zog eine Schulter hoch. »Ich habe die Krankenhäuser im 100-Meilen-Radius überprüft. Nur für den Fall, dass jemand ihn gefunden und eingeliefert hat. Seine Eltern haben sämtliche Freunde von ihm angerufen. Er ist zur Fahndung ausgeschrieben. Falls er verwundet ist, redet er vielleicht wirr. Ein Fernfahrer könnte ihn mitgenommen haben. Dann ist er vielleicht inzwischen schon in einem anderen Bundesstaat.«

Maggie sah Lopez genauer an: Mitte bis Ende vierzig, militärischer Kurzhaarschnitt, nicht besonders groß, kräftig gebaut, Augenbrauen, die immerzu sorgenvoll zusammengezogen waren. Er gab sich seriös, erfahren, hart im Nehmen. Vor allem aber glaubte er weder ihr noch Tully, dass dieser Fall mit ihrer Jagd nach dem Serienmörder zusammenhängen könnte. Maggie konnte sich nicht entscheiden, ob er wirklich glaubte, dass Ethan noch am Leben war, oder es nur glauben wollte.

»Aber Ihre Leute haben das Messer gefunden?«, fragte Tully, der den Skeptiker mimte.

»Welches Messer?«

»Sie haben einen abgetrennten Finger«, antwortete Tully. »Und Sie haben nicht nach der Waffe gesucht, mit der er abgetrennt wurde?«

Nun verschlug es Lopez zum ersten Mal die Sprache.

Im selben Moment, in dem Creeds Jeep an der Auffahrt von der Interstate erschien, bemerkte Maggie einen Müllwagen, dessen Hydraulikbremsen zischten. Der Wagen hatte den Müll am anderen Ende des Parkplatzes eingesammelt und war auf dem Weg zur Abfahrt auf die Interstate.

Maggie drehte sich zu Lopez und fragte: »Haben Ihre Männer die Mülltonnen nicht überprüft?«

»Meine Männer waren mit der Suche nach Ethan beschäftigt«, antwortete er genervt.

»Wie oft wird hier der Müll abgeholt?«

»Was? Einmal die Woche vielleicht. Keine Ahnung.«

Maggie bedeutete Tully, ihr die Autoschlüssel zu geben.

»Wir müssen diesen Wagen aufhalten.«

»Ich mach das schon«, rief Tully und lief zu ihrem Mietwagen.

Der SUV parkte auf der anderen Seite, sodass Tully den ganzen Weg hinunter zum Parkplatz für die Pkws rennen musste.

Maggie schätzte die Entfernung ab. Der Müllwagen rülpste Dieselabgase aus. Tully würde es nie rechtzeitig schaffen. Kurz entschlossen sprintete Maggie über den Rasen und den Gehweg, wo sie anderen Reisenden ausweichen musste. Durch die Bäume konnte sie die Straße sehen, die um den Rastplatz herumführte. Der Lkw musste dort entlangfahren, um zur Interstate zu gelangen. Maggie konnte den Weg abkürzen, indem sie zwischen den

Bäumen hindurchlief, die den kleinen Ziegelsteinbau umgaben. Sie rannte in einer Diagonalen, so schnell sie konnte. Der Müllwagen hatte es nicht mehr weit zur Rampe, und sie musste ihn vorher abfangen.

Wie sie ihn zum Halten bringen wollte, überlegte sie erst gar nicht.

Als sie die Straße erreichte, zog sie ihre Dienstmarke und schwenkte sie. Doch sie war auf der falschen Seite und zu nahe, als dass der Fahrer sie hätte sehen können. Der Müllwagen beschleunigte und Maggie ebenfalls.

Sie raste vorwärts und überholte den Wagen, bis sie ein gutes Stück vor ihm war. Dann sprang sie mitten auf die Straße und winkte mit ihrer Marke. Das Getriebe rumste und ächzte, die Hydraulikbremsen kreischten. Einen guten Meter vor Maggie kam der Wagen zum Stehen, so nahe, dass Maggie nichts außer Müll roch.

»Heiliger Kuhmist!«, brüllte der Fahrer, als er den Kopf aus dem Seitenfenster reckte. »Was haben Sie denn für'n Problem?«

»FBI. Wir müssen uns Ihren Müll ansehen.«

## 39

Creed beobachtete alles von seinem Jeep aus. Er hatte gerade eingeparkt, als er sah, wie Maggie vor den Müllwagen hechtete. Jetzt schüttelte er lächelnd den Kopf. Sogar Grace war hinter ihm auf die Mittelkonsole gestiegen, wedelte mit dem Schwanz und reckte den Kopf.

»Hör schon auf«, sagte er zu der Hündin. »Ich weiß ja, dass du sie magst.«

Arbeitskolleginnen waren tabu. Im Gegensatz zu dem, was Hannah von ihm denken mochte, hatte er sehr wohl klare Regeln. Aber bei dieser Frau funkte es einfach bei ihm, verdammt. Er hätte nach Hause fahren sollen. Er war nicht gerade begeistert davon, Grace eine weitere anstrengende Suche auf völlig anderem Terrain zuzumuten und sie in so kurzem Abstand von einer Leichensuche auf eine Bergung umschalten zu lassen. Natürlich würde sie es schaffen, und sicher würde sie auch wollen. Dennoch störte Creed, dass der einzige Grund, aus dem er so prompt zugestimmt hatte, der war, dass er so mehr Zeit mit Maggie O'Dell verbringen konnte. Das war nicht sein Stil. Er vermischte nie Arbeit und Vergnügen.

Immerhin hatte er sich einige Mühe gegeben, beide Bereiche strikt zu trennen. Oft wussten die Frauen, mit denen er schlief, nicht einmal, womit er seinen Lebensunterhalt verdiente. Und normalerweise war es ihnen auch egal. So sollte es tunlichst bleiben. Seine Arbeit konnte zu viele Gefühle, zu viele Erinnerungen auslösen. Es war kompliziert, keine Frage, aber er hatte längst gelernt, sein Privatleben klar von seinem Job abzugrenzen.

Seine Freundinnen verstanden das. Nein, das stimmte nicht. Sie verstanden es nicht. Sie akzeptierten es lediglich.

Nachdem Maggie den Müllwagen angehalten hatte, sah es aus, als würde sie ihren Fang ein paar uniformierten Polizisten überlassen. Bevor Creed begriff, dass die Officer zu Maggie gehörten, wirkte es fast so, als ob sie sie verhaften und wegbringen wollten. Nun dirigierten sie den

Müllwagen zurück, wobei sie zunächst zwei Autos und einen Sattelschlepper dahinter umleiten mussten.

Was für ein Chaos, dachte Creed. Eigentlich hätte die örtliche Polizei früher auf die Idee kommen müssen, den Müll zu kontrollieren. Er tätschelte Graces Kopf und sagte: »Noch mehr Amateure, Grace. Gott stehe uns bei.«

Sein Handy klingelte. Er wollte es schon ausschalten, als er einen Blick auf das Display warf, um zu sehen, wer anrief.

»Fehle ich dir?«, fragte er.

»Und wie«, antwortete Hannah sofort. »Welchen Teil von ›melde dich bitte bei mir‹ hast du nicht verstanden?«

»Nanu, ich erinnere mich an gar kein ›Bitte‹.«

»Ist alles okay?«

Sie war immer noch besorgt um ihn. Das hörte er an ihrer Stimme, und es behagte ihm nicht. Er könnte ihr sagen, dass er seit Sonntag nichts getrunken hatte, doch er wusste, dass sie in dieser Hinsicht keinen Bericht erwartete.

»Grace war fantastisch wie immer.« Halte dich an das Wesentliche, sagte er sich.

Bei der Erwähnung ihres Namens leckte die Hündin ihm die Hand ab, blickte jedoch weiter nach draußen.

»War es schlimm?«

»Grace hat sechsmal angeschlagen.«

»Heilige Maria Mutter Gottes.«

Creed grinste. Er konnte Hannah richtig vor sich sehen, wie sie sich bekreuzigte. Wie sie es fertigbrachte, sich bei all dem Bösen, das sie Woche für Woche sahen, ihren Glauben zu bewahren, war ihm schleierhaft. Und er bewunderte sie maßlos dafür.

»Zwei Leichen. Was sie an den anderen Stellen gefunden haben, wissen wir nicht, denn wir sind vorher weg. Bei mehreren Stellen im Wald könnte es sich um einen einzigen Leichnam handeln, der in der Gegend verteilt wurde.«

»Dann bist du jetzt auf dem Rückweg?«

»Nicht direkt.«

Er erzählte ihr von dem vermissten Teenager und dem möglichen Zusammenhang. Hannah reagierte geschäftsmäßig und sagte, sie würde Agent Alonzo anrufen, damit er ihnen einen offiziellen Auftrag gab.

»Du würdest einfach losziehen und suchen, ohne überhaupt an dein Honorar zu denken, stimmt's?«

»Tja, deshalb habe ich ja dich.«

»Da ist doch was im Busch«, sagte sie plötzlich. »Ich kann es an deinem Tonfall hören.«

»Was meinst du?«

»Fünf, möglicherweise sechs Leichen, und du klingst – fröhlich.«

»Fröhlich? Also das musste ich mir bisher noch nie vorwerfen lassen.«

»Ich weiß, dass es lächerlich ist. Und, was ist los?«

Creed sah zu Maggie O'Dell hinüber. »Sei nicht albern, Hannah. Ich versichere dir, dass ich genauso mies drauf bin wie eh und je.«

# 40

Maggie beobachtete Creed, der Grace eine leuchtend gelbe Weste und ein Geschirr mit Leine überzog. Das felsige Terrain hier in Kansas sah viel gefährlicher aus als die bewaldeten Hänge um die Farm in Iowa, daher verstand Maggie nicht, warum er ihr jetzt ein Geschirr anlegte.

»Das ist ihr Such- und Bergungsgeschirr«, erklärte er, als er den Rucksack auf seine Schultern schwang. Als Nächstes befestigte er eine Wasserflasche und eine faltbare Trinkschale für Grace an seinem Gürtel.

»Normalerweise trainiere ich Hunde nicht für unterschiedliche Sucharbeiten. Grace ist da eine Ausnahme. Aber wenn ich will, dass sie von einer Sucharbeit zu einer anderen wechselt, braucht sie das entsprechende Signal. Ich benutze auch andere Kommandos, doch das Geschirr bereitet sie darauf vor.«

»Sie haben gesagt, dass es sicherer ist, wenn sie kein Geschirr trägt, mit dem sie sich in Gestrüpp oder so verfangen kann. Die Gegend hier sieht aus, als könnte das eher passieren als auf der Farm.«

»Stimmt. Deshalb behalte ich sie an der Leine. Hier kann ich sie so oder so nicht frei laufen lassen.«

Er war startbereit, zögerte aber noch und sah Maggie an.

»Ist alles in Ordnung?«, fragte er und nickte hinüber zu Detective Lopez und Tully. Die beiden waren über eine Karte gebeugt, die auf der Motorhaube von Lopez' Wagen ausgebreitet war. »Die hiesige Polizei scheint nicht gerade begeistert von unserer Gesellschaft zu sein.«

»Das ist es nicht.« Maggie war nicht sicher, was Lopez für ein Problem hatte. Gestern am Telefon hatte er erleichtert geklungen, dass die Nummer auf dem gefundenen Zettel einem FBI-Agenten gehörte. »Er glaubt nicht, dass unser Highway-Mörder mit diesem Fall zu tun hat. Er denkt, die Jungen haben irgendein abgedrehtes Spiel veranstaltet, das eskaliert ist.«

»Ockhams Rasiermesser.«

Maggie guckte ihn verwundert an.

»Die einfachste Erklärung ist oft die richtige«, sagte Creed grinsend. »Denken Sie, nur weil ich einen Hund anstelle einer Waffe benutze, kenne ich mich nicht aus?«

»Nein, gar nicht!«, widersprach sie hastig, womit sie sich leider erst recht entlarvte. Maggie fühlte, wie sie vor Verlegenheit rot wurde, und wollte sich wegdrehen. »Ich weiß, dass Sie sich auskennen.«

Das brachte ihn zum Lächeln. Er rieb sich mit dem Handrücken übers Kinn, als wollte er sein Lächeln fortwischen oder es daran hindern, sich über sein ganzes Gesicht auszubreiten. Bei dieser kleinen Geste wurde Maggie bewusst, wie froh sie war, ihn hier zu haben. Das wiederum verwirrte sie.

»Und wie erklärt er sich Ihre Telefonnummer?«, lenkte Creed sie zum Eigentlichen zurück.

»Kann er nicht. Er denkt auch, dass der Teenager, nach dem wir suchen, noch am Leben sein könnte.«

»Deshalb ja das Bergungsgeschirr.« Creed wies auf Graces neue Uniform.

»Und das könnte ein Fehler sein.«

»Weil Sie glauben, dass er tot ist?«

»Ja.«

»Gut, dass Grace und ich das jetzt auch wissen.«

»Entschuldigen Sie. Mir war das nicht klar, bis Sie ihr

das Geschirr anlegten. Wenn Sie Grace befehlen, nach einem lebendigen Menschen zu suchen, wird sie dann trotzdem bei seiner Leiche anschlagen?«

»Seit wann wird er vermisst? Seit vierundzwanzig Stunden?«

»Eher seit achtundvierzig.«

Creed sah aus, als würde er im Kopf nachrechnen. Er rieb sich die rechte Schläfe und blickte zu der Stelle hinter dem Rastplatz, an der sie ihre Suche beginnen sollten.

»Sie wissen, dass ihm ein Finger abgeschnitten wurde, stimmt's?«

»Ja.«

»Und der überlebende Junge ...«

»Noah«, sagte Maggie.

»Er war voller Blut, als er gefunden wurde?«

»Ja, und das meiste war nicht von ihm.«

»Es ist kalt. Selbst wenn die Leiche zerteilt wurde, kann die Verwesung noch nicht richtig eingesetzt haben. So viel Blut, noch keine achtundvierzig Stunden alt, ja, das riecht sie.« Dann bückte er sich und klopfte Grace sanft auf den Kopf. »Nicht wahr, Grace?«

## 41

Creed war nicht wohl dabei.

Sie suchten noch keine halbe Stunde, und schon führte ihn Grace hinauf in die Kalkfelsen hinter dem Rastplatz. Der erdige Untergrund wich bröckeligem Geröll. Aus den

Felsritzen und Spalten wuchsen Grasbüschel, Wildblumen, winzige Kiefern und kurze Judasbäume mit lila Blüten. Und der Wind frischte auf.

Je weiter sie sich vom Rastplatz entfernten und je höher sie stiegen, umso felsiger wurde das Gelände. Grace kannte solch ein Terrain nicht, und Creed begann, an seinem Urteilsvermögen zu zweifeln. Aber die Hündin reckte schon ihre Nase in die Luft und atmete schneller. Beides waren Anzeichen, dass sie Witterung aufgenommen hatte.

Maggie, Tully und Detective Lopez folgten ihnen. Creed hatte ihnen gesagt, sie sollten zehn Schritte Abstand wahren, und vor einigen Minuten hatte er sie gebeten, möglichst wenig zu sprechen. Er hörte Lopez etwas grummeln, doch das kümmerte ihn nicht, solange der Mann seinen Mund hielt. Bis dahin hatte sich der Detective nicht verkneifen können, Creed alle drei Minuten darauf hinzuweisen, dass seine Männer alle diese Wege schon abgesucht hatten. Und angeblich hatten sie gestern nichts finden können, weshalb es Zeitverschwendung war, die Strecke heute noch einmal abzuwandern.

Creed staunte, dass Grace schon jetzt etwas roch. Er konnte nirgends rostrote Verfärbungen sehen, obwohl auf dem hellen Kalkstein Blutspuren sofort ins Auge fallen würden. Er achtete auf die Pflanzen, ob irgendwo Zweige abgebrochen waren oder sich Stofffetzen oder Fäden im Gestrüpp verfangen hatten.

Auf einmal blieb Grace stehen. Creed hob eine Hand, damit die anderen anhielten. Dann ließ er Grace Sitz machen. Sie gehorchte widerwillig und wedelte aufgeregt mit dem Schwanz. Creed trat einige Schritte vor, ging in die Hocke und betrachtete den dornigen Zweig einer

Rankpflanze auf dem Felsen. Er berührte den Zweig und riss sofort die Hand zurück. Die Dornen waren sehr viel spitzer, als sie aussahen, und Creed saugte das Blut von seinem Finger.

»Was ist da?«, fragte Maggie.

Er winkte die anderen zu sich, während er Grace befahl, sitzen zu bleiben. Dann beugte er sich weiter nach unten, bis er sich mit einem Ellenbogen aufstützen konnte.

»Diese Rankpflanze verläuft quer über den Weg.«

»Wow! Das hätten wir ohne Ihre Hilfe nie rausgekriegt!«

Creed ignorierte den Sarkasmus des Detective. Vorsichtig fasste er den Zweig zwischen zwei Dornen und hob ihn ein wenig an.

»Es sieht aus, als wäre er von dort drüben gelöst und über den Weg geworfen worden.«

»Absichtlich?«, fragte Maggie.

Creed war sich nicht sicher, aber seitlich vom Weg stand der zu dem Zweig gehörende Busch und rankte in das umliegende Gestrüpp, nicht jedoch über den Felsen. Noch dazu beschrieb dieser Zweig eine Schleife quer über den Weg, was nicht natürlich aussah.

»Noah war barfuß, nicht?«

»Ja, und seine Füße waren übel zugerichtet«, sagte Lopez.

Creed ging in die Hocke, sah zu Tully auf und zeigte auf mehrere ineinander verhakte Rankenzweige. »Ich glaube, da sind Blut und Hautfetzen dran.«

Vorhin hatte er gesehen, wie Agent Tully Latexhandschuhe und Beweismitteltüten eingesteckt hatte. Nun zog er eine Tüte und ein Paar Handschuhe heraus und bückte sich über die Stelle, auf die Creed gezeigt hatte.

»Das könnte alles Mögliche sein«, sagte Lopez. Trotzdem kam er näher und beugte sich neugierig vor, als Tully einen Teil der Ranke abknipste und eintütete.

»Falls hier Spuren von beiden Jungen sind, könnte Grace unter Umständen zwei verschiedenen Witterungen folgen«, erklärte Creed.

»Einer von einem lebenden Menschen und einer anderen«, sagte Maggie, als hätte sie seine Gedanken gelesen.

Er nickte. »Das kann verwirrend für sie sein.« Er sah zu Lopez. Wie Maggie gesagt hatte, glaubte der Detective nicht, dass der vermisste Junge tot war. Er starrte auf die Weinranke und fragte sich wahrscheinlich, wie seine Männer die gestern übersehen konnten.

Unterdes saß Grace ungeduldig neben ihm und schleuderte mit ihrem wedelnden Schwanz kleine Kiesel zur Seite. Sie konnte es nicht erwarten, weiterzuarbeiten, und schnupperte aufgeregt, obwohl Creed sie zu einer Pause verdonnert hatte.

»Okay, Grace, suchen wir«, sagte er. Das war das Kommando für eine Bergungssuche.

Sie stiegen den Fels hinauf. Rechts unten von ihnen erstreckte sich ein Flusstal über mehrere Meilen. Grace wurde beständig unruhiger, sodass Creed die Leine fest umklammern musste. Im Gegensatz zu einem Halsband erlaubte ihm das Geschirr, sie zurückzuhalten, ohne sie zu würgen. Sie war ein kleiner Hund – höchstens zwanzig Pfund schwer –, aber stark. Und sie zerrte energisch an der Leine.

Mittlerweile hatte sie sie vom Weg weggeführt. Das Geröll unter ihren Füßen verlangsamte sie. An einem Felsen fanden sie einen Flecken, der wie ein verschmierter

Handabdruck aussah: fünf rostbraune Streifen auf Sandstein. Grace stellte die Nackenhaare auf, und Creed merkte, wie sich seine ebenfalls aufrichteten.

Er ließ Grace weitergehen. Nun kletterten sie über Kalkplatten, die eine schiefe Treppe bildeten. Einige der Felsbrocken besaßen gefährliche Vorsprünge, die für Mensch wie Tier zur Stolperfalle werden konnten. Zweimal musste Grace springen, um die nächste Stufe zu erreichen. Und die Spalten neben ihnen wurden beständig breiter, bildeten richtige Schluchten.

Die Sonne brannte auf sie herunter. Über ihnen schrien Gänse. Doch nichts schien Grace abzulenken. Sie hatte eindeutig eine Fährte.

Creed war sich später nicht sicher, wie genau es passierte. Dieser Moment war in den folgenden Wochen furchtbar verschwommen, wann immer Creed ihn zu beschreiben versuchte. Drei oder vier Sekunden in Zeitlupe. Ein gelber Lichtblitz, der ihm aus der Hand glitt und in den Felsspalt fiel, als würde Grace vollständig von dem Kalkfelsen verschluckt.

Sie war vor ihm und zog ihn einen Felsabhang hinunter. Creed merkte, wie sie rutschte, und umfasste die Leine mit beiden Händen. Dann sah er die Hündin in einem Spalt verschwinden. Er hielt die Leine, wollte sie zu sich ziehen, indem er eine Hand vor die andere setzte. Es war ihm auch fast gelungen, als er etwas reißen hörte und Graces Gewicht nicht mehr spürte. Es folgten ein scheußlicher dumpfer Schlag und ein letztes Jaulen von Grace.

# 42

Maggie umklammerte Creeds Rucksack. Er hatte ihn ihr zugeworfen, bevor er sich in den Spalt zu zwängen versuchte, in den Grace gestürzt war. Maggie hatte ihn auf seinen Befehl hin geöffnet und in den Seitentaschen gewühlt, bis sie ein Nylonseil und eine Taschenlampe fand. Sie reichte Tully die Taschenlampe, der sich bäuchlings neben Creed auf den Fels legte.

Detective Lopez funkte nach Hilfe und bemühte sich, der Einheit möglichst genau zu beschreiben, wo sie waren.

Maggie konnte Grace winseln hören. Sie lebte also, doch Creed war in großer Sorge.

Er rief in einer besänftigenden Stimme hinunter: »Alles okay, Grace. Ganz ruhig, mein Mädchen. Ich komme gleich zu dir.« Dann schob er sich mit einer Schulter in den Spalt, drückte mit aller Kraft gegen den Fels und stöhnte, als er sich nicht hineinzwängen konnte. Sein Hemd war blutig, wo er sich an dem scharfkantigen Stein geschnitten hatte.

Tully zog ihn zurück. »Es ist zu schmal. Da passen Sie niemals rein.«

Dann leuchtete Tully mit der Taschenlampe in den Spalt.

»O Gott, das geht ungefähr drei bis vier Meter runter.« Er bewegte die Lampe ein wenig zur Seite und hielt inne. »Hallo, Grace.«

»Können Sie sie sehen?« Creed rollte sich wieder zu ihm. »Hi, Grace, wie geht's dir? Alles wird gut.«

Maggie hörte ihn Tully zuflüstern: »Mist, sie sieht nicht gut aus.«

»Mein Notfallteam ist unterwegs«, sagte Lopez.

Creed versuchte abermals, seine Schulter in den Spalt zu drücken, doch Tully hielt ihn zurück. »Sparen Sie sich Ihre Kraft. Wir passen da nicht durch.«

Maggie blickte auf ihre Uhr. Sie hatten fünfundvierzig Minuten nach hier oben gebraucht. Es konnte eine Stunde vergehen, bis das Notfallteam bei ihnen war. Sie band sich das Nylonseil mit einem Knoten um die Hüfte, der ihr Gewicht tragen konnte.

»Ihr passt vielleicht nicht rein, aber ich schon.«

Die Männer sahen sie an, als hätten sie völlig vergessen, dass sie auch noch da war. Doch sie halfen ihr sofort, das andere Seilende zu sichern. Sobald Maggie ihre Beine über den Felsspalt schwang, brach ihr kalter Schweiß aus, aber damit hatte sie schon gerechnet. Ihr Mund wurde trocken, und ihr Puls fing an zu rasen. Tully gab ihr die Taschenlampe, die sie in ihre Tasche steckte.

Während die Männer das Seil packten, hielt sie sich an der Felskante fest. Sie holte mehrmals tief Luft, als könnte sie gleich nicht mehr atmen, und dabei war sie noch nicht mal in dem Spalt. Erst jetzt tauchte sie mit dem Oberkörper zwischen die rissigen Felskanten. Stein schnitt ihr in den Rücken, und kaum drehte sie sich leicht weg, fühlte sie, wie er ihre Bluse durchtrennte und in ihre Haut ritzte.

»Warte mal«, sagte Tully. »Geht das?«

»Alles prima.« Maggie ließ sich von ihrem Körpergewicht und der Schwerkraft nach unten ziehen. Während der ganzen Zeit dachte sie nur: Wie zur Hölle soll ich hier wieder rauskommen, noch dazu mit einem verletzten Hund?

So ungern Maggie es auch zugab, sie litt unter Klaustrophobie. Die war beruflich bedingt, seit ein Irrer sie in einen Gefrierschrank gesperrt hatte, um sie dort sterben zu lassen. Dies hier war weniger schlimm, sagte sie sich, als ihr Kopf in den Spalt sank und die Männer sie weiter nach unten ließen. Muffiger Geruch von Erde und klammem Fels umhüllte sie. Das Atmen strengte sie zusehends an, und erneut stieg Panik in ihr auf. Ihr Herz raste, und ihr wurde ein bisschen schwindlig.

Sie blickte nach oben, wo der Himmel zu einem schmalen blauen Streifen geschrumpft war. Die Höhle um sie herum sah aus wie ein Grab und fühlte sich auch so an. Im Absteigen bemerkte sie, dass sie auch genauso still wie ein Grab war. Die Stimmen der Männer oben drangen nur noch gedämpft zu ihr.

Ihr Herzschlag hallte in ihrem Kopf wider. Schweiß lief ihr über den Rücken. Es wurde immer dunkler, und Maggie fiel das Atmen zunehmend schwerer. Bis ihre Füße den Grund berührten, hatte sie derart weiche Knie, dass sie nur wacklig stehen konnte.

Dann hörte sie Grace hinter sich winseln. Die Hündin begrüßte sie.

Maggie nahm die Taschenlampe hervor, schaltete sie ein, vermied es aber, Grace direkt ins Gesicht zu leuchten. Die Hündin lag auf dem Felsboden, hob jedoch ihren Kopf und war sichtlich froh, Maggie zu sehen. Grace blickte Maggie direkt in die Augen, konzentriert und aufmerksam.

»Ruhig bleiben, Grace. Nicht bewegen.« Sie wusste nicht, ob die Hündin sich überhaupt bewegen konnte, doch sie musste verhindern, dass sie instinktiv aufsprang. Immerhin war es ein gutes Zeichen, dass Grace den Kopf heben konnte.

Um sie herum und unter ihr war kein Blut. Das war ebenfalls ein gutes Zeichen. Allerdings stand Graces linker hinterer Lauf in einem seltsamen Winkel ab. Das andere Hinterbein hatte Grace unter sich gezogen, sodass Maggie es nicht sehen konnte.

»Wie sieht sie aus?«

Maggie blickte nach oben und erschrak, als sie Creeds Kopf über sich in dem Spalt sah.

»Kein Blut. Ich weiß nicht, ob sie innere Verletzungen hat. Und die Hinterläufe könnten gebrochen sein.«

Sie hörte, wie er scharf einatmete. Er versuchte, seine Gefühle zu bändigen. Statt zu fluchen, rief er Grace zu: »Hi, mein Mädchen. Wir holen dich da raus.« Dann fragte er Maggie: »Können wir sie bewegen?«

Maggie beobachtete Grace, trat näher zu ihr und ging in die Hocke. Die Hündin wollte mit dem Schwanz wedeln, winselte aber kurz darauf vor Schmerz. Maggie strich ihr behutsam über den Rücken und sagte ihr, was für ein braves Mädchen sie war.

Grace leckte ihr die Hand ab und sah Maggie abermals in die Augen. In dem Moment wurde Maggie klar, dass Grace sie genauso ansah wie Creed. Es war ihre Art, ihm zu sagen, dass sie ihr Suchobjekt gefunden hatten.

Ein eisiger Schauer lief Maggie über den Leib. Sie leuchtete die Felswände langsam mit der Taschenlampe ab. Dann drehte sie sich um und richtete sie auf die andere Seite der langen, schmalen Schlucht.

Das Licht fiel auf etwas, das zunächst wie ein Haufen Lumpen aussah – bis Maggie die Hände entdeckte, die aus dem Bündel ragten. Zwei Hände. Nur neun Finger.

## 43

*Washington, D. C.*

Gwen überredete Kunze und die anderen, das Meeting ihrer Sondereinheit in ihrer Wohnung in Georgetown abzuhalten. Ja, das war völlig unüblich und fast schon unprofessionell, aber nachdem sie so viel Gefängnisluft geatmet hatte, wollte sie nicht nach Quantico und dort im Konferenzraum zwanzig Meter unter der Erde sitzen.

Sie hatte Kunzes schlechtes Gewissen ausgenutzt, weil er ihr doch noch eine Leibesvisitation zugemutet hatte. Was ganz gewiss unprofessionell war. Trotzdem entschied Gwen, dass sie auch die Bedingungen für ihre Treffen stellen konnte, wenn sie sowieso als Außenseiterin betrachtet wurde. Als sie Kunze sagte, dass sie ein Abendessen für sie alle kochen würde, hatte er nicht energisch widersprochen, sondern schlicht gefragt, um welche Zeit sie bei ihr sein sollten.

Racine kam natürlich früher, weil sie nicht aus Quantico anreisen musste. Sie arbeitete bei der Mordkommission in der Stadt, und ihr Revier war keine Viertelstunde Fahrt entfernt. Gwen spannte sie gleich in der Küche ein. Aus irgendeinem verrückten Grund war für Gwen das Vorbereiten und Kochen von Gourmet-Essen stets ein idealer Stressausgleich gewesen. Ihre Küche war ihr Zufluchtsort. Oft vergaß sie dabei, dass das Heiligtum der einen Frau für eine andere die Hölle sein konnte. Julia Racine jedenfalls hätte kaum unglücklicher aussehen können. Sie hatte den Auftrag bekommen, den Spargel zu waschen, doch sah sie so aus, als wollte sie die zarten Stangen erwürgen.

»Mir ist vorher noch nie aufgefallen, wie sehr die Dinger Penissen ähneln.«

Gwen verdrehte die Augen, nahm ihr das Spargelbund ab und reichte ihr eine rote Zwiebel.

»Schneiden«, sagte sie und gab Racine ein Messer und ein Schneidebrett.

»Mist. Beim Zwiebelschneiden muss ich immer flennen. Kann ich nicht was anderes machen?«

»Schneid zuerst die Spitze unter fließendem Wasser ab. Kaltem Wasser.«

Racine beäugte sie skeptisch, als wollte Gwen sie auf den Arm nehmen.

»Ehrlich, das funktioniert«, sagte Gwen und machte sich wieder daran, die Därme der Shrimps zu entfernen.

Aus dem Augenwinkel sah sie, dass Racine die Shrimps beäugte und die Nase rümpfte. Offenbar fand sie Zwiebelschneiden jetzt doch nicht mehr so schlimm. Zumindest machte sie sich ohne weiteres Gejammer ans Werk.

»Mich wundert, dass Harvey und Jake nicht hier sind. Sind die sonst nicht immer bei dir, wenn Maggie weg ist?«

»Ben hat sie zu sich genommen. Sein Garten ist viel größer als meiner.«

»Ben? Ich dachte, sie hätten Schluss gemacht.«

Gwen verkniff sich die Bemerkung, dass man nur Schluss machen konnte, wenn man vorher eine Beziehung gehabt hatte. Und so weit waren Maggie und Ben gar nicht gekommen, ehe sie »die Notbremse zogen«, wie Maggie es genannt hatte. Aber sie waren immer noch Freunde, gute Freunde, und Gwen hoffte, dass daraus irgendwann mehr wurde. All das sagte sie Racine nicht, sondern warf ihr einen warnenden Blick zu.

Maggie und Racine hatten sich angefreundet, obwohl sie sehr unterschiedlich waren und Racine kurz nach ihrem Kennenlernen einen Annäherungsversuch bei Maggie unternommen hatte. Soweit Gwen wusste, lebte Racine derzeit mit einer festen Partnerin zusammen, einer Journalistin der *Washington Post,* und sie half sogar, die Tochter ihrer Partnerin großzuziehen. Gwen brauchte keinen Abschluss in Psychologie, um zu erkennen, dass Julia Racine nach wie vor eine Menge für Maggie übrighatte.

Racine bemerkte den Blick und zog eine Braue hoch. »Was? Ich frage ja nur. Ich dachte, das Babythema wäre das Aus für die beiden gewesen.«

»Ich tratsche nicht über Maggies Leben.«

»Verstehe.«

Aber sie zögerte. Da war noch etwas, das sie loswerden wollte.

»Ich weiß, dass du es weißt«, sagte Racine. Sie hatte eine Hand in ihre Hüfte gestemmt.

Gwen bemerkte, dass Racine auf ihre Unterlippe biss, als wäre dies hier so etwas wie ein Geständnis. O Gott, warum dachten alle Leute dauernd, sie müssten ihr irgendwas beichten? Sie war Psychologin, kein Priester.

»Ich weiß, dass Maggie dir das von vor zwei Jahren erzählt hat. Es war wirklich nur ein Kuss.«

»Und wie war er?«

»Wie bitte?«

Sie hatte Racine komplett verwirrt und musste an sich halten, nicht über ihren Gesichtsausdruck zu grinsen. Das dürfte ihr eine Lehre sein, falls sie glaubte, dass sie für ihr Geständnis Absolution erhalten würde.

»Der Kuss. Wie war er?«

Racine lächelte, eindeutig erleichtert, und sagte: »Eigentlich sehr nett.«

»Du weißt, dass man am schwersten über die Affären hinwegkommt, die man nie hatte.« Gwen ließ diesen Satz wirken, ehe sie fortfuhr: »In unserer Vorstellung bleiben sie immer vollkommen. Es stehen ihnen ja keine bösen Erinnerungen im Weg.«

»Und was willst du damit sagen?«

»Ich will damit sagen, dass du genießen solltest, was es war, und nicht darüber nachgrübeln darfst, was es hätte sein können«, antwortete Gwen.

»Ist das die Sorte Müll, die du deinen Klienten erzählst?«

»Ja, und du hast Glück, dass ich dir nichts berechne, denn du bist eine Nervensäge und kannst dir mich nicht leisten.« Dann wies Gwen auf die Zwiebel, damit Racine sich wieder an die Arbeit machte.

Erstaunlicherweise gehorchte sie, aber natürlich nicht schweigend.

»Hast du schon was von Maggie oder Tully gehört?«, fragte Racine.

»Beide rufen mich fast jeden Abend an.«

»Alonzo hält mich auf dem Laufenden. Was für eine irre Geschichte! Es scheint überhaupt keinen Anhaltspunkt zu geben, wie er sich seine Opfer aussucht. Männlich, weiblich, keine einheitliche Altersgruppe, keine sonstigen Übereinstimmungen wie Beruf oder Herkunft. Ich zermartere mir schon die ganze Zeit mein Hirn, was der gemeinsame Nenner sein könnte. Wo er sie überfällt oder wohin sie wollten, alles wirkt völlig willkürlich. Ich habe Alonzo sogar einen Fahrzeugvergleich machen lassen. Also ob sie alle Fords oder SUVs fuhren.«

»Und?«

»Nichts. Alonzo findet nichts, und der Typ ist quasi der König der Daten. Im Moment vermuten wir, dass es sich um einen Fernfahrer handelt, der sich am bunten Buffet der Reisenden bedient.«

»Können wir bitte die Essensassoziationen bleiben lassen?«

Gwen blickte auf und sah, dass Racine die Zwiebel hackte wie ein Profi. Sie schien keine Probleme mit dem Kochen zu haben, solange sie mit ihren Gedanken bei ihrer Arbeit sein konnte.

Gwens Handy klingelte, und sie wusch sich rasch die Hände, ehe sie ranging.

»Gwen Patterson.«

»Gwen, hier ist Dr. Halston. Entschuldigen Sie, dass ich Sie zu Hause anrufe.«

»Ach, kein Problem«, sagte sie, doch ihr fiel sofort ein, dass ihr Arzt sie noch nie angerufen hatte, weder tagsüber noch abends. Gewöhnlich rief jemand aus seiner Praxis an, um Termine zu vereinbaren oder Fragen zu beantworten. Und die Testergebnisse gab ihr grundsätzlich eine Arzthelferin durch. *Testergebnisse.* Etwas stimmte nicht. Sie wusste es schon, bevor Dr. Halston fortfuhr.

»Ich habe die Resultate Ihrer Mammographie, und es gibt – nun ja, eine fragwürdige Stelle in Ihrer linken Brust. Ich würde gerne einen Termin für eine Biopsie mit Ihnen machen.«

»Eine Biopsie? Das klingt ernst. Meinen Sie, dass es Krebs sein könnte?«

»Es könnte auch falscher Alarm sein. Aber ich würde lieber auf Nummer sicher gehen.«

»Wie wäre es Ende nächster Woche?«

»Gwen, ich glaube, wir sollten das vor nächster Woche machen. Meine Sprechstundenhilfe ruft Sie morgen an und gibt Ihnen einen Termin.«

Gwen bekam nicht richtig mit, was Dr. Halston danach noch sagte. Als sie das Gespräch beendet hatte, drehte sie sich um und sah, dass Racine sie anstarrte. Dann tat sie etwas höchst Merkwürdiges, was Gwen von der toughen und bisweilen sehr schroffen Polizistin niemals erwartet hätte. Wortlos kam Julia Racine auf Gwen zu und nahm sie in die Arme.

## 44

*Kansas State University,*
*Tierklinik für Kleintiere, Manhattan, Kansas*

Maggie reichte Creed eine Flasche Mineralwasser und setzte sich wieder neben ihn in den Empfangsbereich. Das Warten war eine Tortur. Seit sie mit Dr. Towle, einer jungen Tierärztin, gesprochen hatten, waren fast drei Stunden vergangen. Ihr Studententeam und einige Professoren waren immer noch mit Grace im OP.

Vorher hatte der Oberarzt Dr. Smee Grace untersucht, eine Reihe von Tests, Scans und Röntgenaufnahmen angeordnet und gleichzeitig dafür gesorgt, dass alles für die Operation vorbereitet wurde. Obwohl das volle Ausmaß der Verletzungen erst nach der Narkose abschätzbar war, konnten sie Creed bereits sagen, dass Graces linkes Hinterbein den meisten Schaden davongetragen hatte. Es war an mindestens zwei Stellen gebrochen.

»Ich habe viel Gutes über diese Klinik gehört«, sagte Creed in die Stille hinein.

Maggie wies ihn nicht darauf hin, dass er den Satz schon einige Male gesagt hatte.

»Soll ich dir wirklich nichts zu essen holen?«

Er schüttelte den Kopf. »Du musst nicht bleiben. Ich komme schon klar.«

»Ich bin nicht deinetwegen hier. Ich bin wegen Grace hier.«

Sie sah, wie einer seiner Mundwinkel zuckte. So nahe war er einem Lächeln seit heute Morgen nicht gekommen.

»Sie mag dich«, sagte er.

»Und ich mag sie. Sie ist nicht so dickköpfig wie ihr Herrchen.«

Nun lächelte er richtig. »Verlass dich lieber nicht darauf. Hannah sagt, alle unsere Hunde haben etwas von meiner Sturköpfigkeit.«

»Ist Hannah deine Frau?«, fragte Maggie, ohne nachzudenken. Zum Glück schien es Creed nichts auszumachen.

»Nein, meine Geschäftspartnerin.«

Maggie ahnte, dass es nicht nur eine rein geschäftliche Beziehung war. Sie konnte es an der Art hören, wie er Hannahs Namen sagte. Deshalb wartete sie, doch Creed schwieg.

Auf dem Weg zum Kaffeeautomaten hatte sie Tully angerufen. Er war noch bei der Schlucht. Detective Lopez hatte die Spurensicherung und den Gerichtsmediziner hinbestellt. Wie Tully erzählte, hatten sie Ethan noch nicht geborgen. Tully sagte, dass der Leichnam des Teenagers nicht enthauptet worden war, allerdings teilweise verstümmelt. Teile von seinem Fleisch waren aus dem Körper geschnitten worden.

Wieso hatte der Mörder, der sie zu seinem Leichenversteck führte und so viele Spuren hinterließ, Ethans Leiche in einen Felsspalt geworfen? Das war Maggie ein Rätsel. Er wollte doch, dass sie von diesem Mord erfuhren, sonst hätte er ihre Handynummer nicht bei dem abgetrennten Finger hinterlegt. Oder vielleicht hatte er gar nicht beabsichtigt, dass sie Ethans Leiche fanden. Sie konnte jetzt nicht darüber nachdenken. Nicht, solange Grace noch im OP war.

Dr. Towle hatte sie vorgewarnt, dass die Operation drei bis vier Stunden dauern könnte. Das ohnehin qualvolle Warten wurde durch Creeds Schweigen unerträglich. Sie hatten zwei Katzen und über ein Dutzend Hunde unterschiedlichster Rassen mit ihren Haltern kommen und gehen gesehen. Darunter waren einige Fälle gewesen, deren Anblick Maggie kaum ertragen hatte können. Sicher würde sie das alte Ehepaar mit dem betagten und kraftlosen Border Collie nicht so schnell vergessen. Der Hund war so schwach gewesen, dass ein Student ihn ins Untersuchungszimmer tragen musste.

Inzwischen war es Abend, und in dem tagsüber so belebten Empfangsbereich wurde es still. Außer Maggie und Creed war niemand mehr dort.

»Erzähl mir von Grace«, sagte sie, um ihn zum Reden zu bringen.

»Was soll ich erzählen?«

»Sie kommt mir nicht wie der typische Leichenspürhund

vor. Du sagtest ja schon, dass es weniger auf die Rasse ankommt als auf den einzelnen Hund, aber sie ist so …«

»Sie ist klein, aber stark«, fiel er ihr ins Wort. »Und sie ist ein Workaholic.«

Er klang gekränkt, und das war das Letzte, was Maggie wollte.

»Fast alle unsere Hunde sind von der Straße, also ist keiner von ihnen ein typischer Spürhund.« Er öffnete die Wasserflasche und trank einen Schluck. »Mit ›von der Straße‹ meine ich, dass wir sie buchstäblich vor unserer Tür gefunden oder ich sie aus dem Tierheim geholt habe. Manche haben viel durchgemacht, sodass es länger dauert, um sie zu trainieren. Und wir haben offen gesagt auch immer wieder welche, die wir schlicht nicht ausbilden können.«

»Was passiert mit ihnen?« Als sie seinen Gesichtsausdruck sah, wollte Maggie es lieber nicht hören.

»Hannah sucht ihnen ein gutes Zuhause. Sie muss überhaupt eine Menge Sachen machen, mit denen sie vorher nicht gerechnet hatte.«

Bei der Erwähnung von Hannah zog er sein Handy aus der Tasche und sah darauf. Maggie hatte ihn mehrmals Textnachrichten tippen gesehen, nachdem sie angekommen waren und Grace operiert wurde. Nun begriff sie, dass es Hannah war, die er da auf dem Laufenden hielt. Und ihr wurde mal wieder bewusst, dass sie niemanden hatte, mit dem sie so dringend kommunizieren wollte. Alles, was sie zu sagen hatte, konnte warten.

So war es immer gewesen, sogar, als sie noch verheiratet war. Es hatte mal eine Zeit gegeben, in der sie geglaubt hatte, dass Benjamin Platt das ändern könnte. Ja, sie hatte es wirklich gehofft. Was absurd war, denn nach ihrer Scheidung hatte Maggie beschlossen, sich nie wieder von einer Beziehung einengen zu lassen. Sie wollte nicht verpflichtet sein, jemandem zu sagen, wo sie war, was sie tat oder wann sie nach Hause kam. Und sie weigerte sich, den Erwartungen eines anderen gerecht zu werden, damit sie geliebt wurde. Zu viele Jahre hatte sie das in ihrer Ehe versucht, was ermüdend und wenig gewinnbringend gewesen war.

Trotzdem wünschte sie sich in letzter Zeit häufiger, es gäbe jemanden, der dringend wissen wollte, wie es ihr ging. Jemanden, mit dem sie reden konnte, der ihre SMS sofort beantwortete. Und als sie hier neben Ryder Creed saß, wurde ihr bewusst, dass allein zu sein sich manchmal schrecklich leer anfühlte.

Creed unterbrach ihre Gedanken. »Ich hätte Grace heute nicht auf die Suche schicken dürfen.«

Maggie sah zu ihm hinüber. Er hatte sich vorgebeugt, die Ellenbogen auf seine Knie gestützt und die Hände unter dem Kinn gefaltet.

»Du konntest nichts von der Felsspalte wissen.«

»Nein, aber mir war bewusst, dass Grace nicht an felsiges Terrain gewöhnt ist. Es war gefährlich. Das war dämlich von mir.« Er starrte geradeaus in den Flur, durch den die Ärztin verschwunden war.

Dann sagte er: »Danke, dass du hier bist.«

Diese Bemerkung überraschte Maggie. Doch bevor sie reagieren konnte, ergänzte er: »Wegen Grace, meine ich.«

# 45

Maggie verabschiedete sich von Creed, sobald Grace aus dem OP war. Dr. Towle konnte ihnen mitteilen, dass alles bestens verlaufen war.

»Keine Komplikationen«, sagte sie. »Grace hat großes Glück gehabt.«

Danach erklärte sie, wie sie Graces linkes Hinterbein wieder gerichtet hatten. Es war vollständig eingegipst. Sie wollten die Hündin über Nacht in der Klinik behalten, eventuell auch die nächste. Creed wollte Grace sehen, und Maggie nutzte die Gelegenheit, um zu gehen.

Sie war mit dem Mietwagen da, weil Tully bei Lopez und seinen Leuten geblieben war. Bevor sie sich bei Tully meldete, fuhr sie zu Noah Waters' Haus. Sie parkte am Straßenrand gegenüber. Vom Auto aus rief sie an und beobachtete das vordere Erkerfenster. Durch die Gardinen sah sie jemanden ans Telefon gehen, das auf einem Bücherregal in der Ecke stand, wie Maggie sich erinnerte.

»Hallo?«

Es war Noahs Mutter.

»Mrs. Waters, hier ist Agentin Maggie O'Dell. Ich war heute Morgen bei Ihnen.«

Stille. Natürlich wusste die Frau noch, wer Maggie war. Sie hatte schließlich eine ganze Weile dagesessen und Maggie giftig angefunkelt. Und sie hatte sich beschwert, weil Maggie nicht wollte, dass sie im Zimmer blieb, während Maggie ihren Sohn befragte.

»Mrs. Waters, ich müsste noch einmal mit Noah sprechen.«

»Der ist nicht zu Hause«, entgegnete sie rasch.

»Er darf das Haus nicht verlassen, Mrs. Waters. Wenn er nicht bei Ihnen ist, muss ich Detective Lopez informieren, und der könnte einen Haftbefehl gegen ihn erwirken.« Durch die Vorhänge sah Maggie, wie Mrs. Waters jemandem im Zimmer zuwinkte. Entweder wollte sie die betreffende Person zum Schweigen bringen, oder sie scheuchte sie aus dem Zimmer.

Maggie stieg aus dem SUV, überquerte die Straße und ging auf die Haustür zu.

»Er ist mit seinem Vater unterwegs. Sie sind gleich zurück«, log sie, als Maggie bereits läutete. »Oh, da ist jemand an der Tür. Ich muss auflegen.«

Als sie öffnete, wechselte ihre Miene fließend von einem Lächeln zu Überraschung und schließlich zu Wut. »Das war nicht sehr professionell«, schalt sie Maggie.

»Und eine Bundesbeamtin anzulügen ist eine Straftat«, erwiderte Maggie, die Noah auf der Sofakante sitzen sah.

»Sie können nicht einfach hier auftauchen, wie es Ihnen beliebt.«

»Wäre es Ihnen lieber, wenn ich mit einem Haftbefehl wiederkomme?«

»Machen Sie sich nicht lächerlich! Ich erlaube Ihnen nicht …«

»Sie haben ihn gefunden«, unterbrach Noah sie, ohne vom Sofa aufzustehen.

»O mein Gott! Haben Sie Ethan gefunden? Geht es ihm gut?«

»Er ist tot. Genau wie Ihr Sohn uns gesagt hat.«

»Ich rufe deinen Vater an, Noah.« Seine Mutter lief zum Telefon zurück. »Ohne Anwalt darfst du mit niemandem reden.«

»Es wird Zeit, dass du mir die Wahrheit erzählst, Noah«, sagte Maggie.

Er blickte über die Schulter zu seiner Mutter, die hysterisch ins Telefon sprach. Dann stand er auf, griff sich seine Jacke und sagte zu Maggie: »Können wir spazieren gehen? Ich war den ganzen Tag noch nicht draußen.«

## 46

Noah konnte kaum glauben, wie ruhig er sich auf einmal fühlte. Dass sie Ethan gefunden hatten, hieß, dass er sich die entsetzliche Nacht nicht bloß eingebildet hatte. Eigentlich durfte er sich deshalb nicht besser fühlen, und doch war es eine Erlösung. Er atmete die frische Frühlingsluft ein. Die Sonne war hinter den Bergkamm gesunken, und der Himmel füllte sich mit rosa und lila Streifen. Mit der Sonne verschwand die Wärme des Tages, und Noah steckte seine Hände tief in die Jackentaschen, während er neben der FBI-Agentin her ging.

Sie war kleiner als er. Die Jeans, die sie trug, war schmutzig an den Knien, und ihm fielen mehrere Kratzer an ihren Unterarmen auf, wo sie die Blusenärmel bis zu den Ellenbogen hinaufgeschoben hatte. Ihr kurzes Haar war zerzaust, obwohl es heute nicht windig war. Ihr schien überhaupt nicht kalt zu sein. Und irgendwie wirkte sie auf einmal jünger, nicht so einschüchternd. Sie sah überhaupt nicht wie eine FBI-Agentin aus.

Er hatte eine Menge Fragen, war sich aber nicht sicher,

ob er die Antworten hören wollte. Und sie wartete, dass er als Erster etwas sagte. Sie waren schon an der nächsten Querstraße, ehe ihm klar wurde, dass er ihr irgendwas erzählen musste.

»Wir hatten keine Panne«, begann er schließlich. »Wir dachten, dass er eine hätte. Er hat gesagt, dass sein Wagen nicht anspringt und der Akku von seinem Handy leer ist. Sein Arm war in einer Schlinge.«

*Und der blöde Ethan hat das Fenster runtergefahren. Wir waren fast zu Hause.*

»Wie sah er aus?«

»Es war dunkel. Er hatte eine Baseballkappe auf, vorne tief über die Augen gezogen.« Die Augen würde er nie vergessen. Sie standen eng beieinander und waren dunkel, wie die von einem Wolf.

Sie wartete auf mehr. Doch er schwieg.

*Ich darf nichts sagen. Ich habe versprochen, nichts zu sagen.*

»Wie groß war er?«

Noah zuckte mit den Schultern, als könnte er sich nicht erinnern.

»So groß wie du?«

»Ja, ich glaube, ja.«

Er sah, wie sie sich eine Haarsträhne aus der Stirn strich und frustriert seufzte.

»Du musst schon mehr erzählen, Noah.«

Seine Brust wurde sehr eng. Was war, wenn der Irre sein Haus beobachtete? Was, wenn er sie in diesem Moment sah? Wusste er, dass diese Frau vom FBI war? Nein, unmöglich könnte er sie für etwas anderes als eine Freundin der Familie halten.

»Er hatte ein Messer in der Armschlinge versteckt.« Noah blickte sich ängstlich um.

Sie sah ihn an, sagte aber nichts. Er spürte, wie sich seine Atmung veränderte. Wieder überkam ihn Panik – Kampf oder Flucht.

»Ich bin weggerannt.« Er wischte sich mit dem Ärmel über die Stirn. Ihm war kalt, und trotzdem schwitzte er. »Ich habe Ethan zurückgelassen und bin weggelaufen.«

»Das ist alles?«

*Das war alles. Das war alles, was sie von ihm hören würde. Er durfte nichts verraten. Auf keinen Fall.*

»Ich bin weggelaufen und habe ihn bei dem Irren gelassen.«

Er rang nach Luft und atmete langsam aus. Sie gingen nicht mehr so schnell wie zu Anfang. Noahs Puls raste. Er war bereits zwei oder drei Schritte weiter, als er merkte, dass sie stehen geblieben war.

»Und wieso war so viel von Ethans Blut auf dir?«

»Ich schätze, er muss Ethan geschnitten haben.« Noah schüttelte den Kopf, um die Bilder zu vertreiben. Er *wollte* nicht noch einmal sehen, wie das Messer in Ethan gerammt wurde. Wie die Klinge seine Haut zerschlitzte, begleitet vom Knacken brechender Gelenke. »Es ist alles so verschwommen«, log er und schloss die Augen gegen die wiederkehrenden Erinnerungen, die unkontrolliert über ihn hereinbrachen. An ihnen war nichts Verschwommenes, aber mit ein bisschen Glück kaufte ihm Agentin O'Dell die Lüge ab.

Als er die Augen wieder öffnete, sah sie ihn an. Sie glaubte ihm nicht, und ihr war gleich, dass er es an ihrem Gesicht ablesen konnte. Sie wartete, bis er ihren Blick erwiderte.

»Ich bin deine beste Chance, diesen Mörder zu schnappen, Noah. Und wenn ich ihn nicht kriege, wird er wiederkommen. Ein zweites Mal lässt er dich nicht laufen.«

Dann drehte sie sich um und ging. Er blickte ihr nach, als sie zu ihrem SUV zurückkehrte, ohne sich noch einmal zu ihm umzusehen.

## 47

Maggie erreichte das Holiday Inn, als das Zwielicht den Himmel neonblau färbte. Beim Betreten des Hotelzimmers bemerkte sie, dass die Verbindungstür zwischen ihrem und Tullys Zimmer noch offen stand. Tullys Badezimmertür war geschlossen, und das Rauschen der Dusche empfand Maggie als ungemein wohltuend. Sie ließ die Tür geöffnet.

Vorhin waren ihre Nerven reichlich angegriffen gewesen. Es hätte nicht viel gefehlt, dass sie Noah Waters beim Jackenkragen gepackt und so lange geschüttelt hätte, bis er ihr die Wahrheit sagte. Jetzt wich das Adrenalin-High einer bleiernen Erschöpfung. Vom Klettern taten ihr die Knochen weh. Sie hatte sich in der Tierklinik den Schmutz aus der Felsspalte abgewaschen und ihr Gesicht mit den harten, braunen Papierhandtüchern abgerieben. Sowie sie sich auszog, würde sie jede Menge Abschürfungen und Blutergüsse vorfinden. Eine lange heiße Dusche sollte helfen.

Sie war froh, dass Tully hier war. Er würde ihr zuhören,

mit der Schulter zucken und etwas sagen, das alles halb so schlimm erscheinen ließ. Dann würde er vorschlagen, dass sie sich ein paar Biere und noch mehr von den Mini-Burgern aufs Zimmer bringen ließen, die er letzte Nacht verdrückt hatte.

Maggie hörte, wie nebenan die Dusche abgedreht wurde. Sie würde ihm noch einige Minuten geben, um sich anzuziehen. Derweil holte sie ihr Handy hervor. Der Akku war beinahe leer, und es war eine Nachricht von einer Nummer eingegangen, die sie nicht erkannte. Sie nahm das Ladegerät aus ihrer Laptoptasche und stöpselte es ein. Dann sah sie wieder aufs Display und stellte fest, dass die Nachricht von Ben war.

»DEINE JUNGS VERMISSEN DICH.«

Im Anhang war ein Foto, und als sie es öffnete, guckten ihr nicht nur Jake und Harvey entgegen, sondern auch Ben und sein Westie Digger.

»Deine Jungs.« Sie las die Textzeile noch einmal. Meinte er Harvey und Jake, oder schloss er Digger und sich mit ein?

Von nebenan hörte sie ein Geräusch. Tully musste aus dem Bad gekommen sein, und es klang, als würde er Möbel rücken.

Maggie ging zur Verbindungstür. »Hi, bist du angezogen?«, fragte sie beim Reingehen. Creed stand hinter den Betten und hatte lediglich ein Handtuch um seine Hüften gebunden.

»O Gott, tut mir leid.« Sofort wurde Maggies Gesicht merklich heißer. »Ich hatte gedacht, du wärst Tully.« Sie machte einen Schritt rückwärts und senkte den Kopf, aber ihre Augen wanderten automatisch zurück zu seiner Brust, seinem Oberkörper, seinen Beinen.

»Ist schon okay. Komm ruhig rein. Mir macht es nichts aus, wenn es dich nicht stört.«

Ging sie jetzt, gestand sie ein, dass es ihr etwas ausmachte. Und ihm schien es ehrlich egal zu sein. Er machte einfach weiter, wobei sie ihn unterbrochen hatte: Er breitete eine Faltkarte auf dem Bett am Fenster aus. Maggie nutzte die Gelegenheit, ihn genauer zu betrachten, und fühlte, dass sie noch röter wurde. Was war denn mit ihr los?

»Ist Tully hier?«

»Der müsste gleich zurück sein. Er hat meinen Jeep genommen, weil er irgendwas erledigen wollte.«

Er klappte die Karte weiter auseinander und glättete sie. Ihm war anscheinend nicht bewusst, wie tief das Handtuch hing. Seine seitlichen Hüftmuskeln waren jedenfalls gut zu erkennen.

Als Maggie nichts sagte, fuhr er fort: »Lopez hat ihn an der Tierklinik abgesetzt. Im Holiday Inn sind keine Zimmer mehr frei, da hat Tully angeboten, dass ich in dem zweiten Bett hier schlafe.« Er war nach wie vor auf die Karte konzentriert und fuhr mit dem Zeigefinger darauf herum, als würde er etwas suchen. Dann blickte er plötzlich zu Maggie auf. »Entschuldigung. Wir hätten das mit dir absprechen sollen.«

»Nein, Unsinn. Das ist völlig okay. Und hier ist jede Menge Platz. Zwei Doppelbetten in beiden Zimmern.« Jetzt plapperte sie nervös, und sie war keine Frau, die hilflos vor sich hin plapperte. Warum erzählte sie ihm, wie viele Betten hier standen?

»Wie geht es Grace?«, fragte sie, um sich von seinen langen Beinen und breiten Schultern abzulenken. Er besaß ein fantastisches Sixpack.

»Den Umständen entsprechend gut.« Er richtete sich wieder auf, als seine Gedanken von der Karte zu Grace wechselten. Sein Haar war noch nass und kraus von der Dusche. Ein dunkler Bartschatten war auf seinem Kinn und den Wangen. Creed rieb sich mit einer Hand übers Gesicht. »Ich habe gewartet, bis sie wach wurde, denn sie sollte begreifen, wo sie war und dass ich bei ihr bin. Und ich wollte mich vergewissern, dass es ihr gut geht und dass sie keine Angst hat. Na ja, du hast selbst Hunde. Die beruhigt man eben, so gut man kann.«

Maggie sah ihm in die Augen und erlebte eine weitere Verwandlung. Sie hatte beobachtet, wie sich dieser Mann innerhalb von zwei Tagen von einem stillen, gewissenhaften Profi zu einem wilden, machohaften Beschützer und dann zu einem schweigsamen, nachdenklichen Retter verwandelt hatte. Und jetzt zeigte er sich sanft und fürsorglich.

Ihr wurde erst klar, dass sie einander ein bisschen zu lange ansahen, als er lächelte.

»Und was tust du da gerade?«, fragte sie hastig und sah zur Karte. Allerdings spürte sie, dass er sie immer noch ansah.

»Ich habe unten diese Karte gekauft.« Zum Glück schaltete er wieder auf die Suche um. »Auf der sind South Dakota, Iowa, Nebraska und Kansas verzeichnet. Ich dachte, vielleicht finde ich eine Verbindung, ein Muster, das sich aus den Streckenabschnitten ergibt, die er auswählt. Die Interstate 70 reicht bis nach Washington, D. C. Sieh mal.« Er bedeutete ihr, auf seine Seite des Bettes zu kommen.

»Ich kann drüben warten, wenn du dir erst etwas überziehen willst.«

»Kann ich nicht. Meine Tasche ist im Jeep.« Er blickte wieder zu ihr auf. Maggie hatte sich nicht von der Stelle gerührt. »Falls es dir unangenehm ist ...«

»Nein, natürlich nicht.« Sie zwang sich, einen Schritt zu machen, dann noch einen, bis sie das Fußende des Bettes erreichte. Von dort aus reckte sie den Hals, sodass sie auf die Karte blicken konnte, ohne um das Bett herumzugehen und sich neben Creed stellen zu müssen.

»Okay, dann zeig mir, was du hast«, sagte sie und errötete sofort erneut aufgrund ihrer unglücklichen Wortwahl.

Creed bemerkte es offenbar nicht, oder, wenn doch, überging es netterweise. Maggie strich sich eine Haarsträhne hinters Ohr, stemmte beide Hände in die Hüften und starrte auf die Karte.

*Konzentration, O'Dell,* ermahnte sie sich.

Aus dieser Entfernung konnte sie seine frisch gewaschene Haut und das Hotelshampoo riechen. Sie schaute nur kurz zur Seite und bemerkte eine Narbe an seinem Kinn: eine etwa zwei Zentimeter lange weiße Linie zwischen den unrasierten Stoppeln. Weshalb empfand sie seine Nähe so intensiv? Sie war übermüdet, daran musste es liegen. Primitive körperliche Reaktionen waren schwerer zu beherrschen, wenn man erschöpft war. Als Creed diesmal zu ihr aufsah, bemerkte er es. Und sein Blick begegnete ihrem.

Sie konnte nicht genau sagen, wie es geschah. Auf jeden Fall hatte sie nichts getan, um es zu verhindern. Es begann mit einem sanften, verhaltenen, fast experimentierenden Kuss. Als er sie an sich zog, verlor Creed das Gleichgewicht und kippte rückwärts auf das Bett. Ein Versehen?

Absicht? In dem Moment war es unwichtig. Er fiel und ließ Maggie nicht los, sodass sie auf ihm landete.

Sie hatte einen kurzen Augenblick Zeit, um alles als peinliches Versehen abzutun. Ihr Versuch, sich abzufangen, endete damit, dass sie mit ausgestreckten Armen auf ihm landete. Ihre Oberkörper trennten nur wenige Zentimeter, sonst war sie bereits an ihn geschmiegt. Er hätte sie ganz zu sich ziehen können, überließ jedoch ihr die Entscheidung, und sie musste allein gegen diese Anziehung kämpfen, während er sie ernst ansah. Kein Anflug von Humor. Wieder zog sie sein Blick in den Bann. Creed bog seinen Rücken, hob den Kopf und sah sie durchdringend an. Seine Lippen berührten ihr Kinn, ihre Wange, ihren Hals und bewegten sich hinab zu ihrem Schlüsselbein.

Das Klopfen an der Tür klang wie ein Warnschuss.

»Hey, Creed, hier ist Tully. Ich hatte ganz vergessen, dass ich dir die Schlüsselkarte gegeben habe.«

Prompt kam Maggie sich wie ein ertappter Teenager vor. Ungelenk krabbelte sie von Creed und vom Bett herunter. Die Landkarte unter ihnen knisterte grotesk laut, und Maggies Füße landeten mit einem dumpfen Knall auf dem Fußboden. Sie war verlegen und wurde rot – feuerrot, als sie sah, dass sich Creeds Handtuch gelöst hatte.

»Creed, bist du da?«

Maggie schlich auf Zehenspitzen an der Zimmertür vorbei zu der Verbindungstür.

»Moment! Ich komme gerade aus der Dusche«, rief Creed.

Maggie war schon fast durch das Zimmer und an der Verbindungstür, als sie stehen blieb und sich noch einmal zu ihm umdrehte. Er sah sie an und signalisierte ihr stumm, dass sie rübergehen sollte. Da war kein spielerisches Grinsen. Kein Anzeichen von Reue oder Macho-Arroganz. Nur leidenschaftliche Intensität. Maggie konnte sie noch fühlen, so sehr sogar, dass sie in ihr Zimmer huschte, die Tür zum Nebenzimmer schloss und von ihrer Seite verriegelte.

## 48

*Washington, D. C.*

Vielleicht war es keine solch gute Idee, dass Gwen das Meeting über einen Serienmörder bei sich zu Hause abhielt. Agent Alonzo hatte es geschafft, ihr schönes, gemütliches Abendessen in eine groteske Diashow zu verwandeln. Gwen schwirrte noch der Kopf von dem Anruf vorhin, was ihr Konzentrationsvermögen erheblich einschränkte. Mehrmals sah sie über den riesigen Mahagonitisch und merkte, dass Julia Racine sie beobachtete. Wenigstens war Racine so taktvoll, schnell den Blick abzuwenden und sogar ein bisschen verlegen zu wirken, weil sie ertappt worden war.

Trotz aller drahtlosen Elektrospielereien, die Agent Alonzo angeschleppt hatte, war er nun wieder bei einer großen Papierkarte der Vereinigten Staaten angelangt, die er auf Posterkarton geheftet und auf einer sehr dünnen und schmalen Staffelei aufgestellt hatte. Als Agent Alonzo ein kleines Stöckchen aus seinem niedlichen Rucksack zog und es zu einem langen Zeigestock ausfuhr, fühlte Gwen sich an einen Zauberstab erinnert. Der Rucksack hatte Gwen sogar zum Schmunzeln gebracht, als sie ihn das erste Mal gesehen hatte, denn er machte den Eindruck, als hätte der Agent seine Zahnbürste und alles andere für eine Übernachtung dabei. Ja, zu solchen Abschweifungen neigte ihr Verstand an diesem Abend seit jenem Anruf. Die belanglosesten Dinge verdrehten sich ins Absurde. Vielleicht stellte der Krebs das mit ihrem Gehirn an.

Als Alonzo bunte Pins auspackte und auf die Karte steckte, fragte Gwen sich, ob es nicht leichter wäre, die Tat- und Fundorte auf dem Computer nachzuvollziehen. Und kaum dass sie das dachte, bemerkte sie einen Blickwechsel zwischen Assistant Director Kunze und Agent Alonzo, an dem sie erkannte, dass Kunze derjenige war, der auf diesem Steinzeit-Equipment bestand. Für einen kurzen Moment war ihr Kunze ein klein wenig sympathischer.

*Wir Dinosaurier müssen zusammenhalten.*

Alonzo trug mal wieder ein lila Hemd zu einer Kakihose und Sperry-Bootsschuhen. Seine randlose Brille hatte er heute Abend durch eine mit dickem Rahmen ersetzt.

*Seit wann ist eine Brille ein auswechselbares Mode-Accessoire?*

Ihre Gedanken schweiften in alle möglichen Richtungen. Die anderen sprachen über Spurenmaterial und Mordmotive, während Gwen über die psychologische Aussagekraft der unterschiedlichen Modestile der Anwesenden nachdachte.

Soweit sie sich entsann, sah sie Keith Ganza zum ersten

Mal ohne weißen Laborkittel. Sein langer, grauer Zopf passte auch viel besser zu dem T-Shirt und der Wildlederweste, die er nun anhatte. Jetzt wirkte er eher »hip«, nicht wie ein Labor-Nerd. Sogar Kunze war etwas informeller gekleidet und trug ein langärmeliges Polohemd in Hellblau, das er ordentlich in seine anthrazitfarbene Tuchhose gestopft hatte. Die Lederslipper mit den Troddeln passten gut dazu.

Mord interessierte Gwen momentan nicht so sehr. Schuhe schon, und mit Schuhen kannte sie sich aus – mit Herrenschuhen und Damenschuhen. Maggie zog sie dauernd mit ihrem Schuhfimmel auf. Gwen hatte es nie geschafft, Tully von edlen Lederschuhen zu überzeugen, obwohl sie ihm ein Paar sehr verführerische italienische Lederslipper gekauft hatte. Und plötzlich vermisste Gwen sowohl Tully als auch Maggie schrecklich.

In ihrem Zuhause, umgeben von diesen Kollegen, fühlte sie sich vollkommen allein. Die beiden Menschen, die sie liebte, denen sie vertraute, waren zwölfhundert Meilen weit weg. Sie hatte das Gefühl, den Verstand zu verlieren, und das war wohl kaum ein Thema, das man am Telefon abhandeln konnte.

In diesem Moment bemerkte sie, dass alle anderen im Zimmer verstummt waren. Schlimmer noch: Sie starrten sie an. Warteten. Hatte sie irgendwas verpasst?

»Entschuldigung, wie bitte?«

»Geht es Ihnen gut, Dr. Patterson?«, fragte Alonzo.

»Ja, klar, bestens.«

»Bevor wir zu Otis P. Dodd kommen«, unterbrach Kunze, und Gwen begriff, dass er sie deckte, »gehen wir die Opfer durch, die Chronologie und was wir bisher wissen.«

»Meinetwegen«, sagte Alonzo, der Gwen besorgt ansah.

Er wechselte die Postertafel auf der Staffelei gegen ein Whiteboard aus. Eindeutig Kunzes Idee, dachte Gwen wieder. Agent Alonzo hatte zweifellos eine Power-Point-Präsentation vorbereitet.

Alonzo unterteilte das Whiteboard in sechs Felder und schrieb die Opfernamen in der Reihenfolge, in der sie aufgefunden worden waren, von links nach rechts in die Felder. Er sprach, während er Stichworte notierte. Der Datenprofi wurde zum Professor.

»Als Erstes haben wir orangefarbene Socke Nummer eins. Selena Thurber war auf dem Heimweg nach Jacksonville, Florida. Ihr Wagen wurde auf dem Rastplatz an der I-95 südlich von Richmond in Virginia gefunden. Ihre Leiche lag ungefähr eine Meile entfernt in einem Abwasserrohr unter einem abgelegenen Kiesweg. Sie wurde erst entdeckt, nachdem Otis einem Reporter erzählt hatte, wo er nachsehen sollte. Die Leiche wurde unversehrt geborgen, allerdings war der Verwesungsprozess schon sehr weit fortgeschritten. Sie wurde seit über einem Jahr vermisst. Anhand des Zahnmusters konnte sie identifiziert werden. Der Gerichtsmediziner schätzt, dass sie kurz nach ihrer Entführung von dem Rastplatz ermordet wurde.

Opfer Nummer zwei und Nummer drei sind Gloria Dobson und Zach Lester. Berufskollegen aus Concordia in Missouri. Sie waren fast an ihrem Zielort, einer Vertretertagung in Baltimore, als sie ermordet wurden. Dobson lag in einer Seitengasse neben einem brennenden Lagerhaus. Lester und das Fahrzeug wurden auf beziehungsweise in der Nähe eines Rastplatzes an der I-64 östlich von Covington in Virginia gefunden. Dobson wurden Gesicht und

Zähne eingeschlagen, was die Identifizierung erschwerte. Sie konnte anhand der Seriennummer auf ihrem Brustimplantat trotzdem identifiziert werden.«

Gwen sah bewusst nicht Racine an, die sie fraglos wieder beobachtete. Gwen wusste das von Dobson bereits. Sie wusste auch, dass sie eine verheiratete dreifache Mutter war, die den Brustkrebs überlebt hatte. *Brustimplantate, guter Gott!* Daran hatte sie noch gar nicht gedacht.

Sie verpasste, was Agent Alonzo über Lester erzählte. Das machte nichts, denn sie wusste bereits, dass der arme Mann enthauptet und ausgeweidet worden war. »Den Krähen zum Fraß vorgeworfen«, wie Tully es formuliert hatte.

Wie zerbrechlich das Leben war! Am Ende spielte es eigentlich keine Rolle, ob der Krebs seine Metastasen im Körper verteilte, ein Serienmörder einem die Eingeweide herausschnitt oder ein Bus einen an einer Kreuzung überrollte, oder? Ein kurzer Blick – ja, Racine beobachtete sie.

»Opfer Nummer vier wurde als Wendi Conroy aus Philadelphia identifiziert«, sagte Agent Alonzo. »Sie war unterwegs nach Greensboro in North Carolina, wo sie ihre Schwester besuchen wollte. Ihr Wagen wurde letzten Monat auf einem Rastplatz an der I-95 gleich südlich von Dale City in Virginia gefunden. Ihre Leiche entdeckte man vor zwei Tagen, vergraben in einem Müllsack auf einer Farm in Iowa. Das Farmgelände grenzt an einen Rastplatz an der I-29 außerhalb von Sioux City. Ihre Leiche war enthauptet, und auch sie trug orangefarbene Socken, aber wir glauben, dass der Mörder sie ihr post mortem angezogen hat. Er hinterlegte den Kassenbon für die Socken in der Tüte mit Miss Conroys Kopf. Und er tat uns den Gefallen, den Führerschein bei der Leiche zu deponieren.

Auf demselben Farmgelände wurde in der Scheune Opfer Nummer fünf gefunden. Männlich. Wir warten noch auf nähere Informationen. Er konnte bisher nicht identifiziert werden. Die Agenten O'Dell und Tully haben ein Tattoo überprüft, das zu der Vermutung führt, dass der Mann sich für Motorräder begeisterte.«

»Ach, ehrlich?«, unterbrach Kunze abermals. »Das war ein Biker mit einem Sturgis-Tattoo!«

»Ja, das stimmt.« Agent Alonzo fuhr ungerührt fort: »Der Gerichtsmediziner vor Ort hat weder eine Autopsie vorgenommen, noch den Todeszeitpunkt geschätzt.

Opfer Nummer sechs wurde heute gefunden. Das erfuhr ich vorhin von Agent Tully. Sie glauben, dass es sich bei den Überresten, die in einer Felsspalte außerhalb von Manhattan in Kansas entdeckt wurden, um einen Teenager namens Ethan Ames handelt, der seit zwei Tagen vermisst wird. Sein Wagen stand auf einem Rastplatz an der I-70, ebenfalls außerhalb von Manhattan. Laut Agent Tullys erster Einschätzung wurde seine Leiche teilweise verstümmelt. Merkwürdig ist allerdings, dass ein Freund des Jungen den Angriff überlebte und bislang keine Informationen über den Täter preisgibt.«

»Das hört sich seltsam an«, sagte Keith Ganza. »Woher wissen wir, dass es derselbe Täter ist?«

»Agentin O'Dells Handynummer wurde am Tatort hinterlegt«, antwortete Alonzo.

»In einer Plastiktüte zusammen mit dem abgetrennten Finger des Jungen«, ergänzte Kunze. »Er ist es. Und er treibt ein krankes Spiel mit uns.«

»Was ich nicht verstehe«, sagte Racine, die zum ersten Mal sprach, »ist, warum er bereit war, ein so erstklassiges Leichenversteck aufzugeben. Die Farm in Iowa ist doch ideal. Sie steht seit Jahren leer, und die Gegend drum herum ist verlassen. Er hatte sogar ein Haus, in dem er übernachten konnte. Da konnte er kommen und gehen, wie er wollte.«

»Ja, das habe ich überprüft«, erklärte Alonzo. »Die verstorbene Eigentümerin hat in ihrem Testament festgelegt, dass der Nachlassverwalter das Farmgrundstück zehn Jahre nach ihrem Tod in ein Tierschutzgebiet umwandeln soll. Die Frist ist jetzt fast um, und der Nachlassverwalter ist dabei, das Land an die Regierung zu übertragen.«

»Was mich zu der Frage bringt, ob dieser Mörder noch so ein Grundstück kennt«, sagte Kunze. »Otis hat Dr. Patterson erzählt, dass Jack mehrere Leichenverstecke hat. Und er behauptet, genau zu wissen, wo noch eines ist. Falls das der Farm in Iowa ähnelt und sich der Täter sicher genug fühlt, nach Belieben zu kommen und zu gehen, könnten wir ihm vielleicht dort auflauern. Oder zumindest dort etwas finden, das uns seine Identität verrät.«

»Überlegen Sie ernsthaft, Otis' Angebot anzunehmen?«, fragte Gwen.

»Auf dieser Farm in Iowa graben sie gerade die Überreste von möglicherweise fünf anderen Leichen aus. Wir wissen bereits von sechs Opfern, von denen alleine vier im letzten Monat umgebracht wurden. Vielleicht ist es nur Zufall, es kann aber auch sein, dass er jeden Monat so viele umbringt. Was wir bei Gott nicht hoffen wollen. Sowohl Tully als auch O'Dell gehen davon aus, dass er die

Abstände verkürzt. Vielleicht braucht er mehr Leichen für dieses wahnwitzige Spiel, das er mit uns treibt; ich weiß es nicht. Sehr wohl aber weiß ich, dass wir ihm eventuell nie wieder so nahe kommen. Wird es ihm langweilig mit uns, kann es sein, dass er in eines seiner Verstecke abtaucht. Er ist nicht blöd. Denkbar wäre also, dass er sich eine Weile ruhig verhält, doch das heißt nicht unbedingt, dass er mit dem Morden aufhört.«

Kunze blickte jeden am Tisch an. Keiner widersprach ihm.

»Otis lag bei der ersten Frau mit den orangefarbenen Socken richtig.« Kunze sah zum Whiteboard und ergänzte ihren Namen. »Selena Thurber. Mittlerweile wird über die Farm in Iowa in sämtlichen landesweiten Nachrichten berichtet, aber vor zwei Tagen war es noch nicht mal in der Lokalpresse, und trotzdem wusste Otis genau, wo das Versteck ist. Und er wusste von dem tätowierten Biker in der Scheune. Nicht bloß, dass dort eine Leiche in der Scheune liegt, sondern dass es sich um diesen Biker handelte.«

Kunze wandte sich zu Gwen. »Was meinen Sie, Dr. Patterson? Sollen wir auf Otis P. Dodds Angebot eingehen?«

Alle Augen richteten sich auf Gwen. Vorhin hatte der Director ihr einen Aufschub gegönnt, doch nun musste sie etwas sagen. Auch wenn sie aus rein politischen Gründen in die Task Force geholt wurde – womöglich als potenzieller Sündenbock –, wollte Kunze jetzt tatsächlich ihren Rat. Ja, ihren Rat, nicht nur ihre Meinung.

»Als ich Otis kennenlernte, hatte er es sehr eilig, mir zu erklären, dass er nicht ›aufs Zündeln steht‹, sondern auf Macht.« Gwen versuchte, sich zu konzentrieren. Ihre

Gedanken schweiften an diesem Abend viel zu oft ab. »Ich habe mir einige seiner Brandstiftungen angesehen. Das waren große Brände, gefährliche, und obwohl er zwar viel von Macht redet, wurde bei seinen Feuern nie jemand verletzt. Was darauf hindeutet, dass er die Aufregung und die Aufmerksamkeit genießt und braucht. Er ist jetzt seit ungefähr einem Jahr im Gefängnis, da fehlt ihm natürlich beides. Er weiß, dass er wertvolle Informationen für uns hat, und will eine Gegenleistung.«

»Übrigens hat er noch eine weitere Bedingung gestellt«, sagte Kunze.

»Ich komme nicht mit«, entgegnete Gwen sofort. »Für solche Sachen bin ich nicht ausgebildet.«

»Nein, nein, er will nicht, dass Sie mitkommen. Er hat die vielen Berichte über die Farm gesehen und verlangt, dass die hübsche FBI-Agentin mit ihm kommt.«

»Maggie?« Eigentlich wunderte es Gwen nicht. Sie erinnerte sich, wie charmant Otis gewesen war, als sie ihm sagte, sie wäre zu alt für ihn. Wie ein verliebter Teenager.

»Er weiß, dass Sie befreundet sind.«

»Das CNN-Porträt?«

Ein Journalist hatte letzten Monat während der Brandermittlungen ein Porträt über Maggie gedreht. Und er war sehr gründlich gewesen.

»Ja, das wurde inzwischen mehrmals wiederholt. Aber es tut nichts zur Sache. Hier geht es um O'Dells und Tullys Suche nach dem Mörder, und natürlich würde ich die zwei dabeihaben wollen. Ändert das etwas an Ihrer Entscheidung bezüglich Otis?«

Gwen sah erst Racine, dann Ganza und schließlich Alonzo an. Wenn sie ablehnte, könnten noch ein Dutzend

Leichen auf ewig unentdeckt bleiben. Und sie wären Jack, dem Highway-Mörder, keinen Schritt näher.

»Soll Otis seinen Ausflug kriegen.«

## 49

Als Tully vorschlug, dass sie gemeinsam essen gingen, nahm Maggie trotz ihrer Müdigkeit dankbar an. In den Zimmern war es einfach zu eng. Drei Leute sind einer zu viel, vor allem wenn zwischen zweien davon die Luft brennt.

Hotel und Uni-Campus lagen jeweils am Rande eines Viertels namens Aggieville mit Geschäften, Restaurants, Nachtklubs, Bars und Bistros. Tully, Creed und Maggie entschieden sich für eine Pizzeria im »New-York Style«, passend für eine Stadt, die als Little Apple bezeichnet wurde. Tully war so frei, ihnen eine große Pizza namens *18th and 8th* zu bestellen. Angeblich war sie eine der Spezialitäten des Restaurants – mit Peperoni, Hackfleisch, italienischer Salami, Würstchen und kanadischem Bacon. Maggie bestellte noch einen Salat dazu. Creed war froh, dass gesüßter Tee angeboten wurde. Tully nahm ein Bier vom Fass, während Maggie eine Cola light wählte, weil sie lieber ihre fünf Sinne beisammenhielt.

Tully schilderte die Bergung von Ethans Leiche. Er rief gerade die Bilder auf seinem Smartphone auf, als die Pizza kam, und schob sein Handy über den Tisch zu Maggie und Creed. Sie saßen an einem runden Bistrotisch, sodass jeder ausreichend Platz für sich hatte. Nun rückte

Creed allerdings näher an Maggie heran, um die Bilder zu sehen. Während Tully die Pizza aufteilte, glitt Maggie mit dem Finger über den Touchscreen und wanderte von einem Foto zum nächsten. Sie achtete auf jedes grausame Detail, genau wie es Tully und Detective Lopez' Team getan hatten.

Die Leiche war in einem schaurigen Zustand, und irgendwann merkte Maggie, dass Creed wieder auf Abstand gerückt war. Ihr fiel ein, dass er Tully und ihr in der Scheune gesagt hatte, er würde nicht beim Ausgraben helfen, nachdem Grace ihren Fund anzeigte. Aber er musste doch schon reichlich Leichen gesehen haben, von denen sicher einige übel entstellt gewesen waren.

»Alles okay?«, fragte sie.

»Diesen Teil meines Jobs mag ich am allerwenigsten.«

Er trank den Rest seines Eistees und blickte sich nach dem Kellner um, damit er einen neuen bestellen konnte. Maggie fragte sich, ob Creed statt des Tees nicht etwas Stärkeres gewollt hätte.

»Ah, warte mal«, sagte Tully und nahm das Handy zurück. »Ich habe ein Bild von den Stiefeln, die sie im Müll vom Rastplatz gefunden haben. Das habe ich Creed vorhin schon gezeigt.« Er suchte nach dem Foto, wobei sein Finger mehrmals über das Display wischte. »Lopez war einverstanden, dass ich sie per Nachtkurier an Alonzo schicke. Und das habe ich übrigens auch gemacht, nachdem ich Creed im Hotel absetzte.«

Schließlich fand er das Bild und reichte Maggie wieder sein Handy.

Es handelte sich um gewöhnliche Wanderstiefel mit Schnürung, nur dass an den Spitzen rostrote Flecken waren.

»Blut?«

»Können wir erst sagen, wenn wir die Laborergebnisse haben, doch es sieht ganz so aus. Siehst du die weißen Flecken?«

Das Leder wies auf dem unteren Viertel ein weißes, pudriges Zickzackmuster auf.

»Was ist das?«

»Creed sagte, das sieht aus wie ... Ach, am besten erklärst du es selbst.«

»Meine Stiefel sehen so aus, wenn ich länger in Brackwasser unterwegs war.« Er nahm ein Pizzastück auf und biss ab. Falls ihm von den Fotos schlecht geworden war, hatte sich das zum Glück wieder gegeben.

»Brackwasser?«, fragte Maggie.

»Eine Mischung aus Salz- und Süßwasser. Normalerweise findet man das in einer Bucht vor, wo ein Fluss ins Meer oder einen Golf mündet.«

»Falls das Jacks Stiefel sind«, sagte Tully, »könnte es heißen, dass er nahe am Meer oder am Golf wohnt.«

»Sind wir sicher, dass sie nicht Ethan gehören?«

»Sind sie nicht«, versicherte Tully. »Seine Füße stecken noch in seinen Turnschuhen. Aber nicht mehr an seinen Beinen.«

»Also verbringt Jack viel Zeit in einer Küstenregion. Das engt die Suche nicht gerade ein.«

»Creed hat mir die Karte gezeigt, die ihr euch angesehen habt.«

Maggie verschluckte sich fast an ihrem Pizzabissen. Sie warf Creed einen Blick zu und stellte zu ihrem Verdruss fest, dass ihr Gesicht schon wieder zu glühen begann. Tully bemerkte nichts davon, denn er suchte seine

Taschen nach einem Stück Papier ab. Da er keines fand, musste mal wieder die Serviette herhalten. Servietten rangierten als Notizzettel bei ihm gleich hinter den Rückseiten von Kassenquittungen. Er zog einen Stift hervor, und Maggie, die dringend etwas brauchte, das sie von Creed und dem Hotelzimmer ablenkte, deutete darauf. Das war ein richtig edles Schreibutensil, ganz anders als die billigen Wegwerfkulis, die Tully normalerweise mit sich herumtrug.

»Wow, wo hast du den denn her?«

»Gwen hat ihn mir zu unserem Jahrestag geschenkt.«

»Ihr beiden feiert euren Jahrestag?«

Tully ignorierte ihre Spöttelei, zeigte mit dem Stift auf sie und grinste, als sie ein blauer Lichtstrahl ins Gesicht traf.

»Das ist noch nicht alles«, sagte er und schraubte den Kugelschreiber auseinander. Dann schüttete er auf den Tisch, was im oberen Teil verborgen war: zwei glatte Klingen und eine etwa sechs Zentimeter lange Sägeklinge. Anschließend schraubte er einen weiteren Teil ab und enthüllte einen Schraubenzieher aus Edelstahl.

»Wow! Wie bei James Bond«, sagte Creed.

»Also denkt Gwen, du bist James Bond?«

»Emma würde sagen, Bond ist total überholt. Sie hält mich eher für Jason Bourne.«

»Ah, stimmt.« Maggie lachte. »An den denke ich auch immer, wenn ich dich angucke.«

»Warte, das war noch nicht alles«, sagte Tully, während er den Stift wieder zusammensetzte. Dann schraubte er das oberste Ende auf und hielt ihnen das winzige Display hin.

»Ein Kompass?«

»Das ist kein Kompass«, korrigierte Creed. »Ist das GPS?«

»Richtig.« Tully drehte die Spitze wieder auf und begann, auf die Serviette zu kritzeln. »Und schreiben tut das Ding auch. Na, wenn das keine wahre Liebe ist, oder?«

In diesem Augenblick begegneten sich Creeds und Maggies Blicke. Etwas geschah zwischen ihnen, und sofort wandte Creed seine Augen wieder ab. Und er sah nicht bloß weg, sondern holte auch tief Luft.

»Wie wäre es mit noch einem Drink?«, fragte er die anderen und winkte nach dem Kellner.

Maggies Handy klingelte. Sie sah auf das Display. Es zeigte keinen Namen, doch Maggie erkannte die Nummer. Es war dieselbe, von der schon eine Mailboxnachricht eingegangen war.

»Maggie O'Dell«, meldete sie sich.

»Das Schwein hat versucht, mich abzumurksen.«

»Entschuldigung, wer spricht da?«

»Hier ist Lily. Deine neue beste Freundin aus Iowa. Du hast mich aber verflucht schnell vergessen.«

»Langsam. Nein, natürlich habe ich Sie nicht vergessen.«

»Der Scheißkerl hat mir den Schädel eingeschlagen.«

»Lily, wovon reden Sie? Wer hat versucht, Sie umzubringen?«

»Dieser Drecksack, der die ganzen Leichen verbuddelt hat. Der Vollidiot mit der dämlichen *Booty-Hunter*-Mütze. Der hat versucht, mich umzubringen.«

# 50

Es war fast Mitternacht, als Maggie Sheriff Uniss in Sioux City, Iowa, kontaktierte. Sie wollte sich gleich für den späten Anruf entschuldigen, doch der Sheriff kam ihr zuvor.

»Ich weiß nicht, wie das passieren konnte«, verteidigte er sich hastig. »Von mir hat keiner Ihren Namen gekriegt.«

»Wovon reden Sie?«

»Von den Medien. Sie sind wie die Heuschrecken über uns hergefallen, kaum dass Sie beide weg waren. Wir haben die alle bei uns hier draußen: CNN, ABC, FOX, sogar das beknackte *Entertainment Tonight*. Ich habe denen Ihren Namen nicht gegeben!«

Seit sie mit Tully hergefahren war, hatte Maggie weder den Fernseher noch das Radio eingeschaltet. Während sie Sheriff Uniss zuhörte, ging sie zu dem Fernseher in ihrem Hotelzimmer und stellte CNN an. Binnen Sekunden wurde ihr klar, warum ihr Anruf den Sheriff so hochgradig nervös machte. Ihr Foto war in der rechten oberen Ecke des Bildschirms eingeblendet, während der Reporter direkt vom Schauplatz berichtete. Maggie erkannte die lange Auffahrt zur Farm in Iowa im Hintergrund. Sie ließ den Fernseher stumm geschaltet, setzte sich auf die Bettkante und fuhr sich mit den Fingern durchs Haar.

Das war nicht weiter wild, sagte sie sich.

»Deshalb rufe ich nicht an, Sheriff.«

»Einer der Männer sagt, dass die irgend so ein Porträt von Ihnen gesendet haben. Ich schwöre Ihnen, von mir und meinen Leuten haben die keinen Pieps gehört.«

Maggie wechselte zu FOX und sah, dass ihr Foto dort ebenfalls Teil der »Eilmeldung« war. Ist offenbar Saure-Gurken-Zeit, dachte Maggie und beschloss, auch das nicht weiter zu beachten.

»Sheriff, hören Sie mir bitte zu. Die Bauleute, die uns geholfen haben, sind die noch da?«

»Bauleute?«

»Ja, Buzz und seine Männer.« Sie schüttelte genervt den Kopf. Warum hatten sie sich nicht die vollen Namen der Leute geben lassen?

»Nein, die Jungs sind schon abgezogen. Wir haben die gesamte Farm bis auf Weiteres als Tatort abgesperrt. Die kommen bestimmt nicht so bald wieder.«

»Haben die auch schon ihr Gerät aufgeladen?«

»Ja, gleich gestern Morgen.«

*Verdammt!*

Sie hörte ein Klopfen von der offen stehenden Verbindungstür, und Creed lugte um die Ecke. Er hielt zwei Dosen Pepsi light in die Höhe. Maggie winkte ihn herein.

»Wir müssen Buzz aufstöbern, damit wir ihn befragen können. Glauben Sie, dass Ihre Leute das übernehmen können?«

»Klar können wir das, nur müssen Sie mir vorher erzählen, was zum Geier wir ihn denn fragen wollen.«

Creed blickte auf den Bildschirm, und Maggie wünschte, sie hätte das verfluchte Ding ausgeschaltet.

»Ich habe einen Anruf von Lily bekommen.«

»Lily?«

»Die Frau, die wir in dem Haus gefunden haben.«

»Die Truckerschwalbe?«

»Ja. Sie sagt, dass Buzz versucht hat, sie umzubringen.«

»Oh, ich bitte Sie! Glauben Sie der etwa? Wahrscheinlich ist die gerade wieder voll mit Hühner-Speed.«

»Hühner-Speed?«

»Meth. So nennen die Fernfahrer das.«

»Hören Sie, Sheriff, Sie müssen Buzz finden und möglichst auch Lily.«

»Sie hat bei Ihnen angerufen, Ihnen aber nicht verraten, wo sie ist? Ich sage das ja nur ungern, Agentin O'Dell, aber manche Leute haben auf Meth die wildesten Halluzinationen.«

Das wusste Maggie. Sie erinnerte sich, wie Lily versucht hatte, sich imaginäre Käfer von den Armen zu pflücken. Trotzdem hatte die Frau ernsthaft verzweifelt geklungen. Und Buzz passte in ihr vorläufiges Profil: ein Mann, der kreuz und quer durchs Land von einem Arbeitsplatz zum nächsten fuhr; Mitte bis Ende dreißig, schlank, gut in Form; an schwere körperliche Arbeit gewöhnt, aber klug und fähig, Leute zu führen. Er konnte seine Opfer leicht überwältigen, war jedoch freundlich genug, selbige auf andere Weise für sich zu gewinnen. Maggie dachte daran, wie er ihr die Baseballkappe gegeben und sie sich umgehend wie ein Mitglied seines Teams gefühlt hatte.

»Falls Sie nicht die nötigen Leute haben, um Lily und Buzz zu suchen, sagen Sie es mir bitte jetzt.«

Am anderen Ende herrschte Stille, und Maggie wartete. Wahrscheinlich überlegte der Sheriff, was die Medien aus seinem Nein machen könnten. Oder, schlimmer noch, wenn durchsickerte, dass er der Bitte eines FBI-Agenten nicht nachgekommen war.

»Wollen Sie ihn befragen, wenn wir ihn hier haben?«, fragte er schließlich.

»Ja. Und sobald Sie seinen vollen Namen haben, schicken Sie ihn mir per SMS.«

»Geht klar.«

»Und, Sheriff, bitte geben Sie mir sofort Bescheid, wenn Sie Lily gefunden haben. Vielleicht sehen Sie auch in dem Haus auf der Farm nach.«

»Auf der Farm wimmelt es von Leuten. Ich glaube nicht, dass sie in das Haus zurückgeht.«

»Sehen Sie nach.«

Er ersparte sich die Mühe, seinen Seufzer zu unterdrücken, und wiederholte: »Geht klar.«

Creed saß auf der Ecke des zweiten Bettes, und sowie Maggie zu ihm sah, hielt er ihr eine Pepsi-Dose hin.

»Sie haben deine Marke im Automaten.«

»Danke.« Sie versuchte, nicht beeindruckt zu wirken, weil er sich ihre Lieblingscolamarke gemerkt hatte.

Er hatte bereits beide Dosen geöffnet. Maggie trank einen Schluck aus ihrer. Sie fühlte, dass Creed sie beobachtete, drehte sich um und stellte den Fernseher aus. Von nebenan hörte sie Tullys Stimme. Er hatte den schwierigeren Anruf übernommen – den bei ihrem Boss.

Dies war das erste Mal, dass Creed und sie allein waren, seit sie sich geküsst hatten und – was immer jener Zwischenfall auf dem Bett gewesen sein mochte. Sie wusste nicht, was sie sagen sollte. Vielleicht waren solche Vorfälle für ihn völlig normal. Für Maggie waren sie es ganz und gar nicht.

»Wegen vorhin«, begann sie, und sofort verrieten ihr seine Augen, dass er genau wusste, was sie meinte, und sie den Satz nicht beenden müsste.

»Mach dir deshalb keine Gedanken.«

»Wie? Das war also nichts weiter?«, fragte sie zu hastig. Sie war tatsächlich ein bisschen gekränkt. Dabei wollte sie doch, dass es nichts weiter war, oder nicht?

Creed blickte sie ernst an. Es war keine Spur von dem trägen Grinsen zu entdecken, das so typisch für ihn war. »Es sei denn, du willst es so.«

Und jetzt konnte sie es wieder ganz deutlich spüren. Zwischen ihnen knisterte pure Elektrizität, viel zu stark, um angenehm zu sein.

Ohne den Blick von ihr abzuwenden, stand Creed auf und trat zwei Schritte vom Bett zurück. Versuchte er, den Stromkreis zu unterbrechen?

»Du solltest versuchen, ein wenig zu schlafen«, sagte er.

Sie nickte lächelnd. »Ja, in letzter Zeit bin ich wirklich nicht viel dazu gekommen.«

»Schlaflosigkeit?«

»Liegt wohl am Job.«

»Bei mir wirken normalerweise Scotch oder Bourbon ganz gut.«

»Dann kennst du das auch?«

»Es gibt da so eine Redewendung: Wenn man nicht schlafen kann, liegt es daran, dass man in den Träumen eines anderen wach ist.«

Maggie dachte darüber nach, trank noch einen Schluck Pepsi und sagte: »In den Träumen eines anderen? Oder in den Albträumen?«

In diesem Moment betrat Tully das Zimmer. Ihm stand das Haar zu Berge, weil er zu oft mit den Fingern hindurchgefahren war. Und Maggie bemerkte einen frischen Fleck auf seinem Hemd – Pizzasauce. Tully sah fertig aus. Er lehnte sich mit einer Schulter in den Türrahmen, als könnte er sich kaum noch auf den Beinen halten.

Dann sah er Maggie an. »Wie es aussieht, fahren wir beide nach Florida.«

## 51

Bevor Agent Tully zu Ende erklären konnte, warum sie nach Florida mussten, klingelte Creeds Handy. Es war Hannah. Creed ließ die beiden Agents allein und zog sich ins andere Zimmer zurück. Als er auf die Uhr sah, krampfte sich sein Magen zusammen. Um diese Zeit konnten es nur schlechte Neuigkeiten sein.

»Ist alles okay?«, fragte er direkt, ohne sie zu begrüßen.

»Alles bestens. Jetzt flipp nicht gleich aus. Ich hab mir schon gedacht, dass du durchdrehst, wenn ich mich mitten in der Nacht melde, aber ich wusste, dass du noch wach bist.«

»Geht es den Hunden gut?«

»Allen geht es prima. Was ist mit Grace?«

»Ich kann sie morgen früh um sieben abholen. Besser gesagt, heute Morgen um sieben. Vor zwei Stunden habe ich noch mal angerufen und gefragt, und da schlief sie ruhig und friedlich.«

»Sie ist hart im Nehmen, aber ehrlich gesagt bin ich erst froh, wenn sie wieder hier ist und ich sie von vorne bis hinten umsorgen kann.«

Das brachte Creed zum Lächeln. Wahrscheinlich hatte Hannah schon einen Platz für Grace in ihrem Büro hergerichtet, wo sie die Hündin immer im Blick hätte.

»Ich habe eben einen Anruf von Agent Alonzo erhalten«, erzählte Hannah. »Er will wissen, ob wir am Samstag ein Leichenspürteam hier in unserer Gegend verfügbar haben.«

Dort also wurden Maggie und Tully hingeschickt. Creed ärgerte sich, weil seine erste Reaktion an Begeisterung grenzte.

»Felix kommt erst nächste Woche wieder, und Andy ist noch an der Westküste«, fuhr Hannah fort.

»Die Suche ist Teil dieses Falles«, sagte er. »Ich kann das machen.«

»Rye, ist das dein Ernst? Du wirst morgen den ganzen Tag unterwegs sein.«

»Wenn ich um sieben von der Tierklinik aus losfahre, bin ich abends zu Hause. Dann kann ich die Agents am Samstag vor Ort treffen.«

»Was ist eigentlich mit dir los? Da stimmt doch etwas nicht.«

»Dieser Mörder sucht sich seine Opfer auf Rastplätzen, Hannah. Die Farm in Iowa ... Sie glauben, dass er seit knapp zehn Jahren freien Zugang zu ihr hat. Falls sie noch ein Leichenversteck gefunden haben – wer weiß, wie lange er das schon nutzt?«

Hannah blieb so lange stumm, dass Creed dachte, die Verbindung wäre unterbrochen.

»Rye, wird dir das denn nicht langsam zu viel?«

Ihre Stimme klang sanft und fürsorglich, was Creed überhaupt nicht leiden konnte.

»Ich habe dir doch gesagt, dass ich es dich wissen lasse, wenn du dir Sorgen um mich machen musst.«

»Ja, hast du«, pflichtete sie ihm bei, und anscheinend beschloss sie, nicht weiter nachzuhaken. Vermutlich dachte sie, dass ein Irrer, der weiß, dass er irre ist, vielleicht noch kein ganz hoffnungsloser Fall ist … Noch nicht.

»Ich weiß, dass ich sie eventuell nie finde, Hannah. Aber ich kann nicht aufhören zu suchen.«

Wieder Stille.

»Okay, aber ich stelle dem FBI für diesen Auftrag einen Aufschlag in Rechnung«, sagte sie schließlich.

Creed lächelte, wenn auch weniger, weil er amüsiert war, sondern vor Erleichterung.

# Freitag, 22. März

Maggie war nicht bewusst, dass sie die Zähne fest zusammenbiss.

»Laut Wetterbericht gibt es vor morgen keinen Regen«, sagte Tully und blickte auf ihre Hand, die sie in die Armlehne ihres Sitzes krallte. »Und keine Gewitterturbulenzen.«

Maggie entspannte sich nicht.

Anfang der Woche, als sie nach Omaha flogen, hatten sie achterbahnartige Turbulenzen durchflogen. Dass heute keine angekündigt waren, war gut, aber im Grunde egal. Das Flugzeug stieg immer noch, hing in dieser schrecklichen Neigung, bei der ihr Rücken gegen die Sitzlehne gedrückt wurde. Maggie hasste das Fliegen. Sie konnte es nicht ausstehen, elfeinhalbtausend Meter über dem Erdboden zu sein, ohne die Situation kontrollieren zu können.

Und Tully? Der freute sich tatsächlich, denn Kunze hatte sie in die erste Klasse gebucht.

»Wir kriegen sogar Mittagessen«, sagte Tully wie ein kleiner Junge, dem eine Überraschung versprochen wurde. Maggie bemerkte, dass er sich in den Mittelgang beugte und den Kopf neigte, als wollte er schon mal einen Blick auf das Mittagessen erhaschen. »In der ersten Klasse heißt das: richtige Teller, Stoffservietten und richtiges Essen.«

Maggie sah ihn streng an. Als wenn ihm »richtiges Essen« irgendwas bedeutete! Sie hatte den Mann schon Automaten-Pop-Tarts essen sehen, die drei Monate über dem Verfallsdatum gewesen waren. Manchmal fragte sie sich, ob Tully an nichts anderes als an Essen dachte. Er konnte Unmengen verdrücken, was ihm kein bisschen peinlich war. Insofern war es ein Segen, dass er mit Gwen zusammen war, die ebenso gerne kochte, wie Tully aß. Er war ein sehr großer, schlaksiger Mann, und selbst in der ersten Klasse war offenbar nicht genügend Beinfreiheit, um seine Knie unterzubringen.

»Hast du keinen Hunger?«, fragte er. »Du hast noch gar nicht gefrühstückt.«

»Ich kann immer noch nicht fassen, dass du mich nicht geweckt hast. Übrigens auch nicht, dass ich so lange geschlafen habe.«

»Offensichtlich brauchtest du den Schlaf.«

Eigentlich rührte ihre Fassungslosigkeit daher, dass Creed einfach abgefahren war, ohne sich zu verabschieden. Er war schon weg gewesen, als sie aufstand. Tully sagte, dass Creed angeklopft und in ihr Zimmer gesehen hätte, bevor er losfuhr. Aber weil sie geschlafen hatte und Creed nicht entgangen war, wie selten sie dazu kam, hatte er sie nicht aufgeweckt.

»Er wollte dringend Grace abholen und nach Hause bringen«, hatte Tully erklärt. »Außerdem sehen wir ihn morgen. Alonzo hat ihn angeheuert, das neue Versteck abzusuchen. Natürlich mit einem anderen Hund.«

Das neue Leichenversteck. Bisher wussten sie lediglich, dass es irgendwo östlich von Milton in Florida lag, in einem dicht bewaldeten Gebiet an der Interstate 10. In der Nähe gab es mehrere Flüsse und Bäche. Mehr wollte Otis nicht herausrücken. Seinen Job als Lotse nahm er genauso ernst wie seine Fähigkeiten, andere zu manipulieren und möglichst viel für sich aus der Situation herauszuholen.

Kunze und Alonzo waren überzeugt, dass Jack eine

andere abgelegene, leer stehende Unterkunft nahe diesem neuen Leichenversteck hatte – so wie auf der Farm in Iowa. Es musste ein Ort sein, an dem er bleiben konnte, solange er sich den Leichen seiner Opfer widmete. Jack hatte sie nach Iowa gelotst. Er wollte sein Werk vorführen. Da die Regierung bald das Wildreservat angelegt hätte, wären die Leichen so oder so gefunden worden. Nur wären sie dann nicht zwingend als sein Werk erkannt worden.

Kunze hoffte, dass sie den Mörder schnappen konnten, indem sie uneingeladen in seinem Versteck auftauchten. Jack konnte unmöglich wissen, dass Otis P. Dodd nach einem Jahr plötzlich auspackte. Und Kunze glaubte, dass Jack den seltsamen Riesen mit der sanften Stimme vergessen hatte, der so linkisch und unbedarft wirkte.

Jack. Nein, das war sicher nicht sein richtiger Name. Jedenfalls nicht der, den er sonst benutzte. Seit Lilys panischem Anruf stand für Tully und Maggie fest, dass Buzz ihr Highway-Mörder war. Dank Sheriff Uniss und Agent Alonzo wussten sie inzwischen, dass der Vorarbeiter Buzz mit vollem Namen Stanley Johnson hieß. Allerdings war er aus Iowa verschwunden – und Lily anscheinend auch.

»Wir hatten ja damit gerechnet, dass er uns beobachtet«, sagte Maggie und versuchte, sich ein wenig zu entspannen. »Wir konnten nur nicht ahnen, wie nahe er uns war.«

»Es war schon komisch, dass er dir diese Baseballkappe gab und sie dann später in der Raststätte verschwunden ist.«

Maggie holte ihren Laptop aus der Tasche hervor, die sie unter den Sitz vor sich gestopft hatte. Dann lud sie eine Datei herunter, die Alonzo ihr gemailt hatte, bevor sie an Bord gegangen waren. Jetzt wollte Maggie sie unbedingt öffnen, um sich von der Tatsache abzulenken, dass sie in einer Stahlröhre meilenweit über der Erde steckte. Da befasste sie sich sogar lieber mit der Psyche eines Serienmörders.

»Er passt nicht ganz in das Profil«, sagte Tully. »Und Buzz hat den Bautrupp schon geleitet, bevor wir dort ankamen.«

»Alonzos Informationen zufolge ist Stanley ›Buzz‹ Johnson sechsunddreißig Jahre alt und selbstständiger Bauunternehmer. Er reist im ganzen Land umher und arbeitet vornehmlich an staatlichen Projekten. Seinen Wohnsitz hat er angeblich in Dothan in Alabama. Er wurde noch nie auffällig, hat keine Polizeiakte. Noch nicht mal einen Strafzettel. Folglich sind seine Fingerabdrücke auch nicht registriert. Alonzo hat herausgefunden, dass ein Ford F-150-Truck in Alabama auf ihn zugelassen ist. Ansonsten gibt es überhaupt keinen Besitz, der auf seinen Namen läuft.«

»Warte mal.« Tully schnappte sich seine Schultertasche und zog eine Karte heraus, die Alonzo ihm heute Morgen gefaxt hatte. Die Karte zeigte den Bereich Floridas, in den Otis sie morgen bringen wollte. Tully schob seine Brille nach oben und sah genauer hin. »Guck dir das an.«

Er klappte seinen Tisch aus der Rückenlehne vor ihm und legte die Karte darauf. Mit dem Zeigefinger suchte und fand er Dothan in Alabama und fuhr von dort bis hinunter zur I-10. Maggie entdeckte Milton in Florida schon auf der Karte, ehe Tullys Finger dort ankam. Buzz Johnsons fester Wohnsitz lag keine hundert Meilen von dem neuen Leichenversteck entfernt.

Samstag, 23. März

## 53

*An der Interstate 10,*
*außerhalb von Milton in Florida*

Kunze hatte zwei Zimmer für Maggie und Tully in einem Red Roof Inn reserviert. Es lag ebenfalls an der Interstate 10 und grenzte an einen Fichtenwald. Das Hotel war sauber und komfortabel, aber Maggie fehlte doch die Verbindungstür zwischen ihren beiden Zimmern, die sie im Holiday Inn gehabt hatten. Und ihr fehlte Creed, was erstaunlich war. Nein, es war sogar bescheuert. Sie kannte den Mann kaum. Wahrscheinlich vermisste sie nur die zusätzliche Gesellschaft. Sonst nichts. Tully und sie waren schlicht schon zu lange gemeinsam unterwegs.

Tully hingegen war glücklich. Gleich nebenan gab es ein »Waffle House«.

Maggie wollte nach Hause zu ihren Hunden. Dieser Einsatz dauerte schon entschieden zu lange. Andererseits besaß sie derzeit gar kein Zuhause. Ihres war einem Brand zum Opfer gefallen. Das Aufräumen hatte ihr fast das Herz gebrochen. Und jetzt hatte sie mitten im Wiederaufbau verschwinden müssen, während Elektriker, Klempner und Trockenbauer rein und raus marschierten, alles Mögliche entfernten und neu aufbauten oder ersetzten. Vielleicht war es doch nicht so schlecht, dass sie in dieser Phase weit weg war.

Von Stanley »Buzz« Johnson hatten sie nichts mehr gehört. Agent Alonzo hatte das Führerscheinfoto des Mannes erhalten und an Detective Lopez in Kansas weitergeleitet. Letzterer sollte prüfen, ob Noah Waters möglicherweise

Buzz als den Mann identifizieren konnte, der ihn und seinen Freund Ethan überfallen hatte. Maggie bezweifelte es – Noah war noch viel zu verängstigt.

Frühmorgens war eine Gewitterfront über Florida hinweggezogen, sodass die Luftfeuchtigkeit sehr hoch war. Folglich fühlten sich die achtzehn Grad, die hier herrschten, klamm und kühl an, obwohl die Sonne bereits durch die Wolken brach. Für den späten Nachmittag waren neue Gewitter angekündigt.

Sowohl Maggie als auch Tully hatten ihre FBI-Regenjacken bei sich. Und bevor sie aus Kansas abgereist waren, hatten sie sich noch Wanderstiefel gekauft. Maggie trug Jeans und ein Shirt mit langen Ärmeln, die sie bis zu den Ellenbogen hinaufgeschoben hatte. Tully hatte sich mit seiner Kakihose und einem Polohemd für einen offizielleren Look entschieden. Und beide trugen ihre Schulterhalfter mit den Waffen.

Tully hatte bereits mit Creed gesprochen. Er war spät dran und sagte, er würde sie am angeblichen Leichenversteck treffen. Diese Gegend kannte er wie seine Westentasche. Die Einrichtung, in der er wohnte und seine Hunde trainierte, war keine halbe Stunde entfernt. Tully vereinbarte mit ihm, dass er ihm die GPS-Koordinaten schickte, sowie sie an dem Ort ankamen, an den Otis sie führte.

Exakt um zwölf Uhr mittags fuhren zwei schwarze Chevy Tahoes mit Kennzeichen der Florida Highway Patrol auf den leeren Parkplatz des Hotels. Sie hielten in der hintersten Ecke, wo sie auf zwei Seiten von Bäumen umgeben waren. Maggie und Tully hatten in der Eingangshalle gewartet und kamen nun raus, um die Leute zu begrüßen.

Beide Polizisten von der Landespolizei in Florida trugen graue Uniformen mit breitkrempigen schwarzen Hüten. Sie stellten sich als Trooper Wiley und Trooper Campos vor. Ein Mann stieg auf der Beifahrerseite des ersten SUV aus. Maggie nahm an, dass es Gefängnisdirektor Demarcus war, denn Kunze hatte ihr erzählt, dass er darauf bestand, seinen Gefangenen zu begleiten.

Demarcus sah wie ein Politiker aus: grau melierte Schläfen, breite Schultern, selbstbewusster Gang, frisch gebügelte Hose, weißes Oxford-Hemd zu einer Seidenkrawatte und teure Lederschuhe, bei denen Maggie sofort auffiel, dass sie frisch poliert waren. Genau das richtige Outfit für eine Leichensuche in unwegsamem Gelände. Maggie fragte sich, ob er ein Kamerateam erwartete. Statt wie ein Gefängnisdirektor, der sich um seinen Häftling kümmerte, sah er eher wie ein Mann aus, der sich seine Viertelstunde Berühmtheit nicht entgehen lassen wollte.

Auf der Rückbank des SUV saß Otis P. Dodd. Maggie war nahe genug, um ihn durch die getönten Scheiben sehen zu können. Er beobachtete sie, lächelte und kaute auf einem Hühnerbein.

»Er hat verlangt, dass wir anhalten und ihm Hähnchen kaufen«, erklärte Demarcus ihr. »Wir waren eben aus dem Flugzeug, da wollte er unbedingt zum KFC.«

»Ich schätze, er kriegt heute alles, was er will«, sagte Tully.

»In einem gewissen Rahmen«, korrigierte Demarcus verschnupft.

Gwen hatte Otis als jungenhaften Riesen beschrieben, und ein einziger Blick durch die Autoscheibe verriet Maggie, dass sie nicht übertrieben hatte. Trotz des schütteren

Haars und der hängenden Lider mit den Krähenfüßen in den Augenwinkeln erinnerte er sie an einen Teenager. Es lag wohl an der Art, wie er sie schief angrinste und dabei auf naive Weise hochzufrieden wirkte.

Maggie und Tully gingen zu dem zweiten SUV, den Trooper Wiley fuhr. Tully überließ Maggie den Beifahrersitz. Campos und Demarcus stiegen wieder in den vorderen Wagen zu Otis. Doch bevor Wiley den Gang einlegen und losfahren konnte, sprang Demarcus zurück auf den Parkplatz. Er bemühte sich vergebens, den Zorn zu verbergen, der ihm deutlich ins Gesicht geschrieben stand. Er stampfte zu ihrem SUV hinüber und stellte sich vor Maggies Tür. Sowohl sie als auch Tully, der hinter ihr saß, rollten ihre Fenster herunter.

»Gibt es ein Problem?«

»Er will, dass *Sie* in seinem Wagen mitfahren«, zischte Demarcus mit zusammengebissenen Zähnen, was zunächst einmal wütend, aber auch vorwurfsvoll klang. »Ich habe denen ja gleich gesagt, dass es eine Schnapsidee ist, eine Frau mitzunehmen!«

Seine Hand griff nach Maggies Tür, aber sie hatte sie bereits geöffnet, ehe er den Griff berührte. Zufällig stieß Maggie die Tür auch ein bisschen zu schwungvoll auf, sodass sie sie Demarcus vor die Brust knallte.

»Ups, Verzeihung«, sagte sie. »Manchmal sind wir Frauen ein bisschen ungeschickt und können unsere Kraft schwer einschätzen.«

Sie hörte Wiley und Tully lachen, als sie aus dem Wagen stieg.

# 54

Maggie saß etwas schief auf dem ledergepolsterten Beifahrersitz des Tahoe, damit sie Otis besser sehen konnte. Er war mit Handschellen an den Fahrzeugboden direkt hinter Trooper Campos gekettet, und ein Stahlgitter trennte die hintere Sitzreihe von der vorderen.

Im Wageninnern roch es nach Grillhähnchen. Otis' Kinn glänzte noch, wo er es sich nicht richtig mit der Serviette abgewischt hatte, und er war ganz aufgeregt, Maggie in seinem SUV zu haben.

»Sie sind die Freundin von Miss Gwen, oder?«

Maggie verstand sofort, was Gwen gemeint hatte, als sie sagte, der Mann besäße einen schlichten Charme.

Nun war sein Gesicht zum Seitenfenster gewandt, und er guckte sehr angestrengt. Das nervöse schiefe Grinsen, das ebenso dauerhaft zu seinem Gesicht zu gehören schien wie seine Nase, war verhalten. Er wusste offensichtlich genau, wohin er sie bringen wollte. Dennoch hätte es Maggie nicht gewundert, sollte er gelogen haben, nur um einen Tag aus dem Gefängnis zu kommen. Er hatte einen Flug und eine längere Autofahrt bekommen, ein bisschen frische Luft und gegrilltes Hähnchen. Als er sie an dem Rastplatz der Interstate vorbeifahren ließ, vermutete Maggie, dass es sich genauso verhielt.

Umso erstaunlicher war, dass er Campos an der nächsten Ausfahrt von der Interstate dirigierte und ihm befahl, eine Reihe ganz bestimmter Abbiegungen zu nehmen. Zehn Minuten später waren sie im Blackwater River State Forest.

Die schmale Straße durch den Staatswald war links und

rechts von hohen, dürren Fichten flankiert, die so dicht beieinanderstanden, dass das Tageslicht Mühe hatte, sich hindurchzukämpfen.

Sie passierten ein paar Feldwege aus festem rotem Lehm, die sich zwischen den Bäumen schlängelten und darin verschwanden. Trooper Campos fuhr weiter in den Wald. Er überquerte eine Brücke, und Maggie fiel auf, dass das Wasser darunter teefarben, aber flach genug war, dass man den Grund sehen konnte. Ein blütenweißer Sandstreifen tauchte neben dem Fluss auf, der von Fichten umgeben war und wie ein deplatzierter Strand wirkte. Im Sommer war er sicherlich ein idealer Platz zum Ausspannen, aber jetzt im März war hier niemand zu sehen.

»Wieso haben Sie nichts von dem Wald gesagt?«, fragte Campos in den Rückspiegel, in dem er Otis beobachtete. »Dann hätte ich einen Ranger dazugerufen.«

»Das ist gar nicht nötig«, antwortete Otis.

»Waren Sie schon mal hier?«, fragte Campos.

»Nein, Sir. Ich war noch nie nicht in Florida.« Er sprach höflich und mit einem unverkennbaren Südstaatenakzent.

»Und woher wissen Sie, wo wir hinmüssen?«

Otis tippte sich an die Schläfe, grinste, blickte aber weiter aus dem Seitenfenster.

»Wenn mir Leute was erzählen, merk ich mir das. Keine Ahnung, wie das kommt, aber ich hab dann so ein richtiges Bild im Kopf.«

Campos warf Maggie einen Seitenblick zu. Wenigstens verdrehte er nicht die Augen. Der Polizist musste um die vierzig sein, alt genug, um schon alle erdenklichen Geschichten gehört zu haben. Und Maggie sah ihm an, dass er an Otis' Glaubwürdigkeit zweifelte.

»Hier ist keiner«, sagte Campos zu Maggie. »Nicht um diese Jahreszeit. Milton ist die beste Stelle zum Kanufahren in ganz Florida. Der Blackwater River zieht sich durch den ganzen Wald, und mehrere Bäche und Seitenarme fließen in ihn hinein – Coldwater Creek, Juniper, Sweetwater.«

»Wie groß ist der Wald?«, fragte Maggie.

»Über zweihunderttausend Morgen. Er reicht bis zur Grenze nach Alabama im Norden.«

Maggie drehte sich zu Otis um. Ihr war mulmig. Wie tief in den Wald wollte er sie führen? Wie lange würde er sie im Kreis herumwandern lassen, ehe er zugab, dass hier keine Leichen versteckt waren?

Westlich von ihnen war eine Waldlichtung, sodass Maggie die Gewitterwolken sehen konnte, die sich am Himmel zusammenbrauten. Es war keine sechs Monate her, seit sie einen Abend in einem Wald in Nebraska verbracht hatte. Eine solche Abgeschiedenheit hatte sie nie zuvor erlebt. Und sie war nicht unbedingt versessen darauf, diese Erfahrung zu wiederholen. Instinktiv zog sie ihr Handy heraus und schaute nach, wie stark das Signal hier war. Zunächst blinkte es zwischen ein und zwei Balken, dann war es weg.

Trooper Campos bemerkte es. »Hier müssten Sie eigentlich Empfang haben«, sagte er und ergänzte gleich, »an den meisten Stellen jedenfalls.« Das klang nicht sehr überzeugend.

»Hinter dem Riesenbaum da vorne«, sagte Otis und zeigte auf eine große, tote Eiche. »Gleich hinter dem geht rechts ein Weg rein.«

Das war ein unübersehbarer Orientierungspunkt. Ob Otis sie doch in die Irre führte?

Campos fuhr langsamer, hätte die Abbiegung aber dennoch beinahe verpasst. Es war eher ein breiterer Pfad als ein Weg. Die seitlichen Reifenspuren waren von Dickicht überwuchert. Campos hielt den SUV an. Er wartete, bis der zweite Wagen hinter ihnen ebenfalls gebremst hatte, und setzte ein Stück zurück. Dann riss er das Steuer scharf nach rechts und bog in den Wald ein.

Der Weg schlängelte sich und verlief stellenweise in sehr engen Biegungen. Ihr Wagen rumpelte und wippte in den Spurrillen. Mehrmals schabten Äste über die Seiten des SUV, und Campos verzog das Gesicht. Auch das Wagendach bekam einiges ab. Hin und wieder sah Maggie kleine Farbkleckse, wo erste Frühlingsblumen blühten. Je mehr sich die dunklen Wolken über ihnen verdichteten, umso schlechter wurde die Sicht im Wald.

»Wie weit noch, Kumpel?«, fragte Campos, und Maggie entging nicht, dass Otis ob dieser Anrede eine Grimasse zog. »Sicher, dass wir hier richtig sind?«

»Nur noch ein kleines Stück«, antwortete Otis.

Wenige Sekunden später kamen sie um eine Biegung und auf eine Lichtung.

»Da sind wir«, sagte Otis.

Maggie musste zugeben, dass es das ideale Leichenversteck war. Die Stelle war völlig abgeschieden, aber mit dem Wagen zu erreichen. Das einzige Problem war: Hier gab es nichts, keine Hütte, keinen Unterstand.

Als sie ausgestiegen waren, erklärte Otis ihnen, dass sie noch gar nicht an der richtigen Stelle wären, denn die war nur zu Fuß zu erreichen. Er zeigte auf einen Trampelpfad.

»Gleich da zwischen den Bäumen durch.«

»Willst du uns verarschen?«, fragte Demarcus.

»Es sind so hundert, hundertfünfzig Meter in die Richtung.«

Dann fragte Otis, ob sie ihm die Fußfesseln abnehmen würden.

Die Troopers Campos und Wiley sahen Demarcus an, der seinerseits fragend zu Tully blickte.

»Jetzt sind wir schon so weit gekommen. Sehen wir wenigstens nach, ehe das Gewitter losbricht.«

Otis hatte nicht gelogen. Nach hundert bis hundertfünfzig Metern mündete der Weg auf eine weitere Lichtung, die sehr viel größer und weiter als die vorherige war. Hier wuchsen hohe Gräser und gelbe Wildblumen. Eine Wiese mitten im Wald. Wiley ging neben Otis her. Der Häftling, dessen Hände noch in Handschellen waren, führte sie in die Mitte der Wiese und blieb stehen. Demarcus war dicht hinter ihnen, gefolgt von Tully und Maggie. Etwa zwanzig Schritt hinter Maggie bildete Campos das Schlusslicht.

Wieder fiel Maggie auf, dass nichts als Wald um sie herum war. Nirgends waren Gebäude zu erkennen, was jedoch nicht heißen musste, dass sich keine in den dunklen Schatten zwischen den Bäumen verbargen. In der Ferne konnte Maggie das Donnergrollen des heranziehenden Gewitters hören.

Entsprechend dachte sie beim ersten Knall, dass es sich ebenfalls um Donner handelte, bis sie Wiley auf die Knie sacken sah. Er fasste sich mit einer Hand an seinen Hals. Gleich darauf krachte ein zweiter Schuss, und genau neben Maggie explodierte Campos' Kopf, wobei sie mehrere Spritzer ins Gesicht trafen.

Sie zerrte an ihrer Regenjacke, als Campos gegen sie fiel und sie mit sich zu Boden riss. Sie zog an ihrem Waffenhalfter.

Ein dritter Schuss. Dieser traf Tully.

# 55

Maggie robbte bäuchlings zu Tully hinüber. Das hohe Gras bot wenig Schutz, aber Campos' Leiche gab ihr Deckung. Sie hatte ihre Waffe gezogen, nur konnte sie den Schützen nicht sehen. Sah er sie? Maggie wusste lediglich, dass die Schüsse in kurzer Reihenfolge aus den Bäumen gekommen waren. Und sie alle waren auf der Lichtung leichte Ziele.

Ein vierter Schuss knallte, und Maggie hörte Demarcus aufschreien.

Sie duckte den Kopf, presste ihre Wange auf die kalte, klamme Erde. Alles war still, bis auf ihr Herzklopfen, das durch ihren Kopf hallte. Maggie war schweißgebadet.

Vorsichtig drehte sie sich zu Tully um.

Auf seiner Regenjacke war ein großer, runder Blutfleck. Eine Eintrittswunde. *Gütiger Gott!* Sie war direkt über seinem Herzen.

»*Verdammt, Tully. Nein!*«, hauchte sie atemlos und hätte vor Wut am liebsten losgeheult.

Sie blinzelte die Tränen fort und stützte sich auf die Ellenbogen. Ihr Puls raste. Sie versuchte, über Campos hinweg zu spähen.

Kein orangefarbener Overall. Wo zur Hölle steckte Otis?

Und wo war sein Kumpel Jack – oder Buzz, oder wie immer er hieß?

Es war ruhig. Zu ruhig.

*Da war es nur noch eines.*

Bei diesem Gedanken überrollte sie eine neue Welle von Panik. Tully hatte sie gewarnt, dass dieser Kerl von ihr besessen war. Er hatte es auf sie abgesehen, die Schnitzeljagd war zweitrangig. Und jetzt war sie als Einzige noch übrig, weil Jack es so wollte. Er wollte sie lebend.

Sie umklammerte ihren Revolver, den Finger auf dem Abzug. So zog sich an Campos' Leiche hoch. Mit der freien Hand wühlte sie sich durch die Fächer an seinem Waffengürtel. Sie steckte sein Pfefferspray in ihre linke Socke. Seinen Taser klemmte sie hinten in ihren Hosenbund, sodass er von der Jacke verdeckt wurde. Campos lag auf seinem Halfter, sodass sie nicht an seine Waffe gelangen konnte, ohne ihn umzudrehen.

Hinter ihr bewegte sich etwas. Sie fuhr herum, den Revolver im Anschlag.

Auf einmal stöhnte Tully. Seine Lider flatterten, und er blinzelte angestrengt. Anscheinend stand er unter Schock. Und er hatte Schmerzen.

Maggie war unsagbar froh, dass er noch lebte. Ihre Freude währte indes keine Sekunde, denn sie musste dringend nachsehen, wie schwer er verletzt war, und ihm helfen. Vor allem musste sie die Blutung stoppen. Doch zuerst gab es noch etwas anderes, das sie schnellstens tun sollte.

Sie öffnete eine Tasche an Campos' Gürtel und holte zwei Dinge heraus. Eines schob sie tief in ihre andere Socke. Dann kroch sie weiter, robbte mit angewinkelten

Armen, um möglichst dicht am Boden zu bleiben. Es fehlten noch wenige Zentimeter.

Sie hörte das Knirschen von Schritten. Nahe. Zu nahe.

Maggie streckte eine Hand nach Tully aus. Sie musste bloß für drei Sekunden ihren Revolver ablegen. Erste Sekunde: Sie griff nach seinem Handgelenk. Zweite Sekunde: Sie klickte eine Handschelle fest. Dritte Sekunde: Sie klickte die andere Handschelle an ihr Handgelenk. Dann nahm sie wieder ihren Revolver auf, als sich ein Schatten über sie legte.

»Fallen lassen, Magpie«, sagte eine Stimme von oben. Sie war hinter ihr.

Beim Klang ihres Spitznamens stockte ihr der Atem. Das war ein Kosename, den allein ihre Eltern benutzten.

## 56

*Washington, D.C.*

Gwen hasste Krankenhaushemden. Sie waren immer drei Nummern zu groß. Ihre Füße waren eiskalt. Warum hatte sie nicht daran gedacht, sich Socken mitzunehmen? Sie dachte an lauter banale Dinge, um die Erinnerung an die Biopsie-Nadel zu verdrängen, die sich in ihren Busen gebohrt hatte. Vorhin hatte man ihr den Ablauf drei oder vier Mal erklärt. Man verabreichte ihr eine örtliche Betäubung und setzte eine ultraschallgesteuerte statt manuell geführte Nadel ein, weil der Knoten nicht so gut zu ertasten war. Es würde weder eine Narbe noch ein Bluterguss zurückbleiben. Dieses Verfahren war weniger invasiv als eine operative Biopsie. Sie durfte hinterher gleich zur Arbeit oder nach Hause gehen.

Man hatte ihr versichert, dass alles »sehr gut gelaufen« war. Aber die Ärzte wollten, dass sie sich »hier noch kurz hinlegte«. Alles ganz simpel und unkompliziert. Dennoch schien die Krankenschwester verwundert, dass Gwen allein war und niemand sie abholen kam. Gwen hatte keinem etwas gesagt. Einzig Julia Racine wusste Bescheid, und sie hatte Gwen versprechen müssen, nichts zu erzählen.

Ihre ordentlich zusammengelegte Kleidung, der Schmuck, das Handy und die Schuhe lagen neben ihrem Bett. Das Handy, das sie auf Vibrationsalarm geschaltet hatte, ratterte auf der Tischplatte. Niemand hatte ihr gesagt, dass sie es hier nicht benutzen durfte. Als sie nach dem Telefon griff, fühlte sie ein Stechen an der Stelle, wo die Nadel dreimal eingedrungen war, um Gewebeproben zu nehmen.

»Gwen«, meldete sie sich.

»Dr. Patterson, hier ist Agent Alonzo. Haben Sie kurz Zeit?«

»Natürlich«, antwortete sie und sah zur Tür.

»Ich gehe gerade einige Informationen durch und frage mich, ob Sie mir etwas erklären können, das Otis Dodd gesagt hat.«

»Okay.«

»Erinnern Sie sich, ob er Ihnen erzählt hat, woher er von der Leiche in der Scheune wusste? Dem Biker mit den Tattoos?«

»Ja, er sagte, dass Jack es ihm erzählt hat.«

»Hat er zufällig erwähnt, *wann* Jack ihm das erzählt hat?«

Gwen überlegte. Otis hatte ihr die Information einfach so hingeworfen, bevor er ging. Er war verärgert gewesen, weil er dachte, sie würde ihm nicht glauben. Es war beinahe eine Trotzreaktion gewesen, als hätte er gar nicht beabsichtigt, ihr davon zu erzählen.

»Ich glaube nicht, dass er gesagt hat, wann Jack es ihm erzählt hat. Er und Jack hatten einen Abend in einer Bar zusammen getrunken.« Alonzo schwieg am anderen Ende, und bevor er reagieren konnte, fragte Gwen: »Haben Sie die Identität des Mannes inzwischen herausgefunden?«

»Ja, ich glaube schon.«

Sie hörte, wie er auf einer Tastatur tippte.

»Er heißt Michael James Earling und ist aus St. Paul in Minnesota. Hat Otis jemals erwähnt, dass er nach dem gemeinsamen Abend noch einmal mit Jack gesprochen hat?«

»Nein, er bezieht sich immer auf diesen einen Abend, wie eine Zufallsbegegnung mit einem Fremden.« Sie versuchte, sich zu erinnern, wie Otis es formuliert hatte. »Ja, und er sagte noch, dass er und Jack beide gestört sind. Dass sie nicht normal sind. Er freute sich, dass sie das gemeinsam hatten.«

Wieder wartete sie, während Alonzo schwieg.

»Warum fragen Sie? Was ist los?«

»Otis sitzt seit fast einem Jahr im Gefängnis. Michael James Earling verschwand erst vor drei Wochen. Der Gerichtsmediziner sagt, das entspricht in etwa der Zeit, die seine Leiche in der Scheune gelegen haben muss.«

Gwen brach kalter Schweiß aus.

»Otis konnte unmöglich von dem tätowierten Biker in der Scheune wissen«, sagte Alonzo. »Es sei denn, er hat immer noch Kontakt zu Jack.«

## 57

»Ganz langsam und vorsichtig«, sagte der Mann zu ihr.

Maggie rückte dichter an Tully heran, ehe sie zu dem Mann aufblickte. Er hatte eine Glock auf sie gerichtet, genauer gesagt: auf ihren Kopf. Und er hatte noch die *Booty-Hunter*-Kappe auf. Aber Jack war nicht Buzz.

Sie brauchte einen Moment, ehe sie ihn wiedererkannte.

»Sie hätten mich schon in Iowa schnappen können. Warum scheuchen Sie mich bis hierher?«, fragte sie Howard Elliott.

Sie fühlte, wie Tully sich regte, hörte ihn stöhnen.

»So macht es mehr Spaß.«

»Der lebt noch«, sagte Otis.

Maggies Magen krampfte sich zusammen. Sie glaubte, dass Tully gemeint war, aber dann sah sie, dass Otis bei Trooper Wiley und Gefängnisdirektor Demarcus stand. Er hatte Wileys Dienstrevolver in der Hand. In seiner Riesenpranke nahm sich die Waffe wie ein Spielzeug aus.

»Der Nachlassverwalter der Farm ist Jack?«, murmelte Tully. »Schweinehund.«

»Wie es aussieht, ist der da auch noch am Leben.«

»Also soll ich Sie Howard nennen?«, fragte Maggie und

staunte, dass ihre Stimme ruhig und fest klang, obwohl sie schreckliche Panik hatte und ihr das Blut in den Adern gefror.

»Er heißt John Howard«, antwortete Otis und stellte sich neben seinen Freund. »Aber er mag lieber, wenn man Jack zu ihm sagt.« Otis' Grinsen war immer noch da. Seine Zunge schnellte vor und strich über seine Lippen, als er sich umsah. »Er lebt noch.«

Otis schien sich wegen Demarcus Sorgen zu machen. Der Gefängnisdirektor krümmte sich auf der Erde. Maggie konnte sehen, dass er die Arme um den Körper geschlungen hatte.

»Ein Bauchschuss«, sagte Jack zu Otis, ohne Maggie aus den Augen zu lassen. »Der stirbt schon noch. Es dauert bloß eine Weile. Ich dachte, du willst vielleicht, dass er ein bisschen leidet. Aber hier haben wir ein Problem. Kann sein, dass ich den nur am Arm erwischt habe.«

Tully bewegte sich, und Jack hob seine Glock höher.

»Ohne ihn gehe ich nirgendwo hin«, sagte Maggie und nahm die linke Hand nach oben, damit er die Handschellen sah.

»Na, was machst du denn für einen Blödsinn?«

Otis lachte, was sich nervös und unecht anhörte. Dann leckte er sich wieder über die Lippen.

»Dir ist doch klar, dass ich die aufschießen kann.«

»Jack hasst Waffen«, sagte Otis. »Stimmt doch, oder?«

Otis war einen Kopf größer als Jack und ungefähr doppelt so breit. Er hätte ihn mühelos hochheben und in der Mitte durchbrechen können. Trotzdem benahm er sich ihm gegenüber wie ein kleiner Junge, der unbedingt seinem Idol gefallen wollte.

»Was sagst du immer?«, fuhr Otis fort. »Kugeln ruinieren das Fleisch.«

Nun bemerkte Maggie das Jagdmesser in der Scheide an Jacks Gürtel, und ihr Puls raste noch schneller. Fleisch? Dann fiel ihr wieder ein, dass die Leichen Schnittwunden aufgewiesen hatten. Mehrere waren enthauptet. Bei Ethan waren Gliedmaßen abgetrennt. Zach Lester waren die Gedärme aus dem Leib gezogen und auf die Zweige des Baumes drapiert worden, unter dem er gelegen hatte.

»Er kann hoffentlich gehen«, sagte Jack und zeigte auf Tully. Dann sagte er zu Otis: »Nimm ihm die Waffe ab. Sie ist in seiner Jacke.«

Jacks Blick begegnete Maggies, und diesmal lächelte er, als fände er die Situation plötzlich sehr amüsant.

»Genau genommen ist das jetzt doppelt so spannend«, sagte er zu ihr. »Vielleicht schneide ich ihn einfach Stück für Stück von dir los.«

## 58

Maggie konnte hören, dass das Gewitter näher kam. Im Wald nahmen ihr die hohen Fichten fast völlig die Sicht auf den Himmel. Den ganzen Nachmittag hatte die Sonne Verstecken gespielt. Nun war sie fort, ersetzt von einem blauvioletten Himmel, dessen Farbenspiel an einen Bluterguss gemahnte.

Sie hatte Tully mit einiger Mühe auf die Beine bekommen, doch Jack erlaubte ihr nicht, nach seiner Wunde zu sehen. Obwohl Tully weitestgehend bei Bewusstsein war, schien er immer wieder abzudriften. Maggie hatte ihr linkes Handgelenk an sein rechtes gefesselt. Damit sie ihn beim Gehen stützen konnte, musste sie sich seinen rechten Arm über die Schulter legen und seine Hand mit ihrer linken festhalten.

Es war nicht einfach, mit dem linken Arm quer über den Oberkörper gestreckt voranzugehen und gleichzeitig Tully zu helfen. Er war beinahe fünfzehn Zentimeter größer als sie, sodass er sich auf ihr abstützen musste. Es fühlte sich an, als würde Maggie eine Zwangsjacke tragen und zugleich einen schweren Rucksack schleppen. Jedes Mal, wenn Tully mit seinem Arm zuckte oder ihn hob, riss er an ihrem. Der Handschellenring schnitt in ihre Haut, und Maggie befürchtete, dass sie sich bald die Schulter auskugelte.

Natürlich fand Jack das alles extrem witzig.

Nachdem sie ein kleineres Stück gegangen waren, tauchte der Fluss vor ihnen auf. Über dem Wasser hing eine Nebelschwade in den Farbtönen der Gewitterwolken über ihnen. Ein Ruderboot lag halb auf einem Sandabschnitt. Das restliche Ufer war von hohem Schilf bewachsen, dessen Halme sich im aufkommenden Wind neigten – ein weiteres Anzeichen für einen bevorstehenden Wetterwechsel.

Maggie war klar, dass sie jeden Orientierungspunkt verlieren würde, wenn sie in dieses Boot stieg. Trooper Campos hatte gesagt, dass sich der Wald über zweihunderttausend Morgen erstreckte und in dieser Jahreszeit vollkommen verlassen war. Und Jack wirkte, als würde er das

Gebiet ziemlich gut kennen. Sie fragte sich, ob es hier überhaupt ein Leichenversteck gab. Oder hatte Otis es sich bloß ausgedacht, um sie zu Jack zu bringen?

Vorhin hatte er sie von Otis abklopfen lassen, nachdem er selbst Tully nach Waffen abgesucht hatte. Otis hatte den Taser sofort gefunden, was Jack mit einem strengen Kopfschütteln und einem *Tss-Tss* quittiert hatte. Jetzt lächelte er aber wieder und sah tatsächlich zufrieden aus.

Er hatte Tully und ihr auch die Handys abgenommen. Aber keiner der beiden hatte daran gedacht, Maggies Knöchel abzutasten. Nicht dass ihr das Pfefferspray viel nützen würde. Mit dem an sie geketteten Tully konnte Maggie nicht schnell genug handeln. Und sie hätte nur Sekunden, nicht Minuten für den Versuch, beide Männer zu überwältigen und einem die Waffe zu entreißen. Andererseits war Otis auf der Lichtung zurückgeblieben, nachdem Jack ihm befohlen hatte, »die Sache zu Ende zu bringen«. Dies könnte also die einzige Gelegenheit darstellen, in der Maggie es nur mit einem von ihnen aufnehmen musste.

»Steig ein«, sagte Jack und schwang ein Bein über die Ruderbootseite, um es ruhig zu halten.

»Und wenn ich mich weigere?«

»Hast du schon mal in menschliches Fleisch geschnitten? Ich meine, so richtig tief? An einem Gelenk vielleicht? Das knackt wie beim Schweineschlachten.«

Maggie zuckte nicht mit der Wimper und wandte auch nicht den Blick ab. Sie hatte schon so einiges gesehen.

»Warum schlitzt du mich dann nicht gleich hier auf, statt mich erst wegzubringen?«

»Oh, ich spreche nicht von dir.«

Er wies auf Tully, und Maggie kam es vor, als hätte sie einen Fausthieb in den Magen bekommen.

»Was für ein Arschloch«, murmelte Tully.

»Steigt in das Boot.«

Maggie konnte Jack umstoßen, während sie vorgab, Tully ins Boot zu helfen. Aber was, wenn es ihr nicht gelang? Sie spielte hier auch mit Tullys Leben, nicht nur mit ihrem. Vielleicht konnte sie ins Boot steigen, dann Jack mit dem Spray attackieren und ins Wasser stoßen. Doch konnte sie so weit den Fluss hinunterrudern, dass Otis sie nicht einholte?

Sie hievte Tully ins Ruderboot. Es geriet heftig ins Schwanken, und beinahe hätte sie das Gleichgewicht verloren und wäre ins Wasser gestürzt. Die Handschelle bohrte sich schmerzhaft in ihre Haut, und Tully stöhnte, fing sie jedoch ab. Er brachte hinreichend Kraft auf, um Maggie auf den Beinen zu halten.

Jack betrachtete die beiden gelassen und schüttelte wieder den Kopf. Womit diese Gelegenheit, ihn zu überwältigen, verstrichen war.

Ein Schrei ließ sie alle drei zusammenfahren. Es war ein markerschütternder, wilder Schmerzensschrei und eindeutig menschlich. Maggie spürte ihn körperlich wie einen eisigen Schauer, der über ihren Rücken lief. Vögel flatterten aufgeregt aus den Bäumen auf. Sogar der Wind schien vor Schreck innezuhalten.

*Demarcus.*

Dann kam Otis aus dem Wald gerannt. Der Berg von einem Mann stampfte denselben Pfad entlang, auf dem sie hergekommen waren. Er war schweißgebadet und sein orangefarbener Overall vorne voller Blutspritzer, die zuvor nicht dort gewesen waren. Grinsend wie ein Wahnsinniger hob Otis seine rechte Hand, in der er etwas wie eine Trophäe hochhielt.

»Du hast recht. Da geht nichts drüber«, sagte er zu Jack.

Als er an der Bootsseite ankam, hörte Maggie seinen schweren Atem und bemerkte, dass er Jacks Jagdmesser in der linken Hand hatte. Bei der Trophäe in der anderen musste es sich um einen von Demarcus' Fingern handeln.

## 59

*Blackwater River State Forest*

Creed hatte Tullys SMS erhalten. Die GPS-Koordinaten, die der Agent ihm geschickt hatte, verblüfften ihn. Creed wäre nie darauf gekommen, dass das Leichenversteck des Mörders mitten in einem Staatswald lag. Als er jedoch den sich schlängelnden Weg entlangfuhr, musste er zugeben, dass es wohl kaum einen geeigneteren Platz gab.

Bolo saß hinten, die Zunge halb aus dem offenen Maul hängend, und hechelte aufgeregt. Creed hatte Grace wohlbehalten nach Hause gebracht und in Hannahs fürsorgliche Hände übergeben. Anders als Grace füllte Bolo die Rückbank des Jeeps fast vollständig aus.

Soweit Creed es einschätzen konnte, war Bolo halb Labrador, halb Rhodesian Ridgeback. Er besaß das fröhliche Naturell eines Labradors, allzeit bereit, die ganze Welt liebevoll abzuschlabbern, und war dank der Schwimmhäute an seinen Pfoten ein hervorragender Schwimmer. Vom Ridgeback hatte er den unerschütterlichen Mut. Bolo war mit Abstand Creeds bester Allzweck-Spürhund, dennoch achtete Creed sehr darauf, wann und wo er ihn einsetzte. Der Hund hatte einen ausgeprägten Beschützerinstinkt, besonders was Creed betraf. Beim letzten Einsatz hatte ein Hilfssheriff Creed angebrüllt, und Sekunden später lag der Mann flach auf dem Boden unter neunzig Pfund Muskelmasse mit gefletschten Zähnen.

Im Polizeijargon war BOLO die Abkürzung für Be On the Look Out – Seid auf der Hut. Folglich passte der Name sehr gut.

Aus Tullys SMS entnahm Creed, dass er und Maggie von zwei State Troopers, einem Gefängnisaufseher aus Virginia und Otis P. Dodd begleitet wurden. Und auch wenn der Gefangene bestimmt Handschellen trug, war Creed froh, Bolo bei sich zu haben. Ihn und seine 38er-Ruger Special +P unter dem Fahrersitz.

Creed entdeckte die beiden schwarzen Chevy Tahoes und schickte Tully eine Nachricht, dass er angekommen war. Während Creed seine Ausrüstung hinten aus dem Jeep holte, blickte er sich zu den Bäumen um, welche die Lichtung umstanden. Laut Tullys letzten Koordinaten waren sie ganz in der Nähe, trotzdem konnte Creed sie in dem dichten Wald nicht sehen.

Das Licht schwand, und bald würde das Gewitter direkt über ihnen sein. Schon jetzt war das Grummeln hinter der westlichen Baumlinie zu hören. Creed hatte Tully gewarnt, dass die Suche bei einem Unwetter gefährlich war und er seine Hunde nicht bei Gewitter in den Wald ließ. Aber Tully hatte ihm versichert, dass sie die Stelle entweder fanden, bevor es richtig losging, oder morgen weitermachten.

Bolo stand aufgeregt winselnd an der offenen Heckklappe. Er stupste seine Nase an Creeds Hand, als der seinen Rucksack belud, und gleich darauf stieß er mit seinem Kopf an Creeds Schulter.

»Ganz ruhig, Bolo.«

Er sah den Hund an und hielt inne. Irgendetwas stimmte nicht.

Bolos Blick war unruhig. Seine Nackenhaare richteten sich auf, und er schnupperte hektisch, wobei er ziemlich stark hechelte.

Creed rührte sich nicht und lauschte. Bolo sah aus, als würde er etwas hören. Für Creeds Ohren hingegen war alles still. Beinahe zu still.

Creed sah auf sein Handy. Keine Antwort von Tully. Allerdings war der Empfang mitten im Wald nicht allzu verlässlich. Er wies Bolo an, ruhig zu stehen, damit er dem Hund die Weste und das Geschirr anlegen konnte. Dabei roch er deutlich den Schweiß des Hundes und fühlte dessen Anspannung.

Hunde verbanden unterschiedliche Gerüche nicht mit unterschiedlichen Emotionen. Aber sehr starke Geruchsfährten lösten eine entsprechende Reaktion aus. Und ein derart intensiver Geruch konnte bedeuten, dass eine Leiche noch im Frühstadium der Verwesung im Freien lag.

Creed merkte, wie sich seine Eingeweide zusammenzogen. Blut konnte eine weitere starke Geruchsquelle sein – viel und sehr frisches Blut.

## 60

Jack hatte Maggies rechten Knöchel an einen Eisenring hinten auf dem Bootsboden gekettet. Nicht dass sie imstande gewesen wäre, sich über die Seite fallen zu lassen und unterzutauchen. Der Fluss war viel zu flach.

Otis ruderte, und Jack lotste ihn um abgebrochene Äste und Baumstümpfe herum, die mitten aus dem Fluss auftauchten. Ein Gewirr aus Baumwurzeln erschien aus dem Nebel, das wie ein Seeungeheuer mit zahllosen Tentakeln aussah. Es erschreckte sogar Otis. Maggie versuchte, sich bestimmte Auffälligkeiten an den Ufern einzuprägen, und wurde mit jedem Mal, dass Jack Otis in einen Seitenarm dirigierte, unsicherer.

Offenbar gingen Dutzende von Bächen und Nebenflüssen von diesem Fluss ab. Und jeder von ihnen schlängelte sich auf die abenteuerlichste Weise durchs Dickicht. Manche vollführten richtige Schleifen um seichte Stellen mit puderzuckerweißen Sandbänken oder lehmroten Erdwölbungen. Dann zeigte Jack schon auf die nächste Abbiegung, die unter den überhängenden Ästen und den hohen Bäumen praktisch unsichtbar war.

Der Wald war sehr dicht, nur hie und da von kleinen Lichtungen unterbrochen. An einigen Stellen bedeckten Seerosen die Wasseroberfläche. Die Vögel waren verstummt – entweder wegen des herannahenden Gewitters oder wegen des Wahnsinnigen, der sich durch ihr Refugium bewegte. Normalerweise wäre das Wasserplätschern unter den Ruderblättern beruhigend gewesen. Jetzt erinnerte es Maggie bloß daran, dass sie sich mit jedem Ruderschlag weiter von der Zivilisation entfernten.

Otis stellte Fragen. Er sprach noch sanfter, als hätte er Ehrfurcht vor der Natur – oder vor Jack.

»Wieso sieht das Wasser hier so klar aus und ist gleichzeitig so schmutzig, wie schwacher Tee?«

»Das Wasser ist sauber. Die Farbe kommt vom Harz in den Baumrinden.« Jack wies zum Ufer, wo riesige Bäume halb im Wasser standen und ihre Wurzeln, rheumatischen Fingern gleich, nach oben reckten.

»Die Farbe ändert sich, je nachdem, wie tief das Wasser ist. Im Flachen ist sie wie dünner Tee, im tieferen wie Karamell, im noch tieferen fast wie Cola. Und wo es richtig tief ist, ist das Wasser schwarz.«

Otis nickte, als würde er jetzt endlich etwas verstehen, das er sich schon länger gefragt hatte. »Ah, und deshalb heißt der Fluss Blackwater River.«

»Viele Bäche und kleine Flüsse fließen in den Blackwater. Über einige von ihnen, Juniper und Coldwater, kommen wir auch. Als mein Daddy mich zum ersten Mal mit hierhergenommen hat, wusste ich gleich, dass das der schönste und faszinierendste Ort auf der Welt ist. Mir hat es gar nichts ausgemacht, als er mich alleine hier draußen gelassen hat. Ich dachte, er wollte mir damit was beibringen.«

Otis nickte. Er saß mit dem Rücken zu Jack, aber weit

vornübergebeugt, und ruderte. Jack hockte vorn am Bug, halb seitlich gedreht, sodass er nach vorn sehen konnte, um Otis zu dirigieren, und gleichzeitig seine Gefangenen im Blick behielt.

»Hier hat er dich die ganze Nacht alleine gelassen?«, fragte Otis sanft, als redete er mit einem Kind.

»Ein paar Meilen weiter zurück. Er hat mich an einen Baum gebunden und ist über Nacht verschwunden. Das war im Hochsommer. Die Mücken waren übel. Und es gab auch ein Gewitter. Spektakuläre Blitze. Ich hab dir doch erzählt, dass Florida für seine Blitze berühmt ist, nicht?«

»Mehr Einschläge im Jahr als irgendwo sonst!«

Maggie beobachtete die beiden Männer. Es kam ihr vor, als hätte Otis diese Geschichte schon viele Male gehört, sodass sein stummes Bejahen und seine Fragen sozusagen zu einem Teil der Erzählung geworden waren.

»Aber du hast keine Angst gehabt«, sagte Otis.

Jack blickte nach vorn in den Nebel und fuhr fort: »Mein Daddy sagte, dass es einen Mann aus mir machen würde. Hier draußen zu bleiben, allein wieder nach Hause zu finden. Da muss er wohl recht gehabt haben, denn zwei Tage später habe ich ihm die Kehle aufgeschlitzt. Danach habe ich ihn in seinem Schuppen mit seinem Werkzeug in Stücke geschnitten.«

Maggie sah lediglich, dass Otis eifrig nickte. Er saß so weit vornübergebeugt, dass sie sein Gesicht nicht sehen konnte. Jacks Miene blieb völlig unverändert. Und Maggies Panik wurde beständig größer.

Tully regte sich. Hatte er zugehört? Er hatte sich mit geschlossenen Augen an sie gelehnt. Maggie erkannte an seinem angestrengten Atem, dass er bei Bewusstsein war. Ab und zu zuckte er zusammen, wenn das Boot irgendwo dagegenstieß.

Maggie hatte eine Rolle Papiertücher auf dem Bootsboden gefunden, die teils feucht und voller Wasserflecken war. Erstaunlicherweise gestattete Jack ihr, mit dem Papier Tullys Blutung zu stoppen. Natürlich hatte sie keineswegs vor, ihm dieses modrig riechende Papier auf die offene Wunde zu drücken. Stattdessen tat sie nur so, als würde sie ihn und ihre Hände, die noch von seinem Blut verschmiert waren, sauber wischen. Es beunruhigte sie, dass sie Tully nicht die Jacke aufreißen und nachsehen konnte, wie schlimm die Wunde war. Wenn eine Hauptschlagader verletzt wäre, würde er viel stärker bluten. Das war immerhin ein gutes Zeichen. Weniger gut war, dass die Gefahr einer Infektion größer wurde, je länger die Wunde unversorgt blieb.

Der eigentliche Grund, aus dem Maggie die Papiertücher genommen hatte, war der, dass sie damit so viel Blut wie möglich von ihrer Hand und Tullys Regenjacke aufsaugen wollte. Sie wischte auch Trooper Campos' Blut und seine Hirnmasse von ihrem Gesicht und aus ihrem Haar. Jack schien es nicht zu interessieren, dass sie sich gründlich putzte, und er achtete nicht einmal darauf, dass sie jedes benutzte Tuchstück in der Faust zu einem festen Ball knüllte und hinter ihnen ins Wasser warf. Sie hoffte inständig, dass Creed dieser Spur folgen würde.

# 61

## *Quantico, Virginia*

Die anderen saßen schon im Konferenzraum, als Gwen hereingeeilt kam. Seit dem Telefonat mit Agent Alonzo war sie atemlos, und ihr Herz raste.

»Solltest du nicht …«, begann Julia Racine, brach ab und fuhr dann fort, »… woanders sein?«

»Was wissen wir?«, fragte Gwen, ohne auf Julias Frage zu achten.

Racine wusste als Einzige von der Biopsie, und das auch nur, weil es unvermeidlich gewesen war, ihr davon zu erzählen. Auf der einstündigen Fahrt nach Quantico war Gwen vor Sorge fast außer sich gewesen. Sie hatte sich ihre Sachen übergeworfen und war aus dem Krankenhaus gestürmt, bevor eine der Schwestern etwas mitbekam. Als Gwen sich nun hinsetzte und ihren Stuhl näher an den Tisch rollte, fiel ihr auf, dass sie sich recht nachlässig angezogen hatte. An dem Shirtsaum, der unten aus ihrem Kostümjackenärmel lugte, sah sie, dass sie das langärmlige Shirt links herum trug. Hastig zog sie die Jacke vorne weiter zu und rückte noch näher an den Tisch heran.

»Wir haben noch nichts von ihnen gehört«, antwortete Kunze ihr. »Das kann aber auch nur heißen, dass der Empfang dort schlecht ist.«

Gwen wollte den Director ansehen, doch er wich ihrem Blick aus. Also glaubte er selbst kein Wort von dem, was er sagte. Er machte sich ebenfalls Sorgen.

»Tully hat vor zwei Stunden eine SMS geschickt, dass

sie im Blackwater River State Forest sind – wo immer das sein mag«, sagte Agent Alonzo.

»Wenn das ein staatliches Naturschutzgebiet ist, muss es dort ein Rangerbüro geben. Hat jemand die angerufen? Sie können vielleicht jemanden losschicken, der nach ihnen sucht.«

»Es gibt eine Verwaltung, aber das Büro ist nicht mehr besetzt.«

»Gibt es keinen Notruf?« War nur Gwen außer sich vor Angst? Wie konnten sie alle so ruhig bleiben? Otis hatte sie belogen. Er kannte Jack, hatte bis heute Kontakt zu ihm. Und Otis hatte Gwen nicht nur angelogen, er hatte sie auch reingelegt. Er hatte sie alle reingelegt.

»Ich habe die Florida Highway Patrol verständigt. Zwei von ihren Leuten sind bei Maggie und Tully«, berichtete Agent Alonzo. Mehr sagte er nicht, und Gwen war sofort klar, warum.

»Und die Florida Highway Patrol konnte sie auch nicht erreichen«, sagte sie.

Keiner antwortete. Keith Ganza starrte gebannt auf einen Flecken auf dem Tisch. Kunze vermied es nach wie vor, Gwen anzusehen. Einzig Racine wagte es, und in ihrem Blick erkannte Gwen eine Mischung aus Wut und Trauer. Das wollte Gwen ganz gewiss *nicht* sehen.

Als Alonzos Handy schrillte, schraken alle zusammen. Er schaute auf das Display und nahm das Gespräch an.

»Hallo, Mr. Creed. Hier ist Antonio Alonzo. Sie haben meine Nachricht bekommen, ja?«

Die anderen beugten sich vor, konnten jedoch nicht hören, was am anderen Ende gesagt wurde. Gwen beobachtete Alonzos Gesicht und bemerkte, wie seine Augen für einen Moment hin und her huschten, ehe sie sich weiteten. Seine Züge verhärteten sich. Kunze stand halb hinter ihm, als Alonzo sich einen Notizblock schnappte und anfing, Worte und Zahlen zu notieren, die Ryder Creed ihm diktierte. Bevor der Agent das Gespräch beendete, sagte er: »Geben Sie mir ein paar Minuten, alles zu arrangieren, dann melde ich mich wieder.«

Er schob seinen Stuhl zurück und sah zu Kunze auf.

»Beide Trooper der Highway Patrol sind tot«, berichtete Alonzo.

Gwen hörte ein Keuchen und begriff erst im Nachhinein, dass es von ihr stammte.

»Demarcus lebt, hat aber eine Schusswunde im Bauch. Maggie, Tully und Otis sind weg. Mr. Creed hat mir eine Liste mit Dingen gegeben, die er braucht. Und er bat mich, die Küstenwache zu rufen.«

»Weiß er, ob es Tully und Maggie gut geht?«, fragte Racine zu Gwens Erleichterung. Sie hatte es nicht gewagt, weil sie fürchtete, ihre Stimme könnte versagen.

Alonzo senkte den Blick. Offensichtlich hatte er gehofft, dass niemand diese Frage stellen würde.

»Mr. Creed sagt, wie es aussieht, verliert mindestens einer von ihnen Blut.«

## 62

Der Regen kam als tosender, stürmischer Wolkenbruch. Er trommelte auf das Blechdach der Anglerhütte. Maggie konnte das Beben des Donners durch die Dielenbretter und die dünnen Wände spüren. In der Hütte roch es feucht und modrig, aber nach der Bootsfahrt und angesichts des aufziehenden Gewitters mit heftigen Blitzen war dieser Holzverschlag allemal besser als nichts.

Mit dem Unwetter kam die Dunkelheit. Jack hatte ihr befohlen, sich mit Tully auf ein abgewetztes, altes Sofa gegenüber der Tür zu setzen. Blitze explodierten vor den einfachverglasten Fenstern, die gleich darauf unter den dröhnenden Donnerschlägen klapperten.

Jack zündete eine Petroleumlampe an und öffnete eine Schublade, aus der er zwei Taschenlampen nahm. Otis wanderte in der Hütte umher, seine Hände in die Hüften gestemmt, und benetzte sich sehr oft die Lippen.

»Ist echt nett hier«, sagte er zu Jack. »Genauso, wie du immer gesagt hast.«

»Kein Strom, aber den braucht man auch nicht.« Jack zog die Klappe eines gusseisernen Kanonenofens auf und warf etwas von dem Feuerholz neben dem Ofen hinein. »Ich habe ein Chemieklo. Hinter der Tür da.« Er zeigte darauf.

Dann öffnete er eine andere Tür neben der zur Toilette, und im dämmrigen Licht konnte Maggie ein Bett erkennen. Trotz des muffigen Geruchs wirkte die Hütte gepflegt, war gut bevorratet und anscheinend erst kürzlich genutzt worden.

»Hier ist alles, was man braucht«, sagte Jack.

»Wie sieht es mit ein bisschen Wasser, einem Handtuch und Alkohol aus?«, fragte Maggie.

Beide Männer sahen sie an, als hätten sie für einen Moment gar nicht mehr an Maggie und Tully gedacht.

Das war ihr völlig egal. Sie hatte nichts mehr zu verlieren.

Ihr Herz pochte im Takt des Regens, sodass sie kaum etwas anderes hörte. Ihre Panik war zu einem bleischweren Gewicht auf ihrer Brust geworden, und ihre Nerven lagen blank. Sie hatte den letzten Rest ihres Adrenalins verbraucht. Jetzt war sie erschöpft, schweißklamm und ausgekühlt. In ihrer Eile hatte sie ihre Handschelle zu stramm einrasten lassen, und das Metall grub sich bei jeder Bewegung erbarmungsloser in ihre Haut. Noch dazu hatte Tully nichts gesagt, nur hin und wieder einen Schmerzenslaut ausgestoßen. Seine Haut fühlte sich heiß an, und er war klatschnass geschwitzt. Die Blutung war zurückgegangen, aber Maggie hatte keinen Schimmer, wie viel Blut er schon verloren hatte.

Wortlos ging Jack zu einem der Schränke und holte zu Maggies Verwunderung ein kleines Handtuch heraus. Aus einem anderen Schrank nahm er eine Wasserflasche und aus einem Regal weiter unten eine braune Flasche mit schwarzem Siegel. Whiskey, keine Frage.

Er brachte Maggie die drei Sachen und platzierte sie vor ihr auf dem Fußboden.

»Du hast gesehen, wozu ich fähig bin«, sagte er. »Glaubst du wirklich, dass es sich lohnt, ihn zu verarzten?«

Sie ging nicht darauf ein, sondern griff nach der Flasche. Im Dämmerlicht bemerkte er hoffentlich nicht, wie sehr ihre Hand zitterte.

»Das mag ich so an dir«, fuhr er fort. »Du nimmst eine Herausforderung auch dann an, wenn sie dir aufgezwungen wird. Wir sind uns sehr ähnlich, Magpie.«

Sie wollte ihn anschreien, dass er aufhören sollte, sie so zu nennen, aber wahrscheinlich freute er sich dann erst recht, weil er sie aus der Fassung brachte.

»Also darum geht es hier«, sagte sie, ohne ihn anzusehen.

Stattdessen widmete sie sich Tully, stellte allerdings gleich fest, dass es schwierig war, mit einer freien und einer gefesselten Hand zu arbeiten. Sie tat, als wäre das kein Problem, und bemühte sich, ruhig und furchtlos zu erscheinen.

»Sie schicken mich quer durch die Staaten«, sagte sie, »nur weil ich mir Ihr Werk aus der Nähe ansehen soll. Und dann schleppen Sie mich mitten ins Nirgendwo, um mir zu zeigen, wie sehr Sie und ich uns ähneln? Soll ich mich etwa geschmeichelt fühlen?«

»Willst du wissen, worum es hier geht? Das verrate ich dir gerne.« Er ging vor ihr in die Hocke, in sicherer Entfernung zwar, aber so, dass sie auf Augenhöhe waren. »Ich wusste gleich, als ich dich das erste Mal sah, dass du eine ganz einzigartige Herausforderung bist.«

Ihr fiel auf, wie sehr seine Augen an die eines Wolfes erinnerten. Sie standen zu eng zusammen und waren schwarz und stechend in dem ansonsten hübschen und freundlichen Gesicht.

»Sowie es zu regnen aufhört, lasse ich dich gehen.« Er machte eine Pause, und Maggie war klar, dass er auf irgendein Anzeichen von Erleichterung oder Freude wartete – was wahrlich nicht angebracht war. »Ich gebe dir und deinem Freund eine Chance zu fliehen. Ihr kriegt sogar einen Vorsprung, so wie Noah.«

Ein kalter Schauer durchfuhr Maggie.

»Aber wenn ich euch fange, müsst ihr entscheiden, wen ich zuerst töte.« Er lächelte und lehnte sich zurück, sodass er auf seinen Fersen saß. »Du kennst dich doch mit Psychologie aus. Ich denke, du wirst meine kleine …« Er suchte nach dem richtigen Wort. »Meine Studie der menschlichen Natur zu schätzen wissen. Es ist ziemlich interessant, was jemand tatsächlich zu tun oder zu sagen bereit ist, damit ich seinen besten Freund als Ersten umbringe. Ich habe schon alles Mögliche an Bitten und Flehen gehört. Sie wollten mich sogar bestechen.«

Dann wurde er wieder ernst, und seine Augen durchbohrten sie regelrecht, als er fragte: »Wozu bist du bereit, um dich zu retten, Maggie O'Dell? Was bist du bereit zu opfern? *Wen* bist du bereit zu opfern?«

## 63

Creed hatte den Hubschrauber der Küstenwache auf dem Feld jenseits des Waldeingangs landen gehört. Sie brauchten eine geschlagene Viertelstunde, bis sie ihn gefunden hatten. Bolo führte sie direkt zu der Stelle, an der Maggie und Tully das Ufer verlassen und in den Fluss gegangen waren. Bolo hatte sogar etwas gefunden, das wie zerknülltes Küchentuch aussah und rostfarbene Flecken aufwies, von denen Creed befürchtete, dass sie Blut waren.

Zwei Leute von der Küstenwache hatten den Gefängnisdirektor ins Krankenhaus gebracht. Die anderen beiden blieben bei Creed. Sie hatten ein aufblasbares Boot vom Typ Sea Eagle SE 370 zu Wasser gebracht, als der Wolkenbruch einsetzte. Und bisher hatte das Gewitter nicht aufgehört. Lange, gezackte Blitze durchzogen den Himmel, begleitet von krachendem Donner. Sie warteten in ihrem Wagen, der in einer Reihe mit seinem Jeep hinter den beiden Chevy Tahoes parkte.

Eine Stunde verging, und das Gewitter wurde nur noch heftiger. Nichts deutete darauf hin, dass es demnächst vorbeiziehen würde. Creed saß hinter seinem Lenkrad. Von der Rückbank aus hatte Bolo seinen Kopf auf die Mittelkonsole gelehnt und stupste Creeds Hand mit der Schnauze an, bis Creed nachgab und ihn kraulte.

Einer von der Küstenwache klopfte an Creeds Seitenfenster.

»Wir müssen weg. Wenn es nachlässt, kommen wir wieder.«

»Ja, verstehe. Danke.«

Er beobachtete im Rückspiegel, wie sie ihren SUV auf dem schmalen Weg zurücksetzten und wendeten. Regenwasser strömte über den lehmig roten Weg. Nicht mehr lange, dann wäre er unbefahrbar. Dennoch machte Creed keinerlei Anstalten, ihnen zu folgen. Wie konnte er wegfahren, wenn er wusste, dass Maggie und Tully irgendwo da draußen waren und einer von ihnen verletzt war? Es könnte Maggie sein, und dieser Gedanke ließ ihm keine Ruhe.

Irgendwie musste er sie finden. Leider brach die Dunkelheit in diesem dichten Wald besonders schnell herein. Und die Blitze kamen in rascherer Abfolge, zuckten mit einem lauten Donnerkrachen über den Himmel und erzeugten eine Bild- und Geräuschkulisse, bei der man wirklich glauben konnte, der Himmel würde einstürzen.

Creed hatte schon zwei Thermoskannen Kaffee intus. Wenn er blinzelte, fühlten sich seine Augen an, als würde er seine Pupillen mit Sandpapier schmirgeln. Zu wenig Schlaf. Und zu wenig Essen, doch sein Magen wollte nichts aufnehmen. Er konnte die Sandwiches nicht einmal ansehen, die Hannah ihm gemacht hatte. Er versuchte, Bolo zu füttern, aber dem Hund ging es genauso mies wie Creed.

Obwohl Hunde Gerüche oder Bilder nicht mit Emotionen verbanden, verstanden sie die ihrer Halter sehr gut und wurden leicht gemeinsam mit ihnen deprimiert, traurig oder beklommen. Das war einer der Gründe, weshalb Creed sich anstrengte, seine Gefühle unter Kontrolle zu behalten, wenn er mit seinen Hunden zusammen war, und diese Angewohnheit hatte sich auf sein Privatleben übertragen. Na ja, wahrscheinlich war sie schuld daran, dass er kein Privatleben hatte.

Das Klingeln seines Handys erschreckte ihn so sehr, dass sein Puls schneller ging. Er sah die Anrufernummer und hoffte, dass es Tully war. Dann erkannte er, dass es nicht Tullys Nummer war, bloß dieselbe Vorwahl.

»Haben Sie etwas gefunden?«, fragte er anstelle einer Begrüßung.

»Ich habe das Grundsteueramt und die Verkäufe und Vermietungen von staatlichen Grundstücken überprüft, genau wie Sie sagten, aber da ist weder für Otis P. Dodd noch einen Familienangehörigen etwas verzeichnet«, antwortete Agent Alonzo.

»Haben Sie auch in Santa Rosa und Okaloosa nachgesehen?«

»Ja.«

*Verdammt!* Es gab nur wenige kleine private Anwesen, die an den Wald grenzten. Creed wusste außerdem, dass ein paar alte Anglerhütten am Fluss standen, die vom Hurrikan heimgesucht, aber nach wie vor benutzt wurden. Auch wenn er damit nach Strohhalmen griff, hatte er doch gehofft, dass sich etwas ergab.

»Der Blackwater River reicht bis nach Alabama«, sagte Creed. »Er entspringt im Conecuh National Forest, direkt an der Grenze. Vielleicht überprüfen Sie mal die Bezirke Escambia und Convington in Alabama.« Aber das war erst recht unwahrscheinlich.

»Ich werde mal nachsehen«, versprach Alonzo. »Übrigens habe ich etwas Interessantes gefunden, als ich mich über Otis schlaumachte. Er ist mit vierzehn von zu Hause abgehauen, landete in einem Jugendheim in Omaha in Nebraska und kam dann in eine Pflegefamilie. Zu einem Paar in Iowa, das selbst keine Kinder bekommen konnte und problematische Jungen aufnahm. Ich könnte mich ohrfeigen, dass ich Otis' Kindheit nicht früher überprüft habe.«

»Was meinen Sie?«

»Otis hat mehrere Jahre bei Helen und William Paxton auf deren Farm gelebt. Auf derselben Farm, auf der Sie ein halbes Dutzend Leichen gefunden haben.«

## 64

Ein krachender Donner brachte die ganze Hütte zum Wackeln und ließ alle zusammenzucken. Alle mit Ausnahme von Jack. Er wirkte ruhig und gänzlich unbeeindruckt vom Unwetter, auch dann, als Otis anfing, in der Hütte auf und ab zu laufen. Otis hatte seinen orangefarbenen Gefangenenoverall inzwischen gegen Kleidung ausgetauscht, die Jack ihm besorgt hatte. Die Hosenbeine waren um einiges zu kurz, die Hemdsärmel ebenfalls, aber das schien Otis nichts auszumachen. Er klebte förmlich an Jacks Lippen und tat alles, was der ihm sagte.

Jack zog zwei Stühle zum Kanonenofen, setzte sich auf den einen und klopfte auf die Sitzfläche des anderen.

»Hör auf rumzulaufen«, sagte er zu Otis.

»Du weißt doch, dass ich Gewitter nicht mag.« Dabei grinste er immer noch, auch wenn man nun deutlich sah, dass er die Zähne zusammenbiss. Er setzte sich, ließ die Schultern nach vorn hängen, hielt jedoch die Füße so, dass er jederzeit aufspringen und weiter auf und ab laufen konnte.

»Weißt du, was ›Magpie‹ heißt?«, fragte Jack ihn, worauf der Riesenkerl den Kopf schüttelte. »Das ist ein bunter, unberechenbarer, diebischer Vogel, der sehr schlau ist und vor allem immerzu andere Vögel täuscht. Die Elster. Die Elster ist ein Aasfresser, und es heißt, sie geht sogar auf kleinere Vögel und Nagetiere los, obwohl sie nicht als Raubvogel gilt.«

»Du weißt aber echt viel über die«, sagte Otis, doch sein Lächeln wirkte angestrengt, als wollte er einen üblen Geruch überspielen. Für einen kurzen Moment wanderte sein Blick zu Maggie.

»Meine Mutter wusste allen möglichen abergläubischen Blödsinn. Ich weiß noch, wie sie mir von der Elster und den ganzen Legenden um sie erzählt hat. Wenn man es wagt, eine Elster zu töten, hat man nur noch Pech. Am besten behandelt man sie mit Respekt. Angeblich haben sie einen Blutstropfen vom Teufel unter der Zunge. Meine Mutter hatte so einen dämlichen Reim für sie, den sie immer wieder aufgesagt hat:

›Eine Elster Kummer bringt,
bei zweien pure Freude singt,
bei dreien hoff auf Silberschein,
bei vieren sei blank Gold nur dein,
bei fünfen hast du nichts vernommen,
bei sechsen sollen dir Tränen kommen,
bei sieben kannst du das Leben behalten,
bei acht nur noch der Grabschaufler walten.‹«

Maggie hatte Mühe, den Reißverschluss von Tullys Regenjacke einhändig aufzuziehen. Sie sah auf, und Otis musterte sie abermals, wirkte aber weder amüsiert noch zufrieden. Ihm gefiel nicht, dass Jack ihr so viel Aufmerksamkeit schenkte. Für die beiden war es offenbar ein Wiedersehen nach langer Zeit. Wenn Maggie es richtig erinnerte, war Otis fast ein Jahr im Gefängnis gewesen. Gefiel ihm Jacks Spiel nicht?

»Du erzählst nicht oft was von deiner Mutter«, sagte Otis.

»Sie starb, als ich noch klein war. Da hat sie mich mit diesem Mistkerl alleine gelassen, den ich Daddy nennen musste.«

Otis' Kopf schwankte von einer Seite zur anderen. »Weißt du noch, wie Miss Helen uns immer gesagt hat, dass wir besser sind als die Leute, von denen wir kommen? Sie war schon was ganz Besonderes, Miss Helen, was?«

Beide Männer schwiegen, senkten die Köpfe und beugten sich vor. Maggie war verblüfft, denn diese Haltung wirkte richtig ehrfüchtig.

»Manchmal kann ich immer noch nicht glauben, dass sie mich zu ihrem Nachlassverwalter gemacht hat«, sagte Jack. Erst jetzt begriff Maggie, dass sie von der Frau sprachen, der die Farm in Iowa gehört hatte.

»Sie hat immer gesagt, dass du so klug bist. Und sie war mächtig stolz, weil du dir ganz alleine eine Firma aufgebaut hast.«

Wieder Schweigen.

»Und sie hat mir fast jede Woche geschrieben, egal wo ich gerade war«, sagte Otis.

»Hat sie?«

»Ja. Sie hat mir erzählt, was du alles so machst und so. Sie hat immer so eine Art gehabt, mich zu beruhigen, weißt du? Damit in meinem Kopf nicht alles so durcheinander ist. Solange ich mir sicher sein konnte, dass sie mich mag ...« Otis' Stimme war tatsächlich belegt, und er wischte sich mit einer Hand übers Gesicht. »Ich weiß ja nicht viel, aber ich weiß, dass ich erst mit dem Zündeln angefangen habe, als sie tot war.«

Jack blieb stumm. Bisher war er der Beredte gewesen, der schwadronierte und Befehle erteilte. Doch über Miss Helen zu reden, schien ihn zu verunsichern. Und offenbar wusste Otis, dass er diesen Umstand ausnutzen konnte.

»Mein kleines Hobby hält mich bei Verstand«, sagte Jack, hob den Kopf und lächelte Otis an. »Es ist klasse, Macht zu haben. Ich kann nicht mal beschreiben, wie gut sich das anfühlt.«

»Ich mag Macht auch«, pflichtete Otis ihm mit einem eifrigen Nicken bei. »Das habe ich Miss Gwen auch gesagt, dass ich auf Macht stehe, nicht aufs Zündeln.« Dann lachte er, was wie ein nervöses Keckern klang.

»Miss Gwen?«

»Die Frau, die mich im Knast besucht hat. Sie ist eine Freundin von deiner Magpie.«

Jack nickte nur kurz, um Otis zu bedeuten, dass er nicht mehr hören wollte. »Hat es dir Spaß gemacht, den Finger abzuschneiden?«

Otis fuhr sich mit der Zunge über die Lippen. »Der Demon war ein Arschloch, aber er hat richtig geflennt«, antwortete er mit seinem typischen schiefen Grinsen.

»Wenn man jemanden aufschneidet, dann ist das, als würde Dampf aus dem Körper aufsteigen«, erklärte Jack, der nun wieder in die Rolle des Mentors zurückschlüpfte. »Aber es ist nicht das Aufschneiden an sich, was dir die Macht gibt. Hast du gewusst, dass die Krieger in der Antike Teile von ihren Feinden gegessen haben?«

Otis verneinte stumm.

»Stell dir mal vor, wie viel Macht du von einer Elster kriegst.«

Nun lehnte Jack sich zurück und lächelte.

Etwas an diesem Lächeln war beängstigend, und obwohl es warm in dem Raum war, wurde Maggie eiskalt.

Ihr war mittlerweile bewusst, dass Tully und sie wohl nicht lebend aus diesem Wald kommen würden. Aber sie wollte nicht daran denken, was sie noch durchmachen mussten. Da war der Tod vielleicht besser, und sie fragte sich, ob sie Tully lieber auf der Lichtung hätte liegen lassen sollen.

Ihre einzige Hoffnung war, dass Tully es geschafft hatte, Ryder Creed zu schreiben, wo sie waren. Nur schwand die rapide. Es gab zu viele »Wenns«. Selbst wenn Creed die toten Polizisten gefunden hatte, selbst wenn sein Spürhund ihn zum Ufer führte und imstande war, der Spur blutiger Papiertücher zu folgen – bei diesem Gewitter war das unmöglich. Und Jack wollte ihnen eine Chance zur Flucht geben? Maggie würde auf keinen Fall aus diesem Wald herausfinden, und Tully konnte kaum gehen.

Plötzlich fühlte sie, wie Tully an seinem Jackenreißverschluss zerrte. Er wollte ihr helfen und nicht, dass sie aufhörte. Sein Kopf kippte nach unten, sodass sein Kinn auf seiner Brust lag. Er sprach kein Wort, stöhnte nur leise, als Maggie die Jacke anhob und sie vorsichtig zur Seite schob. Sie schaffte es, das Poloshirt vorne aufzureißen. Und dann sah sie die Wunde. Ihr wurde übel, doch sie kämpfte dagegen an. Sie hatte schon viele Schusswunden gesehen, doch normalerweise nur an Toten, die keine Hilfe mehr von ihr brauchten.

Aus dem Eintrittsloch sickerte dunkles Blut, dickflüssig wie Motoröl. Das Gewebe darum herum war feuerrot. Anfangs hatte sie geglaubt, die Kugel hätte sein Herz knapp verfehlt, aber jetzt sah sie, dass sie viel weiter oben eingeschlagen war. Wie es aussah, war es ein glatter Durchschuss an der Schulter. Maggie griff hinter Tully und tastete behutsam, bis sie die Austrittswunde gefunden hatte. Er verzog das Gesicht und verkrampfte sich spürbar.

War es gut oder schlecht, dass die Kugel hinten wieder ausgetreten war?

Maggie säuberte die Wunde zunächst mit Wasser.

»Du musst abhauen«, flüsterte Tully so leise, dass sie ihn kaum hörte.

Maggie blickte sich um und war froh, dass Otis und Jack damit beschäftigt waren, Dosen und Kartons zu öffnen. Die beiden hatten Hunger und interessierten sich nicht für sie. Außerdem war der Donner inzwischen zu einem steten Grummeln geworden. Und wenn Maggie schon Mühe hatte, Tully zu hören, konnten Jack und Otis erst recht nichts mitbekommen haben. Dennoch beugte Maggie sich näher zu Tully vor.

»Ohne dich gehe ich nirgendwo hin.«

»Lass mich hier«, hauchte er mit zusammengebissenen Zähnen. »Das Schwein soll uns verdammt noch mal nicht beide umbringen.«

»Und wenn ich dich hierlasse, bringt *Gwen* mich um.«

Falls sie sich nicht täuschte, bemerkte sie den Hauch eines Grinsens.

Sie hielt die Whiskeyflasche so, dass Tully sie sehen konnte. Dann durchtrennte sie mit dem Daumennagel das Siegel und beugte sich erneut zu Tully vor. »Das wird jetzt höllisch wehtun.«

Zu ihrer Überraschung griff Tully nach der Flasche, und Maggie überließ sie ihm. Er nahm einen kräftigen Schluck, gab ihr die Flasche zurück und raunte: »Ziehen wir es durch.«

Maggie tränkte einen Zipfel des Handtuchs mit dem Whiskey, doch dann fiel ihr etwas ein, und sie flüsterte: »Hast du noch deine Tabletten in der Tasche?«

Er nickte kaum merklich.

Das Antibiotikum, das er gegen seine Nebenhöhlenentzündung nahm, war vielleicht nicht stark genug, um gegen die Wundinfektion zu helfen, aber einen Versuch war es wert. Wahrscheinlich musste er alle restlichen Tabletten auf einmal schlucken.

Tully tauchte seine freie Hand in die Innentasche seiner Jacke und holte die Plastiktüte heraus. Mit ihr zusammen beförderte er auch einen Stift zutage und reichte beides Maggie. Sie brauchte einen Moment, ehe sie erkannte, dass es der Kuli war, den Gwen ihm geschenkt hatte. Tullys James-Bond-Kugelschreiber.

Leider würde er ihnen wenig nützen. Der Stift mochte cool sein, aber mit einer kleinen Messerklinge, einer Minitaschenlampe und einem Schraubenzieher konnte Maggie nicht viel ausrichten. Und was brachte ihnen das winzige GPS, solange sie ihre Koordinaten nicht weitergeben konnten? Als Maggie Tully ansah, nahm sie ein Aufflackern von Verzweiflung in seinem Blick wahr. Offenbar dachte er das Gleiche.

## 65

### *Quantico, Virginia*

»Otis kann das nicht allein geplant haben«, beharrte Gwen. »Nicht dass ich ihn in Schutz nehmen will, aber das halte ich für ausgeschlossen.«

»Er könnte einem der Polizisten die Waffe abgenommen haben«, sagte Kunze, der im Konferenzraum auf und ab lief.

»Er hat noch nie jemanden verletzt. Vielmehr hat er sogar bei jeder seiner Brandstiftungen extra Vorkehrungen getroffen, damit niemand zu Schaden kommt.«

»Seine Jugendakte ist verschlossen«, teilte Alonzo ihnen mit, ohne von seinem Laptop aufzublicken. Er tippte weiter auf die Tastatur ein. »Es muss einen Grund gehabt haben, weshalb er ins Jugendheim kam, doch ich komme nicht an die Unterlagen ran.«

»Jedenfalls hat er den tätowierten Biker in der Scheune nicht umgebracht«, sagte Racine. »Ebenso wenig wie die Frau, die in dem Müllsack gefunden wurde. Und Gloria Dobson und Zach Lester kann er auch nicht getötet haben. Da saß er schon im Gefängnis.«

»Das muss sein Freund Jack gewesen sein«, stimmte Keith Ganza ihr zu. »Jack war heute dort. Er hat diesen Hinterhalt geplant.«

»Und wer zum Geier ist Jack?«, brüllte Kunze, worauf alle verstummten. Selbst Alonzo erstarrte und unterbrach sein Tippen.

Gwen traute sich als Erste, das angespannte Schweigen zu brechen. »Agent Alonzo, Sie haben gesagt, dass sich dieses Ehepaar auch um andere Problemkinder gekümmert hat.«

»Stimmt. Hauptsächlich um Jungen und einige wenige Mädchen. Allerdings haben sie das dreißig Jahre lang gemacht, also ist das eine lange Liste.«

»Kommen wir irgendwie an die Namen, oder sind die ebenfalls unter Verschluss?«

Alonzo verstand, worauf sie hinauswollte. »Das finde ich raus.« Und wieder tippte er los.

Kunze blieb am Tischende stehen und sah Gwen an.

»Es tut mir leid, Dr. Patterson«, sagte er ehrlich bedauernd. »Ich hätte nie zulassen dürfen, dass Sie dieser Task Force zugeteilt werden. Nicht, wenn zwei Menschen involviert sind, die Ihnen nahestehen.«

»Sie müssen sich nicht entschuldigen. Ich habe mich letztlich allein dafür entschieden. Und wenn ich mich recht entsinne, hatten Sie gar keine Wahl, denn Senator Delanor-Ramos saß Ihnen im Nacken.«

»Verfluchte Politiker«, murmelte Kunze und begann erneut, auf und ab zu laufen.

»Ich glaube, ich habe was gefunden«, sagte Alonzo.

Alle sprangen von ihren Stühlen auf und liefen zu ihm.

»Als ich vor ein paar Tagen den Grundbucheintrag für die Farm prüfte, um zu sehen, wo die Grundstücksgrenzen sind, waren dort mehrere Kontaktpersonen aufgelistet. Der Nachlassverwalter stand auch auf der Liste: John Howard Elliott.«

»Was ist mit ihm?«

»Er steht außerdem auf der Liste der Problemkinder, die Helen und William Paxton aufgenommen hatten. Und anscheinend haben John Howard und Otis gleichzeitig auf der Farm gelebt.«

»Ach du Scheiße!«, sagte Ganza.

»Das ist es.« Gwen war sicher, dass dies die Verbindung war. »John Howard *ist* Jack.«

»Alonzo, gehen Sie noch mal die Grundstücke an diesem verdammten Fluss in Florida durch«, befahl Kunze und schnappte sich sein Jackett, das er über eine Stuhllehne gehängt hatte. »Und geben Sie mir sofort Bescheid, wenn Sie etwas finden.«

»Wo wollen Sie hin?«, fragte Racine.

»Ich habe zwei meiner Agents in einen Hinterhalt marschieren lassen. Ich fahre da runter und hole sie raus, notfalls auch alleine.«

# Sonntag, 24. März

# 66

## *Blackwater River State Forest*

Tully schlief mit dem Kopf auf Maggies Schulter. Sie hatte ihre Wange an ihn gelehnt. Sein Haar war klamm und verschwitzt, und seine Stirn fühlte sich fiebrig an, aber er schlief ruhig, ohne zu stöhnen oder vor Schmerz zu zucken. Vielleicht lag es am Whiskey. Oder an den Tabletten. So oder so war Maggie froh, dass er sich ausruhen konnte. Jedenfalls vorerst.

Und sie? Sie wagte nicht, ihre Augen zu schließen, obwohl es zusehends schwerer wurde. Das knisternde Ofenfeuer hatte die Hütte ziemlich durchgewärmt, und draußen schrumpfte das Gewitter zu gelegentlichen Blitzen, während das Donnergrollen weiter wegzog. So schnell, wie es gekommen war, verschwand das Unwetter auch wieder.

Maggies Magen knurrte, und sie musste daran denken, dass Tully gescherzt hatte, sie würde es noch bereuen, die leckersten Waffeln der Welt verschmäht zu haben. Er hatte sich zum Frühstück das »All-Star Special« im Waffle House bestellt, bestehend aus Rührei, Würstchen, Hafergrütze, einer tellergroßen Waffel und Kaffee. Allein bei der Erinnerung lief Maggie das Wasser im Mund zusammen. Sie hatte nur Weizentoast und Orangensaft gehabt. Und sogar die Kellnerin hatte ihr gesagt, dass sie ihre Entscheidung noch bereuen würde – »Ach, Süße, das ist ja praktisch nichts!«

Dass sie jetzt an Essen dachte, war schon fast lächerlich. Es musste wohl daran liegen, dass sie seit Wochen so eng mit Tully zusammenarbeitete. Er schien Stress, Langeweile oder Angst einfach wegzuessen.

Maggie hatte nicht das ganze Wasser aufgebraucht, um Tullys Wunde zu säubern. Nun trank sie den Rest, doch hinterher knurrte ihr Magen immer noch.

»Du hättest richtig frühstücken sollen«, murmelte Tully an ihrer Schulter, ohne den Kopf zu heben.

»Du hast wohl nicht zufällig eine von diesen Honigschnecken irgendwo in der Tasche?«

»Hattest du nicht gesagt, du würdest eher sterben, bevor du so ein Teil isst?«

»Stimmt auch wieder.«

Sie fühlte, wie er »Hmm« machte.

»Hörst du das?«, fragte Jack plötzlich von der anderen Seite des Zimmers und erschreckte sie damit.

Maggie dachte zuerst, er meinte ihre Unterhaltung, aber nun ging er durch die Hütte, neigte lauschend den Kopf und streckte die Arme aus, seine Handflächen nach oben gerichtet. Seine Haltung hatte etwas von einem Prediger, der ein Wunder verkündete.

Otis rieb sich die Augen und das Kinn. Der Hüne hatte geschlafen und wirkte genauso verwirrt von Jacks Frage wie Maggie und Tully.

»Hörst du das nicht?«

Er öffnete die Luke des Kanonenofens und schüttete Wasser hinein, bis von dem Feuer nur noch ein Rauchkringel übrig war.

Dann blickte er von Tully und Maggie zu Otis. Offensichtlich wunderte ihn, dass sich keiner von ihnen rührte. Er sah wieder Maggie an und sagte: »Das Gewitter ist vorbei. Hierauf freue ich mich schon sehr lange, Maggie. Enttäusch mich nicht.«

# 67

Creed legte hastig seine Ausrüstung wieder an, während er beobachtete, wie die Gewitterwolken nach Osten abzogen. Blitze zuckten durch die schwarze Masse, und das Donnergrollen war zwar noch zu hören, entfernte sich aber. Hinter den dunklen Wolken konnte Creed erstes Morgenlicht ausmachen. Er legte gerade Bolo sein Geschirr an, als er einen Anruf von Agent Alonzo bekam.

»Ich habe es gefunden«, rief der junge Agent, noch ehe Creed etwas sagen konnte.

»Hat Otis eine Hütte?«

»Nicht Otis.« Alonzo erklärte, was er über John Howard Elliott und die Verbindung zwischen den beiden Männern herausbekommen hatte. »Unser Mann ist John Howard junior. Der alte Elliott besitzt ein Stück Land direkt am Blackwater River. Gleich auf der anderen Seite des Waldes. Es gehört der Familie schon seit Jahrzehnten. Aber laut Grundbuch steht da kein Haus.«

»Muss auch nicht sein«, sagte Creed, dessen Puls sofort schneller ging. »Teilweise sind das nur Hütten ohne Strom oder Kanalisationsanschluss. Entsprechend gelten sie nicht als Wohnstätten und müssen nicht eingetragen werden. Haben Sie die GPS-Koordinaten für mich?«

Alonzo gab sie ihm durch. Creed bat den Agent, die Küstenwache zu verständigen und ihnen alle Daten zur Verfügung zu stellen, die sie brauchten, um einen Hubschrauber loszuschicken.

»Sobald ich am Fluss bin, wird der Empfang schlecht«, sagte er zu dem Agent. »Also hören Sie vielleicht nichts mehr von mir.«

»Moment mal. Warum warten Sie nicht auf die Küstenwache? Die sollten die Hütte doch finden können. Es ist fast hell, oder nicht?«

Creed musste beinahe grinsen. »Agent Alonzo, haben Sie jemals von oben in einen Wald geguckt?«

Stille.

»Sagen Sie denen, dass mein Hund eine neongelbe Weste trägt. Nicht dass sie mich für einen der Bösen halten.«

»Alles klar.«

Bevor Creed das Gespräch beendete, hörte er Alonzo sagen: »Viel Glück, Mr. Creed.«

## 68

Jack hatte ihnen einen Vorsprung gegeben, so wie er es versprochen hatte.

Laufen war unmöglich.

Maggie stützte Tully, und sie stolperten und humpelten durch das unwegsame Gelände. Sie hatte sich seinen Arm über die Schultern gelegt, damit er sich auf ihr abstützen konnte. Deshalb musste sie den linken Arm wieder einmal quer am Oberkörper halten, weil sie nach wie vor mit den Handschellen zusammengefesselt waren.

Als Erstes musste Maggie sie außer Sichtweite der Hütte bringen. Das war nicht weiter schwierig, denn im Wald war es noch dunkel, auch wenn der Himmel darüber langsam hell wurde. Nebel hing über dem Fluss, der dicht genug war, dass man nicht sicher sein konnte, was man sah.

Maggies Adrenalin kam ihr zu Hilfe und brachte ihren müden Verstand in Fahrt. Ihre Panik wurde von Entschlossenheit verdrängt, und ihr Überlebensinstinkt befahl ihr, zu kämpfen oder zu fliehen. Zunächst einmal fliehen, wenigstens bis sie Tully irgendwo hingeschafft hatte, wo er außer Sicht und halbwegs sicher war.

Sie bugsierte sie hinter den Stamm einer großen Eiche und ließ Tully vorsichtig in eine sitzende Position nieder.

»Was machen wir?«, flüsterte er.

Sein Blick war konzentriert, auch wenn sein klarer Verstand seinen Körper nicht zwingen konnte, so zu funktionieren, wie Tully es gerne gehabt hätte.

Maggie hob seinen Arm von ihren Schultern. Dann riss sie sich den Wanderstiefel vom rechten Fuß, wobei sie sich nicht damit aufhielt, die Schnürsenkel zu öffnen. Sie musste ihre Socke fast vollständig aufrollen, um an den Gegenstand zu gelangen, den sie sich auf der Lichtung in den Sockenbund gesteckt hatte. Er war inzwischen bis unter ihre Fußsohle gewandert. Als sie durch Trooper Campos' Waffengürtel gewühlt hatte und seine Handschellen an sich nahm, hatte sie auch an den Schlüssel gedacht.

Tully sah, was sie in der Hand hielt. Er schüttelte ungläubig den Kopf und schmunzelte.

Metall klickte gegen Metall, dann waren sie voneinander befreit. Maggie achtete nicht auf die Abschürfungen und das getrocknete Blut an ihrem Handgelenk. Sie zog den Ärmel ihres T-Shirts herunter und schlüpfte eilig wieder in ihren Stiefel.

»Okay, wie ist der Plan?«, flüsterte Tully. Zum ersten Mal klang er wieder fast wie der Alte.

Mit der nun freien rechten Hand befühlte er seine Schulter, um die Wunde zu ertasten. Er zog eine Grimasse und hielt inne, ließ seine Hand jedoch über der Wunde.

»Glatter Durchschuss?«, fragte er.

»Sieht so aus.«

»Okay, ich schaffe das.«

Maggie hatte gesehen, wie schwach und benommen er selbst mit ihrer Hilfe war. Er würde sie nur verlangsamen.

»Wir müssen ein Versteck für dich finden, wo du in Sicherheit bist.«

Tully sagte nichts. Er blickte sie einfach nur an. Maggie hatte mit Widerspruch gerechnet. Niemals hätte sie diesen ruhigen, verwundeten Blick erwartet. Dann fiel es ihr ein. Er dachte, sie würde sein Angebot annehmen und ihn zurücklassen.

»Ich verlasse diesen Wald nicht ohne dich.«

»Klar, weiß ich doch.«

»Ich meine es ernst, Tully.«

Sie spähte um den Baumstamm herum. Jack hatte versprochen, dass Otis und er ihnen eine halbe Stunde Vorsprung geben würden. Maggies Erfahrung hatte sie gelehrt, dass sich Mörder gewöhnlich nicht an ihre Versprechen hielten. Ihnen blieben allenfalls fünfzehn bis zwanzig Minuten.

»Komm«, sagte sie, stand auf und hielt ihm den linken Arm hin, sodass Tully sich daran hochziehen konnte.

Er versuchte erst, aus eigener Kraft aufzustehen, fluchte leise und ließ sich dann doch von ihr helfen. Kaum war er auf den Beinen, musste er sich mit einer Hand am Baum abstützen. Er biss sich auf die Unterlippe.

Maggie fand eine Stelle, an der sie den Fluss überqueren konnten. Leider hatte der Regen das seichte Wasser in einen hüfthohen Strom verwandelt, und entsprechend dauerte es länger als gedacht, auf die andere Seite zu gelangen. Die Luft war schwül und warm, das Wasser hingegen eiskalt. Tully beklagte sich nicht. Maggie hatte ihm gesagt, dass er direkt hinter ihr bleiben und sich mit den Händen an ihren Schultern festhalten sollte. So wateten sie entsetzlich langsam hinüber.

Am anderen Ufer schaute Maggie sich nach einer Stelle um, an der sie aus dem Wasser steigen konnten. Auf dieser Seite befand sich das staatliche Naturschutzgebiet, und der Wald war wild und überwuchert. Sie mussten sich durch Seerosen und Schilf kämpfen. Schließlich fand Maggie einen umgekippten Baum, der halb im Wasser lag. An dem konnten sie entlanggehen und sich auf ihn stützen, um das Gleichgewicht nicht zu verlieren. Maggie krabbelte das glitschige Lehmufer hoch, drehte sich um und zog Tully zu sich hinauf.

Unweit des Flusses entdeckten sie das ideale Versteck unter einem anderen umgekippten Baum. Der Wurzelballen war aus der Erde gerissen worden und bildete eine Höhle aus ineinander verwobenen Wurzelsträngen. Von dort konnte Tully hinaussehen, aber nachdem sie seine Regenjacke mit nasser Erde eingerieben hatten, war es fast unmöglich, ihn von draußen zu erkennen.

Maggie gab ihm das Pfefferspray, das sie ebenfalls Trooper Campos abgenommen und in ihre Socke gesteckt hatte.

»Das wird ihn zumindest ein wenig aufhalten«, sagte sie, wobei sie sich bemühte, überzeugend zu klingen.

Als sie sich wegdrehte, packte Tully ihren Arm und wartete, bis sie ihn ansah.

»Du willst wieder zurück, stimmt's?«

»Es geht nicht anders«, antwortete sie. »Wenn man nicht vor einem Mörder wegrennen kann, muss man ihn austricksen.«

Tully wirkte wenig begeistert, aber sie wusste, dass er nicht versuchen würde, es ihr auszureden. Er griff in seine Jacke und holte den Kuli von Gwen heraus. Etwas anderes hatte er nicht anzubieten.

»Nimm die Klinge und schlitz dem Schwein damit die Kehle auf.«

## 69

Creed hatte Bolo vorne in das Zwei-Mann-Schlauchboot gesetzt, und der Hund schnüffelte aufmerksam in die Luft. Auch wenn Creed genau wusste, wo er hinmusste, ließ er sich von Bolo helfen. Er folgte rudernd den GPS-Anweisungen, bog in schmale Bäche ab und manövrierte das Boot zwischen Ästen hindurch, die Wind und Regen abgebrochen hatten.

Creed war schon auf dem Blackwater River gewesen und kannte die meisten der Seitenarme und Bäche. Der Fluss war einunddreißig Meilen lang und eines der besten Kanugebiete in der Gegend. Nach und nach lichtete sich der Nebel, und es wurde heller. Sonnenstrahlen drangen durch das Laub über ihm, als über den hohen Fichten der Tag anbrach. Mit dem Sonnenaufgang schöpfte Creed neue Hoffnung und begann wieder zu glauben, dass alles möglich war.

Er hatte sein Handy auf Vibrationsalarm gestellt, allerdings schon seit Meilen keinen Empfang mehr. Deshalb stellte er es nun ganz aus, um den Akku zu schonen.

»Ist nicht mehr weit, Bolo«, sagte er zu dem Hund, der es mit einem Schwanzwedeln quittierte, ansonsten aber aufmerksam weiterschnupperte.

Noch ein paar Biegungen, dann waren sie an dem Grundstück, das John Howard Elliott gehörte. Creed hoffte inständig, dass er nicht zu spät kam.

## 70

Maggie glaubte, in der Ferne einen Hubschrauber zu hören. Spielte ihre Fantasie ihr einen Streich? Ein Teil von ihr wollte bei Tully bleiben und sich verstecken, bis die Rettung kam. Bei dem Hubschraubergeräusch zögerte sie und überlegte. Dann wurde es leiser und verschwand. Nun hörte sie nur noch ihr Herzklopfen.

Jack rechnete zweifellos damit, dass Tully und sie wirr umherstolperten. Er erwartete, dass sie Angst bekamen, gereizt und schließlich wütend aufeinander wurden. Er wollte, dass sie bei der Flucht zu Feinden und so zornig wurden, dass sie ihn, wenn er sie fand, bitten würden, den anderen zuerst zu töten.

Gewiss zählte Jack auch darauf, dass sie so schnell und so weit liefen, wie sie konnten. Dass sie die ihnen geschenkte Zeit nutzten, um Hilfe zu suchen.

Womit er nicht rechnete, war, dass Maggie zurückkehrte.

Nachdem sie Tully in das Versteck gebracht hatte, ging

sie den Weg zurück, den sie gekommen waren. Allein kam sie deutlich schneller voran. Da der Himmel beständig heller wurde und sich der Nebel verzog, musste sie aufpassen, dass sie in Deckung blieb. Während sie den Fluss durchquerte, rief sie sich sämtliche Hindernisse in Erinnerung und wich ihnen aus. Inzwischen war sie schweißgebadet, und das eisige Wasser kam ihr tatsächlich erfrischend vor.

Verwundert stellte sie fest, dass die Hütte vom Fluss aus nicht zu sehen war. Es standen zu viele Bäume um sie herum, und die Lücken zwischen den hohen Fichten waren kaum schulterbreit. Andere, kleinere Bäume und Sträucher überwucherten die freien Stellen. Wacholder und wilder Wein wuchsen so dicht, dass es unmöglich war, durchs Dickicht zu gehen, ohne dass man sich die Haut an dem Gestrüpp aufkratzte und die Kleidung sich in ihm verfing.

Maggie schlich zurück zu der Eiche, hinter der Tully und sie sich vorhin versteckt hatten. Sie war seit Kindertagen keinen Baum mehr hinaufgeklettert, trotzdem schaffte sie es binnen Minuten weit nach oben in die Äste, von wo aus sie einen sehr guten Blick auf die einzige Tür der Hütte hatte. Und sie konnte den Fluss hinunter bis zur nächsten Biegung sehen.

Sie wusste, dass Otis und Jack die Waffen der beiden Polizisten sowie Tullys Glock und ihre Smith & Wesson hatten. Und Jack hatte bereits eine eigene Waffe gehabt, ebenfalls eine Glock. Sicher würden sie nicht alle fünf Waffen mitnehmen, wenn sie sich auf die Suche nach Tully und ihr machten. Zumal Jack ungern Feuerwaffen benutzte. Er zog Messer vor.

Maggie beschloss abzuwarten, bis sie losgingen. Und

dann würde sie warten. Wie lange? Sie hatte keine Ahnung. Sie musste sich auf ihr Gefühl verlassen.

Ihrer Uhr nach waren neunzehn Minuten vergangen, seit sie mit Tully die Hütte verlassen hatte. Jack hatte ihnen dreißig versprochen. Nach einundzwanzig Minuten sah Maggie, wie die Hüttentür aufging. Sie erstarrte, den Rücken an die Baumrinde gepresst, und bewegte keinen Muskel. Ein Windstoß schüttelte die Blätter um sie herum und brachte die dünneren Zweige zum Wippen. Die ganze Zeit über, als Maggie mit Tully über den Fluss und ins Versteck gehumpelt war, hatte ihr Herz wie verrückt gepocht. Jetzt jedoch stellte sie fest, dass sie erstaunlich ruhig war, gleichmäßig atmete und sich mühelos konzentrieren konnte.

Sie beobachtete, wie Jack auf die Erde wies. *Fußspuren.*

Würde er erkennen, dass sie zurückgekommen war? Oder sahen die Spuren nur aus, als wären zwei Leute in Panik hin und her gelaufen?

Die Männer teilten sich auf. Jack ging zum Flussufer. Otis verschwand in dem Wald hinter der Hütte.

Maggie sah wieder auf ihre Uhr. Sie würde noch zehn Minuten warten. Mehr wäre gefährlich. Und länger sollte es nicht dauern, ehe die beiden außer Sichtweite waren.

## 71

Elf Minuten waren vergangen.

Maggie konnte die Waffen nirgends finden. Wo würde Jack sie verstecken?

Geduckt durchschritt sie die Hütte, damit sie durch die Fenster nicht zu sehen war. Sie hatte schon sämtliche Schränke und Kästen abgesucht. Auch unter den Möbeln, zwischen der Matratze und dem Lattenrost, unter den Sofakissen und sogar hinter dem Chemieklo hatte sie nachgeguckt. Von den Dielenbrettern war keines lose, und auch die Wandbohlen waren fest. Sie hatte die beiden Schubladen mit Kleidung durchwühlt und die zusammengelegten Handtücher abgeklopft. Weder im Feuerholzstapel noch in der Kiste mit dem dünnen Spanholz war etwas. Ebenso wenig in der Eistruhe, wo sie unter den Milchtüten und Packungen mit Hackfleisch nachfühlte.

Keine Waffen.

*Zwölf Minuten.*

Maggie schlich sich an das Fenster, von dem aus man zum Fluss sah, und linste hinaus. Sie konnte die beiden unmöglich rechtzeitig kommen sehen, um noch eine Chance zur Flucht zu haben.

Angestrengt dachte sie nach. Es hatte heftig geschüttet, als sie bei der Hütte ankamen. Keiner der Männer war hinausgegangen. Otis hatte eine Tasche vom Boot mit hineingebracht: eine graue Leinentasche. Die hatte Maggie bisher nicht wiedergesehen. Sie musste noch einmal alle Schränke durchsuchen.

Dann hörte sie etwas. Sie erstarrte und hielt den Atem an. Es klang wie ein bellender Hund.

*Creed. Das musste Creed sein!*

Im ersten Moment war sie erleichtert, bevor sie Angst bekam. Grace hatte kein einziges Mal gebellt. Falls Creed die Toten auf der Lichtung gefunden hatte und ihnen hierher gefolgt war, würde er seinem Hund niemals erlauben, sie durch ein Bellen zu verraten.

Und jetzt begann Maggies Puls zu rasen.

## 72

Maggie atmete stoßweise. Die Ruhe und gefasste Entschlossenheit von gerade eben drohte neuer Panik zu weichen. Sie stürmte aus der Hütte, fing sich jedoch gleich wieder.

War das ein Trick? Jack hatte behauptet, alles über sie zu wissen. Wusste er auch, dass sie eine Schwäche für Hunde hatte? Und ganz besonders für Hunde in Not?

Dann hörte sie das Bellen wieder. Es schien aus der Richtung zu kommen, in die Jack gegangen war. Und der Hund klang panisch.

Statt zum Ufer zu gehen, blieb Maggie unter den Bäumen und suchte den Fluss ab, während sie von einem Baum zum nächsten lief. Das kniehohe Unterholz pikte und kratzte sie. Zweige knackten unter ihren Füßen. Es war unmöglich, sich hier lautlos zu bewegen. Näher am Ufer quietschte nasser Lehm unter ihren Stiefeln. Vögel flatterten vor ihr auf. Wasser gurgelte über einen toten Baumstamm.

Auf einmal kam Maggie ein Gedanke, bei dem sie mitten in der Bewegung verharrte.

Hatte Jack womöglich einen Hund, mit dem er Tully und ihr nachspürte? Hatte der Hund Tully bereits gefunden?

Nein, das Bellen kam aus der entgegengesetzten Richtung.

Maggie ging weiter, machte nun aber vorsichtigere Schritte und hielt Ausschau, ob sich vor ihr irgendetwas rührte. Sie konnte immer noch nichts sehen. Vor ihr tauchte ein kleiner Hang auf, den sie hinaufklettern musste. Sie stapfte weiter und blickte sich nach hinten um. Lichtstrahlen drangen durch die Bäume, warfen Schatten und schufen so blinde Flecken.

Maggie verlangsamte ihre Schritte, als sie dem bellenden Hund näher kam. Hinter dem nächsten Abhang müsste sie sehen können, was da los war. Sie drückte sich mit dem Rücken an einen Baumstamm und ging in die Hocke. Nur schwer widerstand sie dem Impuls, aus der Deckung zu preschen und dem Hund zu helfen. Aber sie durfte nicht unvorsichtig sein. Die Bäume reichten hier direkt ans Ufer. Maggie hielt sich nahe am Boden, sodass ihr die Sträucher und herabgestürzte Äste Deckung gaben. Das scharfe Bellen und Knurren konnte keine vierzig Meter entfernt sein. Maggie hörte außerdem rauschendes Wasser. Sie richtete sich halb auf und spähte über den Uferhang.

Unten konnte sie ein blau-weißes Schlauchboot sehen, das auf eine Sandbank gezogen war. Zwei Männer wälzten sich, miteinander ringend, im Sand, während ein riesiger Hund vom Boot aus bellte und knurrte. Der Hund trug eine grellgelbe Weste und ein Geschirr. Im nächsten Moment begriff Maggie, dass einer der Männer Creed war. Der andere war Jack. Sie bemerkte, wie Sonnenlicht auf der Messerklinge in Jacks Hand aufblitzte.

Hastig richtete Maggie sich vollständig auf und sah sich nach einem Weg hinunter zum Ufer um. Sie müsste den

Fluss überqueren, um zu ihnen zu gelangen. Abgestorbene und angeschwemmte Äste, Baumstümpfe und dicke Wurzelstränge bildeten einen kleinen Wall im Wasser vor ihr, der sie daran hinderte, einfach hineinzuspringen. Als sie wieder hinübersah, hatte der Hund es aufgegeben, vom Boot aus zu kläffen, und sprang um die Männer herum. Er schnappte immer wieder ins Leere, denn die beiden Kämpfenden waren derart ineinander verkeilt, dass er beim Zubeißen riskierte, seinen eigenen Herrn zu erwischen.

Maggie brüllte los. Jack wollte sie, nicht Creed.

Das Wasserrauschen verschluckte ihre Stimme.

Der Treibholzwall zog sich über die ganze Uferlänge hin. Maggie musste wohl oder übel hineinspringen und beten, dass sie sich nicht darin verfing. Sie hockte sich auf die rutschige Lehmkante und schwang die Beine hinüber. Probeweise trat sie auf einige der dickeren Äste in dem Treibholzgewirr.

Als sie sich gerade vom Ufer abstoßen wollte, sah sie Otis. Er kam aus den Bäumen hinter Jack und Creed.

Der Hund winselte. Maggie sah einen Blutspritzer, dann sprang er von den Männern zurück.

»Verdammt, Jack. Hör auf!«, schrie Maggie, stieß sich ab und stieg in das Treibholz.

Sofort knackte das Holz unter ihr und rutschte weg, sodass sie mit dem rechten Bein tief in das Gewirr aus Wurzeln, Ästen, Zweigen und Efeu sank. Etwas stach ihr in die Wade, und sie fühlte die Strömung des kalten Wassers. Unbeirrt zog sie ihr Bein heraus und versuchte es aufs Neue. Diesmal kroch sie über das Treibholz, anstatt hinübergehen zu wollen. Sie hatte beinahe das freie Wasser erreicht, als sie abermals vom Treibgut verschluckt wurde.

Die Männer kämpften noch immer. Und auch der Hund hatte sich wieder ins Getümmel gestürzt. Noch mehr Blut war auf den blütenweißen Sand gespritzt.

Maggie strampelte und stieß nach dem Treibholz, zerrte an den Stöcken, Ästen und Ranken, in denen sie gefangen war. Darunter traten ihre Füße im Wasser. Über ihrem Herzklopfen und dem Wasserrauschen glaubte sie, wieder den Hubschrauber zu hören.

Sie hatte sich fast aus dem Gewirr befreit, als sie sah, wie Otis hinunter ans Ufer und auf die Sandbank sprang. Er rief nicht nach Jack. Und Maggie schien er auch nicht zu bemerken. Er blickte nicht einmal zu ihr hinüber. Mit festen Schritten stapfte er auf die Männer zu. Dabei strahlte er eine befremdliche Ruhe aus.

Ungefähr einen Schritt von den Männern und dem Hund entfernt blieb er stehen. Otis war so nahe, dass er mit seinen Riesenpranken leicht beide greifen und auseinanderzerren hätte können. Doch er stand bloß da und sah sie an.

Dann hob er den Revolver in seiner Hand und feuerte.

## 73

Der Knall hallte durch die Bäume, und alles wurde still.

Keine Vögel, kein Windhauch, kein Wasserrauschen. Maggie hörte nichts außer ihrem wild klopfenden Herzen und ihrem Atem.

»Otis, nicht!«, brüllte sie.

Ein Schuss. Nur einer. Worauf wartete er?

Er hatte nur einmal geschossen, weil ein zweiter Schuss nicht nötig war. Er hatte sein Ziel getroffen. Maggie wurde speiübel.

Sie stieß sich vom letzten Treibholzgewirr ab und stolperte durch das knietiefe Wasser. Ihre Stiefel drohten im weichen Flussgrund zu versinken. Der kalte Fluss betäubte jedes Gefühl in ihren Beinen. Es dauerte ewig, die zwölf Meter Wasser zu durchqueren. Maggie sah nicht nach unten, ob irgendwelche Baumteile aus dem Wasser ragten. Ihr Blick war einzig auf die Szene auf der Sandbank gerichtet. Otis stand regungslos über dem Knäuel von Männern, das sich nicht rührte. Einzig der Hund war zurückgewichen und stand aufmerksam und angespannt da. Er wartete auf ein Kommando seines Herrn.

Otis' Hand mit der Waffe senkte sich, und jetzt sah er zu Maggie hinüber. Sie war sich nicht sicher, ob er sie überhaupt wahrnahm, auch wenn sie keinerlei Deckung hatte und schutzlos durch das Wasser watete. Adrenalin und Furcht beschleunigten ihren Puls. Dann sank Otis langsam auf die Knie, sodass die Waffe den Sand berührte.

»Falsch«, murmelte er. »Das ist ganz falsch.«

Als Maggie die Sandbank erreichte, bewegte sich einer der Männer. Der Sand unter ihm war rot von Blut. Maggie ging weiter. Sie hörte ein Stöhnen, gefolgt von weiterer Bewegung. Der Hund lief zu den Männern, schnüffelte und stupste sie an. In dem Augenblick sah sie, dass Creed sich unter dem toten Jack hervorkämpfte. Der Hund hatte sich Jacks Hemdzipfel geschnappt und zerrte an ihm, um seinem Halter zu helfen.

Irgendwo in der Ferne ratterte der Hubschrauber.

Ihre Freude war voreilig. Sie wollte Creed helfen, aber

sie musste sich auf Otis konzentrieren. Er war noch an der Stelle, an der er auf den Sand gesunken war. Nun saß er kniend dort und sah sehr müde aus. Doch der Revolver war nach wie vor in seiner Reichweite.

»Ich will nur nach Hause«, sagte Otis und sah zu Jack hinüber, als würde er mit dem Toten reden.

Creed rollte sich zur Seite und hievte Jacks Leiche von sich.

»Bolo, sitz.«

Prompt gab der Hund Jacks Hemd frei, hockte sich hin und guckte erwartungsvoll zu Creed auf. Creed setzte sich in den Sand und klopfte mit der rechten Hand an seine Brust. Schwanzwedelnd sprang der Hund auf ihn zu. Sofort untersuchte Creed die Stelle, an der Blut das helle Hundefell verfärbt hatte.

Maggie stieg über den toten Jack. Sein Hinterkopf war glatt weggepustet. Langsam, um ihn nicht zu verschrecken, ging sie auf Otis zu. Als sie an Creed vorbeikam, strich sie ihm sanft mit den Fingerspitzen über den Rücken. Er sah zu ihr auf. Seine Augen waren so dunkelblau und strahlend, dass Maggie sich nicht vorstellen wollte, wie sie wohl leblos aussähen. Sie deutete unauffällig auf Otis, eine stumme Warnung für Creed. Dann ging sie weiter auf den hockenden Riesen zu.

»Ich will nur nach Hause«, sagte Otis. Sein schiefes Grinsen hatte etwas von einer Grimasse. »Drei Mahlzeiten am Tag, Fernsehen ...«

Sie blieb neben ihm stehen, sodass ihr Schatten auf ihn fiel. Nun sah er sie an.

»Bei Miss Helen war es richtig schön«, sagte er, benetzte sich die Lippen und blinzelte. Er neigte den Kopf und driftete anscheinend in seine Erinnerungen ab. »Bei ihr war ich ruhig. Sie war nett zu mir und Jack. Sie war wirklich nett zu mir. So wie Miss Gwen.«

»Miss Helen muss eine ganz besondere Frau gewesen sein.«

Otis verzog das Gesicht, als hätte er auf etwas Saures gebissen. »Sie hätte bestimmt nicht gemocht, was Jack gemacht hat.«

Maggie war sicher, dass er die Waffe neben sich im Sand schon vergessen hatte. Wahrscheinlich merkte er es nicht mal, wenn Maggie sie jetzt aufhob. Doch in dem Moment, in dem sie sich danach bückte, packte Otis die Waffe.

Und Maggie blieb das Herz stehen.

Otis sah sie wieder an. Er hatte die Stirn gerunzelt, grinste aber weiterhin.

»Ich will nach Hause«, sagte er und reichte ihr die Waffe mit dem Griff voran.

»Das machen wir, Otis. Wir gehen alle nach Hause.«

## 74

*Sacred Heart Hospital, Pensacola, Florida*

Maggie bemerkte erst, dass sie eingenickt war, als ihr jemand an die Schulter tippte. Sie war verwundert, Gwen vor sich zu sehen, und einen Moment lang wusste sie nicht, wo sie war.

»Entschuldige, ich hätte dich nicht wecken sollen.«

Maggie war nicht bloß eingeschlafen; sie hatte sich sogar auf dem breiten Stuhl im Wartezimmer der Trauma-Station zusammengerollt.

»Wann bist du angekommen?«

»Erst vor ein paar Minuten. Durch das Gewitter wurden alle Flüge verschoben.«

Unwillkürlich sah Maggie zum Fenster am Flurende hinüber, hinter dem Blitze zuckten. Sogleich roch sie Feuerholz und die feuchte Hütte. Sie rieb sich die Augen, als wäre sie erschöpft. In Wahrheit wollte sie das Bild von Jacks Lächeln und seinen schwarzen Wolfsaugen aus ihrem Kopf wischen. Ein Blick in Gwens sorgenvolles, müdes Gesicht vertrieb Jack und Otis aus Maggies Gedanken.

»Er ist noch im OP.«

»Ja«, sagte Maggie und klopfte auf den Platz neben sich, damit Gwen sich setzte. »Aber die Kugel ging sauber durch.«

Ihr entging nicht, dass ihre Freundin das Gesicht verzog.

»›Kugel‹ und ›sauber‹ im selben Satz klingt wie ein Widerspruch in sich. Wie geht es dir?«, fragte Gwen, hob eine Hand und berührte Maggies Gesicht.

Eine Schwester in der Notaufnahme hatte die Kratzer und Schnitte gereinigt, aber Maggie sah höchstwahrscheinlich trotzdem schrecklich aus.

»Alles okay.«

»Ich muss dich übrigens warnen. AD Kunze ist auch hier.«

»In Pensacola?«

»Er ist bei der Florida Highway Patrol und Otis.« Gwen bemerkte Maggies Gesichtsausdruck und fügte hinzu: »Er hat sich Sorgen gemacht.«

»Jetzt weiß ich definitiv, dass ich träume.«

Gwen lächelte, wurde aber gleich wieder ernst.

»Ich hätte es sehen müssen«, sagte sie zu Maggie und richtete den Blick auf die Fenster und die Blitze dahinter. »Ich hätte erkennen müssen, dass Otis gelogen hat.«

»Sei nicht albern. Wie hättest du das wissen können?«

»Ich bin Psychologin, verdammt. Ich sollte es Leuten ansehen können, wenn sie lügen.«

»Jack hätte sich irgendetwas anderes ausgedacht«, erwiderte Maggie. »Auch ohne Otis. Er stellt mir schon seit über einem Monat nach, seit wir Gloria Dobsons Leiche bei dem brennenden Lagerhaus in Washington gefunden haben. Er hat mich bis zu der Farm in Iowa gelotst, damit er mir zusehen kann, wie ich sein Werk ausgrabe. Hast du gewusst, dass er dort war? Bei uns auf der Farm?«

Gwen nickte.

»Er hat uns tatsächlich geholfen, den Müllsack auszubuddeln, und hat zugeguckt, wie die Kriminaltechnikerin den Kassenzettel auspackte, den er dagelassen hatte. Den für die orangefarbenen Socken.« Im Nachhinein musste Maggie lachen, auch wenn es nicht amüsiert klang. »Der Mistkerl war hinterher noch mit uns was trinken. Und ich hatte keinen Schimmer. Ich habe einen Master-Abschluss in Verhaltensforschung, bin seit zehn Jahren im Profiling, und ich habe nicht geahnt, dass mir ein Serienmörder gegenübersitzt. Und du denkst, du hättest erkennen müssen, dass Otis dich angelogen hat?«

Beide schwiegen. Die Türen zur Traumatologie-Station öffneten sich. Ein Mitglied des Operationsteams in gelbem Kittel kam heraus und verschwand den Flur hinunter.

Gwen legte ihre Hand auf Maggies. »Danke, dass du dich um R. J. gekümmert hast.«

»Otis hat uns gerettet. Und das nicht zuletzt deinetwegen.«

»Meinetwegen?«

»Du warst nett zu ihm. Du hast ihn an den einzigen Menschen erinnert, der ihn bedingungslos geliebt hat.«

»Ich schätze, wir alle müssen Miss Helen dankbar sein.« Dann dachte Gwen einen Moment nach und fragte: »Denkst du, dass Otis gelogen hat, als er sagte, dass Jack noch mehr Leichenverstecke hat?«

Maggie zuckte mit den Schultern. Daran wollte sie nicht denken. Sie musste sich jetzt auf die Lebenden konzentrieren und nicht nur auf Tully.

Gwens Handy klingelte. Sie blickte aufs Display, und Maggie sah einen merkwürdigen Ausdruck über ihr Gesicht huschen. Sie konnte nicht genau sagen, was es war, ob Furcht oder Neugier. Gwen bemerkte, dass Maggie sie beobachtete, und lächelte verkrampft.

»Da muss ich rangehen.«

»Ist alles in Ordnung?«

»Ja, sicher doch. Ich hatte diesen Anruf nur nicht an einem Sonntagabend erwartet. Entschuldige mich.«

Gwen lief so schnell aus dem Raum, als müsste sie ein Telefongespräch am anderen Ende des Wartezimmers annehmen, nicht eines auf dem Handy in ihrer Hand. Maggie sagte sich, dass Gwen schlicht ihre Privatsphäre brauchte und dass das kein Grund zur Beunruhigung war. Doch Gwens schmerzliche Miene wollte ihr nicht aus dem Kopf.

Sie sah Gwen nach, als sie den Flur hinunterging. Dann kam Ryder Creed ins Zimmer. Sie bemerkten einander gleichzeitig. Der kurze Abstand zwischen der Tür und ihrem Stuhl schien Maggie den Atem zu rauben, dabei bewegte sie sich überhaupt nicht.

Creed hatte sich das Blut und den Schmutz abgeduscht und frische Sachen angezogen. Er roch nach Baumwolle, die direkt aus einem Trockner kam. Sein Haar war noch feucht und zerzaust, und als er sich zu ihr setzte, fühlte Maggie schlagartig wieder dieselbe Intensität wie in dem Hotelzimmer in Manhattan, Kansas. Er sah geradeaus, und Maggie begriff, dass er genauso empfand wie sie.

»Wie geht es Tully?«, fragte er, ohne sie anzusehen.

»Er ist noch im OP.« Ihr gefiel nicht, wie gut es sich anfühlte, ihn zu sehen, in seiner Nähe zu sein. Und sie ertappte sich dabei, wie sie sagte: »Danke, dass du gekommen bist.«

»Ich bin nicht deinetwegen hier. Sondern wegen Tully.«

Sie bemerkte, dass er lächelte, und entsann sich, dass sie dieselben Worte zu ihm gesagt hatte, als sie in der Tierklinik gewartet hatten, während Grace operiert wurde.

»Wie geht es Bolo?«

»Dem geht's gut. Es war nur eine oberflächliche Wunde.«

Creed sah müde aus. Sein Gesicht war übersät von Kratzern und Blutergüssen.

»Wenn du willst, kannst du ihn besuchen kommen, bevor du die Stadt verlässt. Und Grace auch.« Endlich blickte er sie an, und diesmal sah er ihr direkt in die Augen.

Ehe Maggie antworten konnte, kehrte Gwen zurück. Sie war blass, und ihre Augen glänzten feucht. Wortlos setzte sie sich auf die andere Seite neben Maggie. Sie schien Creed gar nicht richtig wahrzunehmen. Ihre Finger umklammerten noch das Handy.

Maggie legte eine Hand auf Gwens Arm.

»Was ist? Alles okay?«

»Nein, im Gegenteil«, flüsterte Gwen. »Ich habe Brustkrebs.«

## Dienstag, 26. März

## 75

*Manhattan, Kansas*

Maggie hatte vom Flughafen aus bei Noah Waters angerufen. Sein Vater hätte beinahe aufgelegt, besann sich aber eines Besseren, als sie sagte: »Der Mann, der Noah überfallen hat, ist tot.« Bevor sie zu ihrem Treffen mit Noah fuhr, rief sie Sheriff Uniss in Sioux City in Iowa an.

Er hielt ihr eine Standpauke, schimpfte, dass er seit zwei Tagen Nachrichten auf ihre Mailbox sprach. Maggies und Tullys Handys, die Jack in den Wald geworfen hatte, waren bisher nicht gefunden worden. Der Sheriff hatte versucht, ihr zu sagen, dass »Lily, die Truckerschwalbe«, wie er sie nannte, wieder aufgetaucht war. Er erzählte Maggie, dass Lily es irgendwie zurück zur Farm geschafft hatte, ihr Zustand aber kritisch war und sie jetzt im örtlichen Krankenhaus lag. Als sie ihm von Howard Elliott erzählte, war der Sheriff sprachlos.

»Howard Elliott ist seit über zehn Jahren ein angesehener Geschäftsmann hier in der Gegend. Er ist unabhängiger Bauunternehmer, hat seinen eigenen Truck. Die Leute sagen, er hat sich aufopfernd um Helen Paxton gekümmert, nachdem ihr Mann verschwunden war.«

Verschwunden? Maggie musste unweigerlich an Jacks Behauptung denken, dass er als Junge seinen eigenen Vater umgebracht hatte. Konnte es sein, dass er dasselbe Jahre später mit seinem Pflegevater getan hatte?

Sobald sie ihr Gespräch mit Sheriff Uniss beendet hatte, schickte sie Agent Alonzo eine SMS:

Schädel von Iowa Farm – Prüfen, ob William Paxton.

Noah bestand darauf, wieder mit ihr spazieren zu gehen. Maggie konnte gut verstehen, dass er aus dem Haus wollte und irgendwo hin, wo seine Eltern nicht mithören konnten. Seit dem Überfall war eine Woche vergangen. Noahs Gang war sicherer, und er trug normale Schuhe. Seine Füße verheilten offenbar gut. Die Schnitte in seinem Gesicht waren nicht mehr rot und geschwollen. Und der wilde, panische Ausdruck in seinen Augen war endlich fort. Aber Maggie wusste allzu gut, dass die eigentlichen Narben nie verschwinden würden.

»Woher wissen Sie, dass er es wirklich war?«

Sie griff in ihre Tasche und holte die laminierte Karte hervor. Die Kriminaltechniker in Florida hatten sie hinten in John Howard Elliotts Truck gefunden. Er hatte den Truck zu einer mobilen Werkstatt ausgebaut. Als begabter Handwerker wurde Elliott zu Bauprojekten überall im Land gerufen. Und in seinem Wagen befand sich außerdem alles, was er für sein Hobby brauchte.

Man hatte mehrere Magnetschilder für die Wagenseiten entdeckt, die ihm zur Tarnung gedient hatten. ST. VINCENT'S OBDACHLOSENHILFE, STÄDTISCHE RETTUNGSWACHT und sogar FEMA, die nationale Katastrophenhilfe. Des Weiteren hatte er eine Vielzahl von Dingen dabei, die ihm halfen, hilflos zu erscheinen, und den Eindruck verstärkten, dass er ein netter Kerl war, der einfach nur eine Panne hatte: eine Armschlinge, Krücken, eine Halskrause und sogar ein Hundehalsband und eine Leine.

In einer alten Angelköderkiste hatten sie »Souvenirs« entdeckt. Was Maggie nicht überraschte, doch das machte es nicht leichter, die Sachen durchzugehen. Keiner der

Gegenstände war besonders schockierend, doch sie alle waren äußerst persönlich. Unter anderem enthielt die Kiste eine Harley-Davidson-Gürtelschnalle, einen Goldzahn, einen Kleeblattanstecker, einen Gedichtband, eine Christophorus-Plakette, eine Haarlocke und die Plastikkarte, die Maggie jetzt Noah gab.

»Mein Führerschein«, flüsterte er.

Immer noch unsicher fragte er: »Woher wissen Sie, dass er tot ist?«

»Weil ich dabei war, Noah. Er gab mir die Chance wegzulaufen, genau wie dir.«

Sie waren im Schatten eines hohen Baumes stehen geblieben. Die Wurzeln hatten sich unter den Gehweg gegraben und wölbten ihn leicht auf. Noah schwieg und blickte mit gesenktem Kopf auf den Führerschein, den er fest zwischen Daumen und Zeigefinger hielt, als könnte er das Ganze nicht glauben.

»Es ist vorbei, Noah«, sagte Maggie sanft. »Du brauchst keine Angst mehr zu haben.«

»Aber ich habe Ethan im Stich gelassen.«

Maggie hörte, dass er ein Schluchzen unterdrückte.

Sie hatte keinen Trost für ihn. Sie kannte den menschlichen Instinkt, hatte ihn studiert, sah ihn in seinen schlimmsten Auswüchsen und schöpfte jedes Mal Hoffnung, wenn sie die besten Seiten an ihm wahrnahm. Aber sie hätte Noah niemals erklären können, warum er weggelaufen war und sie nicht. Warum er Ethan zurückgelassen hatte und sie Tully nicht. Warum sie John Howard Elliott nicht hatte gewinnen lassen wollen. Sie war älter und hatte viel mehr Erfahrung im Kampf gegen das Böse als Noah. Vielleicht war das alles, was sie unterschied.

Kampf oder Flucht. Gut oder böse. Das Leben war selten schwarz oder weiß. Die meisten Menschen lernten, in den Grauzonen zu leben. Vielleicht würde Noah das auch irgendwann schaffen. Und hoffentlich lernte er, sich zu vergeben, weil er schlicht seinem Instinkt gefolgt war.

»Er hätte euch beide umgebracht«, sagte Maggie schließlich. »Du hast dich fürs Leben entschieden, Noah. Du darfst dich nicht fertigmachen, weil ein Irrer versucht hat, dich umzubringen, und du das nicht zugelassen hast. Das darfst du nie vergessen. Du hast überlebt, Noah.«

Sie wartete, bis er sie ansah. »*Wir* haben überlebt.«

## Anmerkung der Autorin und Danksagung

In den letzten zwölf Jahren war ich viel auf den Interstates und Highways unterwegs, mir selbst ist aber zum Glück noch nie etwas passiert. Ich besitze ein Haus in Omaha in Nebraska und eines außerhalb von Pensacola in Florida; von Tür zu Tür sind es elfhundertneunzig Meilen. Und das sind nicht die einzigen längeren Fahrten, die ich unternehme. Wie andere Autoren auch, bin ich beruflich viel unterwegs und fahre von einer Lesung zur nächsten. In einem Jahr umfasste eine Lesereise achtzehn Städte, unter anderem Chicago, New York, Philadelphia, Atlanta und Los Angeles. Und in einem anderen Jahr machte ich eine Rundtour durch zweiunddreißig Stadtbüchereien in Nebraska – das alles in einem Wohnmobil. Glücklicherweise musste ich das Wohnmobil nicht selbst fahren.

Folglich sind Autohöfe, Rastplätze und Raststätten ein mir durchaus vertrautes Thema. Das geht mir natürlich nicht bei jedem Roman so. Meistens schreibe ich über Dinge, von denen ich hoffe, sie nie näher kennenzulernen. Dennoch habe ich bei meinen Recherchen zu diesem Buch eine Menge gelernt. Und wie immer schulde ich dafür sehr vielen Leuten Dank.

Zuerst einmal danke ich meinen Lesern, die mir alle möglichen Informationen über das Reisen in diesem Land zukommen ließen und mir von ihren Erlebnissen erzählten. Ich habe bis heute noch keine »Truckerschwalbe« gesehen, doch ich halte weiterhin die Augen offen.

Ein besonderes Dankeschön geht an meine liebe Freundin Marlene Haney, die mir erlaubte, Leichen auf der Farm ihrer Familie außerhalb von Sioux City in Iowa nahe der

Interstate 29 zu verscharren. Dort ist wirklich ein Rastplatz ganz in der Nähe, und meine verquere Fantasie profitierte reichlich von Marlenes Geschichten. Außerdem war ich so frei, dreien ihrer vier Kinder – Janet, Matt und Ryan, mit denen ich ebenfalls befreundet bin – neue Berufe anzudichten. Ich habe sie in diesem Buch zu Kriminaltechnikern aus Omaha gemacht.

Danke auch an meine Verlagsteams: Phyllis Grann, Judy Jacoby, Alison Callahan und Kathryn Santora bei Doubleday; Andrea Robinson bei Anchor; David Shelley, Catherine Burke und Jade Chandler bei Little Brown/Sphere.

An Scott Miller und Claire Roberts bei der Trident Media Group.

Ich danke Ray Kunze, der mir seinen Namen für Maggies Chef lieh. Ray und ich wurden als Stammgäste bei der BookExpo America Freunde, und dort erwähnte er einmal, dass er gerne in einem meiner Bücher vorkommen würde – vielleicht als Leiche. Nun ist er seit seiner Einführung in *Blutiger Freitag* Maggies Vorgesetzter. Und der guten Ordnung halber sei hier gesagt, dass Ray Kunze ein richtig netter Mann ist, der Maggie nie und nimmer mit einem Highway-Mörder in den Wald schicken würde!

Dank auch an Sharon Kator, meine talentierte Freundin und Nachbarin, die in Florida Werbung für mich machte und ihre knapp bemessene Zeit opferte, um ein paar wunderbare Signierstunden für mich zu organisieren.

Ich danke meinen Schriftstellerkolleginnen und Freundinnen, die dieses Geschäft ein bisschen weniger irrwitzig machen: J.T. Ellison, Erica Spindler, Patricia Bremmer, Laura Van Wormer und Karin Slaughter.

Und natürlich danke ich meinen Freunden und meiner

Familie, die sang- und klanglos hinnehmen, dass ich oft und lange weg bin, und immer wieder darauf achten, dass ich nicht vollends abhebe: Sandy und Fred Rockwood, Sharon Car, Patricia Sierra, Leigh Ann Retelsdorf, Martin Bremmer, Maricela Barajas, Annie Belatti, Nancy Tworek, Cari Conine, Lisa Munk, Luann Causey und Andrea McDaniel.

Ein persönliches Dankeschön an dic fantastische Crew des Kansas State University Veterinary Hospital. Dass ich ihre Tierklinik in diesem Roman als Schauplatz verwende, geschieht aus Bewunderung und Dankbarkeit und um andere wissen zu lassen, welche erstaunliche Arbeit dort geleistet wird. Viele von euch wissen, dass meine Hunde für mich zur Familie gehören, und ich bin sehr froh, so viele wunderbare Menschen zu haben, die sich um sie kümmern: Dr. Nicole Smee, Dr. Tonya McIlnay und das Team von Veterinary Eye Specialist in Nebraska; und Dr. Enita Larson und ihr Team am Tender Care Animal Hospital.

Danke auch an die Buchhändler, Buch-Blogger und Bibliothekare, dass sie meine Bücher erwähnen und empfehlen.

Und ich danke all meinen treuen Lesern! Mir ist klar, dass in schlechten Zeiten das Geld für Unterhaltung erst recht knapp ist. Umso mehr freue ich mich, dass Sie alle sich für meine Bücher entscheiden. Ohne Sie wäre es mir nicht möglich, meine verrückten Geschichten zu erzählen.

Als Letztes geht ein sehr großes Dankeschön an Deb Carlin, dank der sich diese Reise wieder einmal gelohnt hat.